完璧红楼

倪合进 —— 著

天津出版传媒集团

百花文艺出版社

图书在版编目（CIP）数据

完璧红楼 / 倪合进著. -- 天津：百花文艺出版社，
2025. 1. -- ISBN 978-7-5306-9002-4（2025.9 重印）

Ⅰ. I207.411-53

中国国家版本馆 CIP 数据核字第 2024MR2781 号

完璧红楼
WANBI HONGLOU

倪合进　著

出 版 人：薛印胜
责任编辑：赵世鑫　　装帧设计：郭亚红
出版发行：百花文艺出版社
地址：天津市和平区西康路 35 号　邮编：300051
电话传真：+86-22-23332651（发行部）
　　　　　+86-22-23332656（总编室）
　　　　　+86-22-23332478（邮购部）
网址：http://www.baihuawenyi.com
印刷：河北鹏润印刷有限公司
开本：880 毫米×1230 毫米　　1/32
字数：234 千字
印张：9.75
版次：2025 年 1 月第 1 版
印次：2025 年 9 月第 2 次印刷
定价：68.00 元

如有印装质量问题,请与河北鹏润印刷有限公司联系调换
地址:河北省沧州市肃宁县经济开发区
电话:(0317)7587722
邮编:062365

作者与胡德平会长在一起

作者携女儿与王立平先生合影

作者参加蒙古王府本《红楼梦》出版座谈会并合影

作者参加2024年北京曹雪芹学会学术年会并合影

续书是不可能的，不但给别人续书是不可能的，给自己续书也是不可能的。我也写过各种各样的长篇小说，你不要说续四十回，你让我续半回也不可能啊！你写过的不同时间、不同的地点、不同的心情，你如果这个书的原稿丢了，你自己再写一遍也不可能，除非你存盘了。

—— **著名作家 王蒙**

世界上有名的那些经典，还没有一本书是两个作者写的，因为两个作者才气都那么高，那么了不得，怎么可能风格一样？那如果一个高一个低，低的那个一定学不来才高的那一个。后四十回写得非常好，极好！很重要的两根柱子，一个是黛玉之死，一个是宝玉出家。前面八十回写得再好，也是为这（两）个东西做准备的。

—— **著名作家 白先勇**

序

樊志斌

《红楼梦》是传统文化集大成时代集大成式的作品,全面承载了中国数千年政治、经济、文化、风俗、文学诸多方面的内容,同时反映了作者曹雪芹生活时代的南京、北京地方的风物、见闻。这就是人们称《红楼梦》博大精深,是中国传统时代百科全书的原因。

而后人因学识、见闻不同,学科分科细致等,导致对《红楼梦》的阅读与深入理解存在种种困难。前人的经验告诉我们:单靠纯文学的细读,几乎解决不了《红楼梦》中的复杂问题。

学识的局限倒还在其次,人们可以通过阅读相应的专业研究或查找曹雪芹生活时代的相关文献,做一些相应推动,问题最大的是读者因学养、学术背景、先入之见导致的对《红楼梦》的偏见——这种偏见普遍存在于中国传统经典的阅读与研究中。最大的偏见当数《红楼梦》只是一部小说、《红楼梦》的后四十回不是曹雪芹所写。

谁告诉大众,《红楼梦》只是一部小说?不是曹雪芹,是西方文学理论。那么,我们进一步追问,《庄子》只是一部散文吗?《史记》只是一部文献记录吗?韩愈的《马说》是讲马的遇与不遇吗?主张《红楼梦》只是一部小说的人,完全不懂中国文学中"文以载道"的道理,不了解体裁与表达主旨的区别。用以反对对《红楼梦》的索隐研究也是可笑的:索隐、考证、赏析都只是一种手段,关键在于研究者的水平,而不在于哪一种手段不能用,哪一种研究方向不可以。

至于《红楼梦》后四十回的作者问题，更是自1921年胡适《红楼梦考证》的出现，经过俞平伯、周汝昌等数十年的宣扬，极大地影响了近百年的《红楼梦》阅读与研究。几乎所有后四十回著作权讨论都是主观评论后四十回是否优良（甚至极端情绪的咒骂）。还有人声称，自己文学敏感极强，一看就知道后四十回哪里不好，他们却从来没有想过两个问题：为什么胡适之前的林则徐、曾国藩、左宗棠、蔡元培、王国维都没有看出后四十回与前八十回的区别？《红楼梦》后四十回非曹论有什么可靠的历史性依据？

笔者曾在《〈红楼梦〉八十回系曹雪芹著辨》中指出，后四十回的著作权系一个历史学考证问题，说到底要看是否有确切的否定性证据，而不是仅凭自己的主观好恶。通过系统分析否定论者的言辞与证据，发现只有张问陶于嘉庆六年（1801）《赠高兰墅鹗同年》中的"《红楼梦》八十回以后，俱兰墅所补"堪为证据。而这条"证据"却同样存在两个极大的问题从未在研究者那里得到重视：

张问陶、高鹗关系不熟，他们只是十三年前同时参加乡试、十三年后同为乡试同考官，高鹗不具备做证的效力；

明明乾隆五十六年（1791）《新镌全部绣像〈红楼梦〉》中程伟元序在前、高鹗叙在后，序、叙明确言及后四十回的收集、全书整理以程伟元为主，高鹗为辅，何以到了嘉庆六年，张问陶称高鹗续后四十回？

实际上，只要分析嘉庆六年前后程伟元的踪迹、张问陶对高鹗的场面用语，即可得到比较合乎真实情况的答案。

原来，嘉庆五年至七年，程伟元被清太宗皇太极后裔、盛京将军晋昌延聘为幕僚，随晋昌至盛京（沈阳）佐理奏牍，并不在京城。而高鹗作为内务府包衣人，又系内阁中书，在官场能言善辩、行事果敢，自嘉庆二年（1797）秋开始在家丁父忧。嘉庆五年初，返回仕途。对此时的高鹗来说，自然是需要"热捧"的。因此，在《红楼梦》已经非常风行的背景下，张问陶在《赠高兰墅鹗同年》中写出"《红楼梦》八十回以后，俱兰墅所补"也就不足为怪了。

1921年，胡适在不通历史实际的情况下，轻率地引用了张注，"论证"了后四十回非曹作，后来的几乎所有研究者则轻率地以后四十回不是曹雪芹所作且一定不好的基础上，进行阅读、"研究"，甚至抨击后四十回与高鹗。

这本来是学术史的笑话，却被视为学术、认知基础，真是历史的玩笑。

好在还是有头脑清醒的人，在认真阅读后四十回，在认真研究一百二十回的文本。安徽宣城的倪合进先生就是其中之一。

倪合进先生好传统文化，喜读《红楼梦》，从一百二十回的语言艺术一致性感受、文本中的南方词汇出发，从语言、字词应用、时间书写、文本结构、艺术等方面加以辨析，陆续撰长文十六篇，不立前提、不假情绪，客观中和，不为极端言语，堪称认真学术研究的典范。以其论《红楼梦》书写中存在的吴语（包括江淮官话）词汇一文为例：

> 《红楼梦》中使用了大量吴语词汇……使用的吴方言未必完全是扬州、南京、苏州等地的方言，即便吴语区，各地语言也有很大的不同。

这就使得他的研究与那些不顾语言具有区域共同性、不顾曹雪芹生活足迹、不顾京师语言文化杂糅的所谓"研究者们"从根本上区别开来。

此文如是，他文亦客观平实。特别是他将一百二十回蒙古王府抄本作为资料文献，前后对照，比勘他本，字斟句酌，考据精深，研究得出后四十回实系曹公手笔。今集其文而为册，以飨同好。可喜可贺。读者可从各文得到方法论与论据、逻辑上的启示。

笔者曾作《论"脂批"者的妄添与抄本中的"脂批"误入、误出——谈林黛玉进贾府"十三了"和巧姐大姐问题》《〈红楼梦〉中年龄、时间叙述不误——兼谈〈红楼梦〉传抄中出现的"数字错讹"与故事讲述的"模糊化书写"》《〈红楼梦〉书写中的倒叙与泛说等模糊性书写技法》《贾元春年龄、身份变迁与〈红楼梦〉人物属相考》《留白与〈红楼梦〉叙事——论〈红楼梦〉叙事中的不写与不写之写》《贾宝玉"女儿执着"的破灭与甄宝玉的"传情入色"》《正邪二赋、程朱理学与贾雨村、贾宝玉的塑造——兼谈曹雪芹的学养与〈红楼梦〉的主张》，从早期抄本的抄讹、脂批的妄添、《红楼梦》书写中的倒叙与模糊手法、《红楼梦》对儒释道三教的书写等诸多方面——还有不少涉及书中官职的论述尚未发表，证明后四十回与前八十回系出一人，不过在流传中有所散佚，程伟元数年陆续购得后，加以整理、补足——前八十回亦经程伟元、高鹗整理，不对照各本，亦无人看出。奈何人微言轻，对于后四十回问题，社会上充斥的仍然是各种主观主义的赏析论。

倪合进先生的《完璧红楼》将出版，问序于余。余何人哉？有何能力、资格为人作序？唯一切真切的学术研究都值得尊重，不唯同气，更为深知考证、研究之辛苦。

二〇二四年农历十一月廿五日

（作者系中国红楼梦学会理事、北京曹雪芹学会理事、

《曹雪芹研究》常务编委）

贴近泥土研《红楼》

时国金

在这喧嚣繁杂的时代,红学研究这样的"阳春白雪",居然与一个普通的基层公务员联系在了一起,这种奇妙的碰撞,迸发出独特的美学效果。合进从实证的角度,从曹雪芹独特的语言文字入手,引经据典,洋洋洒洒,写了二十余万字的文章,提出"《红楼梦》前后一百二十回是曹雪芹一人所作"的观点,得到了国内一些红学权威的赞许。如北京曹雪芹学会邀请他参与蒙府本《石头记》出版的审读工作,并参加出版座谈会;北京曹雪芹学会创会会长胡德平先生更是在核心期刊上为其撰文,等等。今天书稿即将成书,我向他表示祝贺!

曹雪芹一生经历了家族的荣辱兴衰。他曾像宝玉一样,生活在花柳繁华地、温柔富贵乡里;被抄家后,经常"举家食粥酒常赊",人生如断崖。尝尽悲欢离合,他以如椽之笔创作出《红楼梦》。

西谚云:说不完的莎士比亚。我们说:读不尽的《红楼梦》。《红楼梦》的博大精深世所公认。从脂砚斋开始,评说、阐释《红楼梦》就成为一门专门的学问。《红楼梦》有不同版本,光脂评本就有十多种,有的连回目也不一样。比如第三回,有的是"金陵城起复贾雨村,荣国府收养林黛玉",有的是"托内兄如海荐西宾,接外孙贾母惜孤女"。如此厚重的书,自然又留下了诸多待解之谜,如曹雪芹的身世、脂砚斋版本的真伪以及后四十回的作者等。合进近些年秉烛达旦,做了扎实的研究,在《完璧红楼》中给出了自己的解答。

我于《红楼梦》并无心得，但对《完璧红楼》的作者却甚是熟悉。他曾是我几十年的同事，业余时间一直喜欢读书，读得最多的就是《红楼梦》，光不同的版本，他就藏有十多种。讲到《红楼梦》中的人物、故事、饮食甚至中医，他都烂熟于心，如数家珍。兴趣是最好的老师，业余时间有此雅好，倒也不失为一件好事。

人生闲暇，有许多慰藉心灵的精神处所和方式。有人行旅天下，寄情山水之间；有人心系桑梓，耕作故乡沃土；有人手执一竿，垂钓于沟塘河渠之畔；也有人时邀三五好友，行饮酒"掼蛋"之乐……然而，如合进般如此安静地沉浸于皇皇巨著《红楼梦》之间，且能于诗书案上吐出奇香，于人、于己、于社会，都是一种值得提倡的行为方式和人生追求，实属难得，我也向往之。

如今我们在不同的工作单位。再见面时，他以红学研究者的身份出现。看着他不断有研究红学的文章发表在相关媒体上，同时还利用业余时间到各类学校、培训班讲课，在这个江南城市掀起了一缕小小的红学新风，我甚是欣慰。现在他把这些文章结集出版，一方面是对自己近年研读《红楼梦》的小结，另一方面，其中提出的具有较高学术价值的、富有突破性的观点，也是他对繁荣红学研究这个大观园的一份贡献。

倪合进，老同事，希望你继续努力，让飞逝如矢的光阴于俯首书卷中精致而缓慢地流淌。

（作者系中国作协会员，宣城市作协主席）

自　序

说起《红楼梦》研究，还得从我与《红楼梦》的缘分开始。

早前，关于《红楼梦》，我只知道这部小说是前八十回曹雪芹著、后四十回高鹗续写。此说是民国国学大师胡适首倡，红学大家周汝昌等跟进论证，言辞凿凿，焉能有错？况且胡适（安徽宣城人）还是我的老乡，顶礼膜拜都来不及，怎敢怀疑他？

二十世纪七十年代末八十年代初，我看过一场电影《红楼梦》。那天父亲得到消息，说二十多里外的水阳镇晚上放电影《红楼梦》，父亲决定下晚用小船送我到水阳镇去看电影。我特别兴奋，从圩埂头向外河湾船的方向冲去，一不小心，脚背跘在锚尖上，脚背上起了一个青紫大包，疼痛无比。父亲问我有没有大碍，我因太想去看电影，就说没事，但眼泪还是在眼圈里打转。于是父亲扶着我一瘸一拐地上了船。记得电影是在水阳中学校园内放映的。当晚人山人海，校园的围墙上都是人，或站或坐。电影虽然没有给我留下什么印象，但父亲的"偏心"我是完全领教了——当时父亲完全可以带上哥哥们一道去，可父亲没有带他们。《红楼梦》中贾母的"偏心"，在我父亲身上体现得淋漓尽致。

这是我与《红楼梦》的第一缘。

高中毕业，我只考了一个省内中专学校。不过那个年代能考上学校，也算跳出"农"门了。父亲颇为骄傲和自豪，有人问他，你儿子考的是文科还是理科？父亲没读过书，不知什么是文科、理科，就说：不管文科与理科，只要以后不像我一样干"六棵"（人工插秧一趟是六棵,引申为种田)就行了。父亲的这句幽默话,直到现在村里人还常常挂在嘴边。入学后,我常光顾学校图书馆。1989年,校领导交给校学生会主席的我一项重要任务,要我住在校广播室内值班,防止意外。在这段时间,我从图书馆借了两本书,一本是《第三帝国的兴衰》,一本是《红楼梦》。但我没读完《红楼梦》,只读了前三十几回和后四十回中的二十几回。这样怎能看出子丑寅卯来?可就是这区区几十回,却给我留下了深刻印象,即《红楼梦》前后的语言艺术没有什么差别,其中的部分方言还与我家乡的方言一致。于是我对后十四回为高鹗续写的说法,产生了一些怀疑:高鹗怎么会说我们家乡的方言?高鹗是我们这里的人吗?但我没有太在意,只是这个想法像一颗种子,深深埋在了我心底。

这是我与《红楼梦》的第二缘。

毕业后我回到家乡,在一个偏远乡镇工作。2008年,一次在喜欢文学的同事家里闲聊,偶然发现他书架上的《红楼梦》,我随手拿起,看到作者署名竟然是:曹雪芹著,无名氏续,程伟元、高鹗整理。以前学界不是说前八十回曹雪芹著、后四十回高鹗续吗?难道我的第一感觉是对的?这个无名氏就是曹雪芹?带着这个疑问,我开始了艰难的《红楼梦》研究之旅。

这是我与《红楼梦》的第三缘。

也是这一次,我对主流观点彻底产生了怀疑,同时因研读文本每每有所得,我对自己的判断更加深信不疑。

由于第一感觉是《红楼梦》前后的语言习惯一致,所以我就从这里开始。白话小说跟平常说话一样,作者的语言习惯和书写习惯可视为语言文字的密码。如果前后的语言文字密码一致,那么前后就是一人所写。一个人的语言是有规律可循的,研究语言文字比其他方向的研究结论当更具有说服力,可以称得上是最基础的研究,于是"研几"之念就此开启。

　　窃以为,研究文本的语言文字特点,程甲本、程乙本不可取,通行本也有问题,因为出版物面对的是普通读者,讲究文从字顺,因而曹雪芹的原笔被过滤掉的可能性很大,即使是抄本也不能保证曹雪芹的原笔都被保留。相对而言,抄本接近原笔一些。顺着这一思路,我将所有能买到的抄本影印本悉数买回,包括程甲本、程乙本,进行前后对比,并运用统计和演绎归纳的方法进行研究。研究中我赫然发现,蒙府本后四十回并非如一些专家所说抄自程甲本,其后四十回具有独特的脂本价值。除《红楼梦》的语言文字特色,我还有多重发现,如《红楼梦》人物命名的艺术特色、"文人八雅"的描写在百廿回文本中的分布、文本前后医学描写的精湛与神韵、对称结构美学的运用,等等。这些发现无不指向一点,即曹雪芹拥有《红楼梦》百廿回完整著作权。

　　我只是一名普通的红学爱好者,文字无法企及学院派的著述规范,但证据确凿,并非率尔操觚。我之所以敢冒天下之大不韪,提出此说,是因为"人民艺术家"王蒙在《红楼梦》慕课上说"《红楼梦》百廿回应是一人所写",著名小说家白先勇在《细说红楼梦》的出版前言中说"我还是完全以小说创作、小说艺术的观点来评论后四十回。首先我一直认为后四十回不可能是另一位作者的续作,世界经典小说,还没有一本是由两位或两位以上作者合写而成的例子……",而国学大师吴宓在《红楼梦之文学价值》中对后四十回作者问题说得更加明确:"其书结构整密,意旨崇高,能以哲学理想与艺术之写实,熔于一炉,使读者得窥见人生之全真与其奇美……《石头记》全书一百二十回必为曹雪芹一人所作。纵有高鹗等人增改,亦必随处增删,前后俱略改,若谓'曹作出前八十回,而高续成后四十回',决无是理。且此说证据不完,纯为臆测。"

对目前的主流观点，有泰斗级人物的质疑，后生的立论也不算是信口雌黄了，更何况有我研究发现的铁证在。

"德不孤，必有邻"。2019年，我将《蒙府本后四十回并非抄自程甲本》等拙文分别寄往北京大学曹雪芹美学艺术研究中心和北京曹雪芹学会，很快得到"论文较有价值"的回应。2020年2月，北京曹雪芹学会与北京师范大学花了近六年时间整理的蒙府本《红楼梦》邀我参与审读，这是我莫大的荣幸。

一直以来，我在研读红学前辈的专著时，无论对其观点赞同与否，总是心存敬仰。因为他们在红学研究中提出的独特研究视角和研究方法，让我在探求真知的路上少走了很多弯路，尽管我的核心观点和研究结论与当前主流相悖。

在新红学百年之际，在北京曹雪芹学会胡德平会长、位灵芝秘书长的鼓励下，在宣城市作协主席时国金先生的帮助下，拙著得以顺利出版。出版拙著只为抛砖引玉，希望引起广泛争鸣，为当下《红楼梦》整本书阅读提供理论和现实依据，并非标新立异、哗众取宠。恳请专家学者不恪赐教。

一百年来，我们的红学研究受到的束缚实在太深，不乏人云亦云，所以未来依然道阻且长。正如英国著名经济学家、诺贝尔经济学奖获得者凯恩斯说："我们大多数人都是在旧说下熏陶出来的，旧说已深入人心，所以困难不在新说本身，而在于摆脱旧说。"

2024 年 12 月

目　录

001　北调南腔终不同

017　通行本《红楼梦》标点符号之探讨

029　蒙府本《石头记》后四十回并非抄自程甲本

074　附录：蒙府本前八十回所缺的六回也不是从
　　　程甲本抄补

080　曹雪芹拥有《红楼梦》百廿回完整著作权蠡测
　　　——从蒙府本《石头记》文本的语言文字谈起

142　《红楼梦》百廿回应是完璧
　　　——从文本描写的对称性谈起

150　从古代"文人八雅"说开去
　　　——浅议《红楼梦》续书的不可能

165　《红楼梦》人物序齿和时序错舛的缘由
　　　——与刘世德先生商榷

176　《红楼梦》人物命名的艺术特色

189　从《红楼梦》后四十回的"败笔"说起
　　　——与蔡义江先生商榷

203　岐黄之术贯红楼
　　　——兼论八十三回王太医的诊疗有神韵

219　妙玉原型再探析

231　试释"奈邦"为"那般"

235　通行本第六十回一处文字重新校勘须谨慎
　　　——与石问之先生商榷

251　试论杨藏本并非庚辰本为代表的早期抄本系统与
　　　程刊本系统之间的过渡稿本

268　曹雪芹其人

291　参考书目

295　后记

北调南腔终不同

1980年《红楼梦学刊》第二辑刊载了傅憎享先生的一篇文章，题目是《莫将北调作南腔》。该文主要是针对戴不凡长文《揭开红楼梦作者之谜》提到的吴语词汇。戴文认为《红楼梦》的作者是"难改吴侬口音的石兄，而不是在北京长大，会说北京方言、精通《文选》的语言巨匠曹雪芹"。戴文说《红楼梦》的作者不是曹雪芹，笔者不敢苟同，但其提到《红楼梦》中使用了大量吴语词汇是非常赞同的。只不过戴文所列举的吴方言词汇并非独特，傅文分述了戴文所列词汇皆南北通用，故一击即溃。笔者撰文并非支持戴文关于《红楼梦》作者的观点，只是想声援一下吴语在《红楼梦》研究中的价值。

戴不凡先生是浙江建德人，对扬州、南京、苏州方言的准确把握应该有一定的难度，毕竟不是他家乡的方言。况且《红楼梦》中所使用的吴方言未必完全是扬州、南京、苏州等地的方言，即便吴语区，各地语言也有很大的不同。但可以肯定的是，《红楼梦》文本中存在着独特的吴方言。

"吴语是汉语的变体，只通行在吴地区。它的语音、语法、词汇都有自己的特征，不同于其他地区的方言，也不同于民族共同语。它是有区域局限性的语言。"傅憎享先生如是说。

笔者是安徽宣城（原宁国府）人，祖籍芜湖无为。在研读《红楼梦》文本（包括相关手抄本）时发现了大量的家乡及周边地区方言，独特的方言在《吴方言词典》中均能找到，如丫头、拿大、不犯

(着)、吊子(铞子)、促狭、不受用、老早、旧年、猴等。有的并非独特,现举几例,与方言学家探讨(所举例句不注出处者均摘自人民文学出版社 2008 年 7 月第 3 版《红楼梦》,以下简称通行本)。

盖

第三十三回(P443):"贾政犹嫌打轻了,一脚踢开掌板的,自己夺过来,咬着牙狠命**盖**了三四十下。"此处的"盖"是方言,是"打"的意思。宣城及周边有"捉到强盗连夜盖(或戒)"的歇后语,方言中有时"盖"与"戒"不分。如《西游记》中的"猪八戒"常被说成"猪八盖"。《辞海》对"盖"的解释有十一种:一是白茅编成的覆盖物;二是古人称编茅覆屋为盖屋,后来建筑房屋也称盖屋;三是遮阳障雨的用具;四是器物上的盖子;五是遮盖,掩盖;六是尚,重;七是压倒,胜过;八是加上;九是推原或传疑之词;十是发语词;十一是通假字,通"害"。这里没有一条是"打"之意,说明该词是方言。

一顿

第六十二回(P858):"说着,便站在桌旁**一顿**吃了,又留下两个卷酥,说:'这个留着给我妈吃。晚上要吃酒,给我两碗酒吃就是了。'"这里的"一顿"在南方方言中是"快速"的意思。

待好

第一〇九回 (P1473):"……说:'老太太的事**待好**出来了,你们快快分头派人办去……"这里的"待好"是方言,是"等会(子)"的意思。"待"取词组"等待"的"等"意,"好"谐音"会","子"是南方特有的语言表达方式,如"小丫头"表述为"小丫头子"。

赶

第七十五回(P1049):"邢德全见问,便把两个娈童不理输的只**赶**赢的话说了一遍。"这里的"只赶赢的"是"只挑(或拣)赢的"意思。日常生活中也有这样用的,例如:你们吃点苦,把这一筐子鱼中的虾子赶(音)出来。该句中的"赶",就是把夹杂在鱼中的虾子拣出来的意思。《辞海》中该字的字义有五种:一是兽类翘着尾巴奔跑,二是追,三是驱逐,四是驱策、驾驭,五是趁。《辞海》中该字没有"挑(或拣)"的意思。

闹

第八十一回(P1145—1146):"所以知会了营里,把他家中一抄,抄出好些泥塑的煞神,几匣子**闹**香。"这里的"闹"是'用药毒害'的意思。日常生活中也有这样使用的,比如:我家的狗昨晚被人闹死了。《辞海》中该字字义有六种:一是争吵,喧扰;二是嘈杂,热闹;三是旺盛,浓艳;四是轰轰烈烈地干;五是激动,发泄;六是发生灾害或疾病。这里没有一条是"用药毒害"的意思。此外,"闹"在方言中还有另一层意思,第十九回有"你且别处去**闹**会子再来"中的"闹"字也是方言,是"玩耍"的意思。日常生活中有这样用的,比如:她带她小兄弟**闹**去了。

沸

第八十四回(P1189):"贾环听了,便去伸手拿那锦子瞧时,岂知措手不及,**沸**的一声,锦子倒了,火已泼灭了一半。"《辞海》中对"沸"的解释只有两层意思:一是水涌起貌,二是指液体烧滚的状态。这里的"沸"字没有以上两层意思,它在方言中是象声词,表示人的肢体接触到炽热或钝器时因疼痛而发出的声音。此外该句中的"锦子"也是方言,即"盉或吊子"。《辞海》中"盉"为"铫子"。朱骏声《说文通训定声·小部》:"今苏俗煎茶器曰吊子,即此盉字。"

折

第九十一回（P1262）："宝蟾把脸红着，并不答言，只管把果子**折**在一个碟子里，端着就走。"这里的"折"是把两个或两个以上的器皿里的东西并到一起的意思。《辞海》中该字字义有十三种：一是断；二是曲，弯；三是反转，转变方向；四是挫折；五是毁掉；六是损失；七是判断；八是折合，抵作；九是折扣；十是折服；十一是古代葬具，十二是戏曲名词；十三是姓。这里没有上述方言的意思。

说声用

第二十三回（P307—308）："……月间不过派一个人拿几两银子去买柴米就完了，**说声用**走去叫来一点儿不费事呢。"这里的"说声用"是"一旦要用"之意。较为接近的一种说法是"一声要（用）起来"，如第六十一回（P833）："你们吃了，倘或一**声要**起来，没有好的，连鸡蛋都没了。"

拔了缝

第四十六回（P615）："我才进大门时，见小子们抬车，说太太的车**拔了缝**，拿去收拾去了。"这里的"拔了缝"在方言中表示木器具在原来的木构件接隼处因为干燥而出现了缝隙，单个构件整体没有裂开。这是特别经典的一个方言词汇，与"开裂"是两回事。开裂是单个构件中有了裂缝。

牌儿名

第六十二回（P847）："平儿笑道：'我们是那**牌儿名**上的人，生日也没拜寿的福……'"《石头记》手抄本上"哪"字均用"那"。故该句的"那"应是"哪"字。该句的完整表述应是："平儿笑道：'我们是**哪牌儿名**上的人？生日也没拜寿的福……'"这里的"牌儿名"在方言中是"名头"的意思。上句中"我们是哪**牌儿名**上的人?"的意思是"我们是没有牌儿名(名头)的人"。

大不将

蒙府本①第九十九回(P3698):"宝钗有时高兴翻书观看,谈论起来,宝玉所有眼前常见的尚可记忆,若论灵机,**大不将**从前话('活'字形讹)变了,连自己也不解。"

而程甲本②(P2716):"宝钗有时高兴翻书观看,谈论起来,宝玉所有眼前常见的尚可记忆,若论灵机,**大不似**从前活变了,连他自己也不解。"

此例蒙府本中的"大不将"应是曹雪芹的原笔。"大不将"是"大不像"的意思,方言中"不像"有时候发"不将(jiang 或 qiang 音,去声)"。日常生活中也有这样用的,比如:到岳母家拜年,东西少了不将。程甲本此处用"大不似"失去了吴方言的神韵。"将"字在《辞海》中有二十多种解释,但没有一条与方言中表达的意思吻合,其独特性是不言而喻的。

不着声

蒙府本第一〇九回(P3970):"你们只管把二爷的铺盖铺在里间就完了,宝钗听了也**不着声**。"

而程甲本(P2970):"你们只管把二爷的铺盖铺在里间就完了,宝钗听了也**不作声**。"

此例蒙府本是"不着声",而程甲本是"不作声",在方言中"不

---

① 蒙府本《石头记》,红楼梦古抄本丛刊,影印本,人民文学出版社,2010 年 6 月北京第 1 版。又称蒙古王府本、王府本。下同。
② 程甲本《红楼梦》,(清)曹雪芹著,影印本,沈阳出版社,2006 年 7 月第 1 版。下同。

着声"和"不作（做或则）声"是一个意思。该方言分布在安徽省马鞍山市的当涂、宣城市宣州区孙埠镇、向阳镇的部分居民中。蒙府本第八十七回（P3387）："惜春道：'他有什么事？'彩屏道：'我**着日**听见邢姑娘和说呢……'"该句话中的"着日"在通行本中是"昨日"，因做、作、昨三个字音基本相同，故在方言中把"不作（做、则）声"读作"不着声"。"不着声"应该是曹雪芹的原笔。蒙府本第八回（P297）还有此种表达："詹光、单聘仁……道：'我的菩萨哥儿，我说**着**了好梦呢，好容得遇见了你。'"该句的"着"字后被收藏者或借阅者做了改动，变成了"作"字。这说明"着"字是曹雪芹的语言习惯或者方言，后四十回是不是曹公的遗稿应重新考量。

不懂此方言的人读蒙府本时会以为是笔误。关于这点笔者想多说几句。冯其庸先生在《石头记脂本研究》中阐述了己卯本[①]是怡亲王府的抄藏本理由，己卯本中的"祥"和"晓"被抄成"衤羊"和"曉"，是因为老怡亲王是康熙的十三子名允祥，小怡亲王是允祥的儿子名弘晓，己卯本将其抄成"衤羊"和"曉"是为了避允祥、弘晓讳。故冯其庸先生认为己卯本是怡亲王府的抄藏本。笔者认为这一推论很有说服力，那么这里"不着声""着日"能不能说明蒙府本后四十回不是抄自程甲本，《红楼梦》后四十回不是高鹗或他人所续呢？这是一个很值得注意的问题。

关于乡音（方言）的形成，笔者曾请教广东韶关学院的张小平教授，他说："乡音一般在语言习得过程中形成，在多方言融合中变异，一个人的方言往往在小时候形成。"曹雪芹大约在十三岁被抄家后离开南京北上，应该说江淮官话和吴方言对他影响较深。

① 己卯本《脂砚斋重评石头记》，红楼梦古抄本丛刊，影印本，人民文学出版社，2010 年 1 月第 1 版。下同。

《红楼梦》中有这么多的江淮官话和吴方言,是由古代江南省这块独特的地域决定的。

中国历史上的江南省原为明朝直属应天府南京的南直隶,清入关后,于顺治二年(1645)沿明制设江南承宣布政使司,即废除南京为国都的地位,巡抚衙门设于江宁府(今南京)。康熙初年改承宣布政使司为行省,江南承宣布政使司即改为江南省。江南省的范围大致相当于今天的江苏省、上海市、安徽省。无论是明朝的南直隶,还是后来清朝的江南省,皆为当时全国最富裕的省份之一,经济繁荣,文化昌盛。因其制过大,以及清室内部矛盾尖锐,为维护北方的中央统治,顺治十八年(1661)将江南省拆分为"江南右"与"江南左"。1667年,"江南右"取江宁府(今南京)、苏州府首字,改称为江苏省;"江南左"取安庆府、徽州府(今黄山)首字,改称为安徽省。所以,在金陵生活了十三年的曹雪芹谙熟南京及周边的马鞍山、芜湖、宣城(清朝的宁国府就设在宣城)方言就不足为怪了。这些地区都属于江淮方言或吴方言体系范围,曹雪芹家族又是大家族,有产业在芜湖和马鞍山,家里亲戚、奴仆、婢女众多,他的语言习惯或多或少受到周围人的影响。关于曹氏产业,有曹頫向康熙呈奏的奏折以资参考。现录如下:

> 江宁织造主事奴才曹頫跪奏,恭请万岁圣安。七月十四日,奴才家奴赍捧折子回南,蒙御批:"你家中大小事为何不奏闻?钦此。"奴才跪读之下,不胜惶悚恐惧,感激涕零。窃奴才自幼蒙故父曹寅带在江南,抚养长大,今复荷蒙天高地厚洪恩,俾令承嗣父职。奴才到任以来,亦曾细为查检,所有遗存产业,惟京中住房二所,外城鲜鱼口空房一所,通州典地六百亩,张家湾当铺一所,本银七千两。江南含山县田二百余亩,芜湖县田一百余亩,扬州旧房一所,此外并无买卖积蓄。奴才问母

亲及家下管事人等,皆云奴才父亲在日,费用很多,不能顾家。此田产数目,奴才哥哥曹颙曾在主子跟前面奏过的。幸蒙万岁天恩,赏了曹颙三万银子,才将私债还完了等语。奴才到任后,理宜即为奏闻,因事属猥屑,不敢轻率。今蒙天恩垂及,谨据实启奏,奴才若少有欺隐,难逃万岁圣鉴,倘一经察出,奴才虽粉身碎骨,不足以蔽辜矣。奴才不胜惶恐感戴之至!——康熙五十四年七月十六日。(《关于江宁织造曹家档案史料》)

这个折子内有"江南含山县田二百余亩,芜湖县田一百余亩",说明当时曹家在今安徽的含山、芜湖有田产,一般来说,家族有田产的地方必有亲戚或故人,家下人来自这些地方也极有可能。1949年后,含山原属巢湖,现并入马鞍山。芜湖、马鞍山以及宣城部分地区有大致相同的方言基础,故《红楼梦》中有此独特的方言就顺理成章了。

事实上,关于方言的使用,作者在文本中有明确提示。第二十回的结尾有这样一段表述:"二人正说着,只见湘云走来,笑道:'爱哥哥,林姐姐,你们天天一处玩,我好容易来了,也不理我一理儿!'黛玉笑道:'偏是咬舌子爱说话,连个"二"哥哥也叫不出来,只是"爱"哥哥"爱"哥哥的。回来赶围棋儿,又该你闹"幺爱三四五"了!'……湘云笑道:'这一辈子我自然比不上你。我只保佑着明儿得一个咬舌的林姐夫,时时刻刻你可听"爱""厄"去。阿弥陀佛!那才现在我眼里!'说的众人一笑,湘云忙回身跑了。"对话中,湘云把"二"说成是"爱",又说将来的林姐夫时时刻刻"爱""厄",表明黛玉与湘云、宝玉的口音是不一致的,湘云和宝玉的语言表达中有方言的成分。读者可能会说这是俩闺密的调侃,并非曹雪芹特意要暗示什么。那么请看第七十六回的"凸碧堂"的"凸"字和"凹晶馆"的"凹"字,这两个字作者在文中说:"只是这两个字俗念作'洼''拱'二音。便说俗了,不大见用。""凹""凸"念作"洼""拱"就是方言,清朝江南省的大部分地方都这样说。曹雪芹之所以能熟练运用该方言,那是因为他小时候就生活在这个地方。

早在乾隆朝,就有人注意到《红楼梦》的语言中夹杂着南方方言。许兆桂在《绛蘅秋传奇序》中写道:"乾隆庚戌(1790)秋,余至都门,詹事罗碧泉告余曰:'近有《红楼梦》,其知之乎?虽野史,殊可观也。'维时都人竞称之,以为才。余视之,则所有景物皆南人目中意中语,颇不类大都。既至金陵,乃知作者曹雪芹为故尚衣后,留住于南,心慕大都,曾与随园先生游,而生长于南,则言亦南。"

其实,关于前八十回和后四十回语言(特别是方言)的一致性问题,学术界早已有人关注。英国著名诗人、汉学权威亚瑟·卫莱(1889—1966)在为红学家吴世昌《〈红楼梦〉探源》所作的序里说:"吴先生断定这种统一实出于二人之笔,正与拙见相合。高本汉在《远东古物博物馆馆刊》第二十四期上撰文:除非他俩来自中国同一地区,否则不可思议。其实他俩并非高本汉所说的'老乡':曹霑来自南京,高鹗来自满洲,他们所以使用大体统一的语言,显然基于他们同属归化满旗的上层汉人这一事实。纯净高雅的北京话,是他们共同隶属的社会环境所使用的共同语言。高本汉说他俩非得拿出'闻所未闻的机灵劲儿'才能驾驭这一类型的口语,则未见佐证。说实在的,倘若曹霑和高鹗舍此而改用别的语言,反倒'神'了。"瑞典汉学家高本汉(1889—1978)很早就提出《红楼梦》后四十回若是他人所续,必与曹雪芹是"老乡",说明他发现了方言(包括口语)在一百二十回文本中的独特性和一致性。亚瑟·卫莱说在高本汉的文中"未见佐证",笔者认为,前文的例证或可以作为佐证。

尽管如此,傅憎享先生在《莫将北调作南腔》文中的有些观点笔者是赞同的,但他不能否定一个研究方向——吴语(方言)的研究。《红楼梦》文本中北京方言虽占主导,然而江淮官话与吴方言的深入研究却能解决很多问题。

首先,能解决标点符号问题。

南腔就是南腔,北调就是北调。如通行本标点符号的错误就出在北方人不懂南腔(吴语)上。笔者在《〈红楼梦〉文本标点符号之探讨》中提到了几个例子。这里仅举两例。

一是通行本第一一一回(P1496):"众人都说:'箱柜东西不少,如今一空,偷的时候不小,那些上夜的人管什么的!……'"

该句中"偷的时候不小"后面用了逗号,其实这里不能用逗号分开,"不小"在方言中是"不晓得"的意思。这句话的意思是"偷的时候不晓得那些上夜的人管什么的"。通行本校注的人没有完全领会此意,故出现了这一错误。程乙本①的整理者在重新整理程甲本或其他抄本时将此句做了整体改动,也很能说明问题。

二是通行本第九十回(P1257):"只见薛蝌进来说道:'大哥哥这几年在外头相与的都是些什么人!连一个正经的也没有,来一起子,都是些狐群狗党!……'"

这里的"一起子"是薛蟠相与的那些人,"一起子"是类似于"一些子"的方言表达。庚辰本②第六十六回(P1579)中"他家请了一起串客",这里的"一起"就是一些的意思。南方人有时喜欢在一个词后面加"子",如"小丫头"也可说成是"小丫头子"。"一起子"就是这样来的。俄藏本③第六十七回(P2956)还有"几起子"这样的表述。因

---

① 程乙本《红楼梦》,(清)曹雪芹著,影印本,中国书店出版社,2011年第1版。下同。
② 庚辰本《脂砚斋重评石头记》,红楼梦古抄本丛刊,影印本,人民文学出版社,2010年1月第1版。下同。
③ 俄罗斯藏本《石头记》,红楼梦古抄本丛刊,影印本,人民文学出版社,2014年1月北京第1版。又称俄藏本。下同。

而上句应这样断句："只见薛蝌进来说道：'大哥哥这几年在外头相与的都是些什么人！连一个正经的也没有来，**一起子都是些狐群狗党**！……'""一起子"和"都是些狐群狗党"不能分开，"没有"后面的逗号应放在"来"字后。

其次，可以探讨蒙府本后四十回抄自哪里的问题。

目前主流观点认为蒙府本后四十回抄自程甲本。笔者认为这种说法欠妥，它更有可能抄自另外一个手抄本。因为蒙府本后四十回保留了独特的吴方言，而程甲本保留较少（不排除程甲本保留了，而蒙府本没有保留，根源是反复辗转传抄所致）。除上述的"大不将"和"不着声"外，还有很多例子，这里再举一例。

蒙府本第八十三回（P3260）："凤姐点点头儿，因叫平儿称了几两银子，**递给周瑞家的接道**，'你先拿去交给紫鹃，只说我给他添补买东西的……'"而程甲本（P2306）却是："凤姐点点头儿，因叫平儿称了几两银子，**递给周瑞家的道**：'你先拿去交给紫鹃，只说我给他添补买东西的……'"

若程甲本所据底本是黑体"递给周瑞家的，道"，整理者尊重底本没有任何问题。但若底本如蒙府本，程甲本整理者删去"接"，而留黑体部分，那就是妄改。蒙府本"递给周瑞家的接道"的表述符合南方语言特色。这里的"接道"是"接着"的意思。尽管蒙府本文本中对"接"字用了点笔画去（手抄本上点改笔随处可见，有的点改是正确的，有的点改是错误的），那也只是抄手或阅读者不理解此意造成的，并不是原抄本上多余的字。方言中类似的表述有："我把箱子放在这里，你代我**看道**（意即"看着"）。""下雨了，屋里漏雨，麻烦你用脸盆**张道**。""他给你，你就**接道**，不要客气。"词语"接道"后面可以有"并（对她）说"的表述，但在口语中，此处可以省略。这恰恰是《红楼梦》文本的一个语言特色。

再次,能适当还原和确认曹雪芹的原笔。

程甲本第一一九回（P3230）:"刘姥姥道:'这有什么难的呢,一个人也不叫知道,**扔崩**一走,就完了事了。'"而蒙府本(P4247)却是:"刘姥姥道:'这有什么难的呢,一个人也不叫知道,**商量**一走,就完了事了。'"

从蒙府本抄手的笔迹来看,抄手根据原底本抄到"扔崩"一词时似乎做了停顿,因为抄手不知该词是什么意思,故可能根据自己的理解将"扔崩"改为"商量"。其实,程甲本的"扔崩"也不是很准确,笔者认为"扔"字可能是"打"字之误(形讹),因为宣城及周边的方言中有"打崩子跑"之说,意即"快速离开",其与通行本对"扔崩"一词的解释一致。关于该词我们在蒙府本第七十八回(P3082)也能看到:"就是太太知道了,打我一顿也是愿受的,所以我拼着挨一顿,**打崩**着下去瞧瞧。"不过这个"崩"字被后来的阅读者点笔改成"偷"字(蒙府本中很多点笔将本来正确的字词改成错误的)。其他抄本如庚辰本、俄藏本、戚序本①、甲辰本②均为"偷"。通行本的表述为:"就是太太知道了,打我一顿也是愿受的,所以我拼着挨一顿**打,偷**着下去瞧瞧。"这里的"崩"不排除是"偷"的形讹,但笔者更倾向于原笔的"崩"字,因为它既文从又字顺,同时符合语义语境。被点笔去掉的原因可能是后来的阅读者参照其他版本或不理解其意所致。另外,蒙府本第九十二回(P3515)有这样一段对话:"贾政、贾赦道:'你说什么?'小厮道:'外面下雪早已下了**梆子了**'。贾政叫人看时,已是雪深一寸多了。"在长春出版社的通

---

① 戚廖生序本《石头记》,红楼梦古抄本丛刊,影印本,人民文学出版社,2011年4月北京第1版。又称戚序本或戚本。下同。

② 甲辰本《红楼梦》,(清)曹雪芹著,红楼梦古抄本影印本,沈阳出版社,2006年6月第1版。下同。

行本(《红楼梦》,曹雪芹著,高鹗续。长春出版社,2011年第1版)中,对"**下了梆子了**"的解释是:"报更的梆子开始敲起,也就是交了初更。"笔者以为不能这样解释,如果将这段话确认为吴方言或口语后再做解释更为明了。"下了梆子了"应是"下(没)了(鞋)梆子了",这个"没"字可能是抄手抄丢了,或是抄手不知方言"下没了梆子了"是什么意思,以为"没"字是多余的,也如上文中"接道"的"接"一样,故没有抄录,"鞋"字省略是方言简洁的特点,"没"是淹没或翻盖的意思。方言中"雪下没了梆子"表示雪下得较大,雪的厚度超过鞋帮子至少有一寸多,下文"贾政叫人看时,已是雪深一寸多了"正好是没了普通布鞋鞋帮子的深度。这种推测对杨藏本[①]中的异文可以做出很好的解释。该段对话在杨藏本(P1042)是这样表述的:"贾政、贾赦道:'你说什么?'小厮道:'外面下雪**下了半日了**'。在贾政叫人看时,已是雪深一寸多了。"杨藏本这里抄成"下了半日了",显然也是抄手不知"下了梆子了"或"下没了梆子了"是什么意思,故改成"下了半日了",如果抄手知道,他何苦要改呢?程甲本与程乙本该句表述均与蒙府本同,说明它们所根据的底本原文绝对不是"**下了半日了**"。关于此类方言简洁(省略)在第二十五回有此例:"赵姨娘正粘鞋呢,马道婆见炕上堆着些零星绸缎,因说:'我正没有鞋面子,奶奶给我些零碎绸子缎子,不拘颜色,做双鞋穿罢。'"该句的"粘鞋"应是"粘鞋帮子"或"糊骨子",因为古代包括近现代妇女做鞋先纳鞋底,再做鞋帮子,然后用(麻)线将鞋帮子上到鞋底上。鞋帮子最外面一层就是"鞋面子",要用新的好的面料,老百姓是用不起绸缎的,故马道婆说"我正没有鞋

① 杨藏本《红楼梦》,(清)曹雪芹著,红楼梦古抄本影印本,沈阳出版社,2008年3月第1版。又称杨继振藏本、杨本、梦稿本、全抄本。下同。

面子……"由此可见，知道这一方言简洁特点，抄起来才不会错，理解起来也会轻松很多。

其实因不懂方言对《红楼梦》理解错误不止这一处。通行本第二十八回（P387）："袭人低头一看，只见昨日宝玉系的那条汗巾子系在自己腰里呢，便知是宝玉夜间换了，忙**一顿把**解下来。"下面的注释把"一顿"和"把"放在一起解释似有不妥，这里的"一顿把"是两个词，此处"一顿"在方言中是快速的意思，前文已述，是形容词，而"把"是动词。"忙**一顿把**解下来"意即（袭人）急忙并快速把汗巾子解了下来。原句省略了"汗巾子"。如果将"一顿把"放在一起解释，那么该句就变为"（袭人）急忙并快速汗巾子解了下来"，就讲不通了。通行本第七十三回（P1015）："我们这一向的钱，岂不白**填了限**呢。"下面对"填了限"的解释是"贴补给不领情之人"。这里先不说解释对不对，文本中该词没有参照或采用蒙府本的表述就很遗憾。蒙府本中"填了限"三个字是"填了眼"，其实根据方言"填了眼"才是曹雪芹的原笔，"限"与"眼"容易形讹，抄手在抄录时将"眼"抄成了"限"，以讹传讹。俗语说"大洞小眼"，方言中"眼"是小洞（窟窿）的意思。因此该句的意思是"我们这一向的钱，岂不填了窟窿了？"这样一来，将"限"按照蒙府本的表述改为"眼"字，文后的解释就是多余的了。关于该字，第五十二回也有类似表述："麝月瞧时，果然指顶大的**烧眼**。"俄藏本的收藏者或借阅者不知何故将此处的"烧眼"圈改为"窟窿"，意思未变，韵味大变。鲁迅先生在短篇小说《离婚》中有这样一句话："这就是'屁塞'，就是古人大殓是时候塞在**屁股眼**里的。"这里的"屁股眼或屁眼"就是"肛门"，"眼"是"洞"的意思。鲁迅是南方——浙江绍兴——人。曹雪芹十三岁才从南方北上归旗，语言与此同类，不足为怪。其实将"肛门"称作"屁眼"的不独南方人，著名小说家莫言在短篇小说

《澡堂与红床》中就有"你敢！如果你动手,那屁眼朝天的一定是你"。蒙府本第八十八回(P3393):"鸳鸯道:'我哪里跟得上这个分儿。'……又拿起**不束儿**藏香道:'这是叫写经时点着的'。"(该句的"不束儿"应是"一小束儿"的误笔,因为蒙府本是手抄本,手抄本是竖向从上而下抄写,"一"在"小"的上面,一不小心就会抄成"不"字。)而程甲本与程乙本是:"鸳鸯道:'我哪里跟得上这个分儿。'……又拿起一子儿藏香道:'这是叫写经时点着写的。'"这里的"一子儿"应是作者的原话。吴方言中"一束儿"唤作"一子子"或"一小子子",又因作者十三岁离开南京北上,也有可能儿化了,故在程甲本和程乙本是"一子儿"(原底稿被抄手或程、高整理时将其儿化也未可知)。这种表达现在也在用,如:妈妈在包粽子,叫我拿一子子麻(线)给她。又如:早上他只下了一(小)子子面,我都没吃饱。

　　早期抄本中还有一个典型的例子,这里不妨再与大家探讨一下。郑藏本[①]第二十四回(P57):"那丫头听说,便冷笑一声道:'爷不认得的也多,岂止我一个。我姓林,原名唤红玉,改名唤小红。平日又不递茶递水拿东拿西,**眼面前**的事一点儿不作,爷那里认得呢?'宝玉道:'你为什么不作**眼面前**的事?'"而对应的庚辰本却是:"那丫头听说,便冷笑一声道:'认不得的也多,岂只我一个。从来我又不递茶递水拿东拿西,**眼见**的事一点儿不作,那里认得呢?宝玉道:'你为什么不作那**眼见**的事?'"这段话舒序本[②]与庚辰本也只有个别字的出入,但"眼见"一词与庚辰本相同。从保留了方

①　郑振铎藏残抄本《红楼梦》,书目文献出版社,1991 年 12 月北京第 1 版,又称郑藏本或脂郑本。下同。
②　舒序本《红楼梦》,(清)曹雪芹著,红楼梦古抄本影印本,国家图书馆出版社,2012 年 10 月第 1 版。又称舒本、舒元炜序本。下同。

言"眼面前"这一点来看,说明郑藏本尽管只有两回,但它却是一个非常有价值的抄本。

蒙府本第十六回（P569）:"贾蔷又近前回说:'下姑苏**割聘**教习,采买女孩子,置办乐器、行头等事……"此处"割聘"的"割"后点笔改为"合"。早期抄本庚辰本、己卯本、甲戌本①、舒序本、俄藏本、杨藏本均为"割"字,只有庚辰本点改"聘请",己卯本、舒序本、杨藏本点改为"合"字,戚序本直接就是"合聘"。而程甲本则是"请聘"。陈熙中先生在《"割聘"试释——读红零札》中认为"割聘"是曹雪芹的原笔。因为吴语中"合伙"有时读作"割伙",方言中的一些词往往有音无字,故曹雪芹将"合"写成了同音字"割",此处的"割(音)"在方言中是"邀约"的意思。"割"有时也是"合作"或"融洽"的意思,如吴语中有:他这个人,很不合("割"音)人;他性格太张扬,我与他合("割"音)不来。

综上所述,傅憎享先生对戴文关于吴语的轻松否定失之偏颇,相反,《红楼梦》研究中对吴方言(包括江淮官话)的研究具有广阔的前景。

---

① 甲戌本《脂砚斋重评石头记》,(清)曹雪芹著,红楼梦古抄本影印本,人民文学出版社,2010年1月第1版。下同。

通行本《红楼梦》标点
符号之探讨

　　《红楼梦》原名《石头记》，程甲本、程乙本为活字印刷本，脂评本均为手抄本，这些版本的文字都没有标点符号。新中国成立后，《红楼梦》出版时采用1951年刊发的《标点符号用法》对其进行标注，大大方便了读者的阅读。但《红楼梦》的语言非常灵活，口语又较重，标点符号的标注存在一定的难度，并且往往出错。

　　人民文学出版社2008年7月第3版《红楼梦》（本文以下简称人民文学版通行本）第二十八回（P376）关于药名的断句，与长春出版社出版的通行本《红楼梦》（本文以下简称长春版通行本）第二十八回（P196）的断句区别很大，到底谁是谁非，笔者觉得需要探讨一下。

　　人民文学版通行本是："……只讲那头胎紫河车，人形带叶参，三百六十两不足龟，大何首乌，千年松根，茯苓胆，诸如此类的药都不算为奇，只在群药里算。那为君的药……"

　　长春版通行本是："……只讲那头胎紫河车，人形带叶参，三百六十两还不够。龟大何首乌，千年松根茯苓胆，诸如此类的药，都不算为奇。只在群药里算，那为君的药……"

　　人民文学版通行本里"只在群药里算"前用逗号，后用句号，笔者认为是不妥的，而长春版通行本中的该小段的标点更为贴切。因为君药是群药里的，一个处方里药物分为君、臣、佐、使，如果分开就讲不通，因此句号应在"都不算为奇"后，"只在群药里算"后面只能是逗号。

该段其他标点也须斟酌,现将相关版本的文字罗列如下:

甲戌本(P457)整段的表述中有"只讲那头胎紫河车人形带叶参三百六十两不足龟大何首乌千年松根茯苓胆诸如……"

蒙府本(P1064)整段的表述中不同处有"三百六十两还不觳"。

戚序本(P1066)整段的不同处与蒙府本同。

己卯本(P609)整段的表述中不同处有"三百六十两还不足"。该段有红色点笔断句。点笔的停顿顺序如下:"只讲那头胎紫河车、人形带叶参三百六十两还不足、龟大何首乌、千年松根茯苓胆……"

俄藏本(P1118)整段表述为:"只讲那头胎紫河车人形带叶参龟大的何首乌千年招(应是"松"误)根的茯苓胆诸如此类的都不等……"

从以上罗列的文字情况来看,俄藏本的抄手将"三百六十两(还)不足"抄丢了,把"松"抄成了"招",把"奇"抄成了"等"。故此例不在考察的范畴。长春版通行本在出版时不知参照的是蒙府本还是戚序本。而人民文学版通行本在再版说明里已明确该文本是从庚辰本而来。不同的版本来源并不会必然造成断句上的不同,至于两个通行本的断句孰优孰劣,可谓仁者见仁,智者见智。人民文学版通行本该段文字的后文注解似乎有道理,但笔者还是认为"千年松根茯苓胆"以及相关断句有推敲的余地。理由如下:

第一,李时珍的《本草纲目》(P2145)"茯苓"条:"多年樵斫之内根之气味,抑郁未绝,精英未沦。其精气盛者,发泄于外,结为茯苓,故不抱根,离其本体,有零之义也……"也就是说茯苓在自然状态下一般生长在松树的根部。

第二,该段所列举的中药,每味药前都有一个定语,不能只有"茯苓胆"没有定语。

第三，人民文学版通行本第六十回（P829）有"这地方千年松柏最多，所以单取了这茯苓的精液和了药，不知怎么弄出这怪俊的白霜儿来"，这说明此茯苓霜为千年松根而来，是上等的茯苓霜。

第四，若单纯说"茯苓胆"一味药，没有金贵可言，要知道，前几味药都是名贵之药，所以笔者认为"千年松根茯苓胆"表示此茯苓胆很金贵，是千年松柏的根上生长出来，不是普普通通的茯苓。

如理由二所言，每味药前都有定语，所以三百六十两还不够（或不足）是说明头胎紫河车、人形带叶参的数量，或单纯说人形带叶参的数量，而"何首乌"应是加上定语的"'龟大'的'何首乌'"，因此，该段标点符号，长春版通行本较为准确。舒序本（P852）上抄手或收藏者曾进行了断句，该断句就与长春版通行本相同。

其实，人民文学版通行本文本中关于标点符号的运用在其他章回也存在一些问题，只是产生这些问题的原因不同，后者主要是校注者不懂南方方言或习俗以及作者的语言习惯所致。比如：

一、第五十六回（P772）："贾母笑道：'那就是我的孙子。人来。'"

在方言的表达中，"人来"应该表示疑问，相当于"人呢？"。因此这里的标点符号应为："贾母笑道：'那就是我的孙子。人来？'""来"字表示"呢"。蒙府本第七十七回（P3033）："芳官哭辩道：'并不敢调唆什么来！'"此处的"来"在程甲本中是"了"，显然是改动了。在庚辰本中无"来"，很可能是抄手弄不明白"来"是什么意思，故干脆不录。人民文学版通行本第九回（P132）："黛玉忙又叫住问道：'你怎么不去辞辞你宝姐姐呢？'"该句中的"呢"在舒序本（P287）、己卯本（P193）中是"来"，与人民文学版通行本第五十六回"来"的意思一致。第六十八回（P946）："咱们只去见官，省得捕快皂隶**来拿**。"其实该处的底本(庚辰本)原抄是"咱们只去见官,省得捕快皂隶**拿来**?"(俄藏本、杨藏本同),整理者不知这个"来"的意思,以为是抄颠倒了,所以将"拿来"改为"来拿"。另己卯本第三回(P70):"回来你好往这里来找他来!"该句在庚辰本(P64)、蒙府本(P105)、甲戌本、戚序本中最后一个字均是"来",而程甲本的这个"来"字却是"去"字,应该是整理者的理解有误,改成了"去"字。其实这个"来"字就是"呢"的意思,只不过它在这里表示感叹,是感叹句,而非疑问句。郑藏本第二十四回(P47):"原来叔叔也曾提我来?该句中的"来"字在庚辰本中为"的"字,有可能也是抄手不明白"来"的意思所致。第三十三回(P445):"……你那样下死手的板子,难道宝玉就禁得起了?你说教训儿子是光宗耀祖,当初你父亲怎么教训你来!"此处的"来"字后面应是问号,而不是感叹号。再如第三十五回:"薛姨妈见他一哭……一面又劝他:'我的儿,你别委屈了,你等我处分那孽障!你要有个好歹,我指望那一个来!"(P461—462)"我何曾招妈哭来!"(P463)此两处整理者在"来"字后面使用了感叹号是错误的,王蒙的《〈红楼梦〉(评点本)》第277页、第278页处这两句使用的就是问号,问号是正确的。说明"呢"字写成"来"字,"来"是"呢"的意思有方言的因素在。

二、第九十二回(P1273):"贾母笑着道:'好孩子,我一早就起来了,等他们总不来,只有你二叔叔来了。'那奶妈子便说:'姑娘给你二叔叔请安。'宝玉也问了一声'**妞妞好**?'巧姐儿道:'……'"

此句中宝玉也问了一声"妞妞好?"标点是有问题的。在口语"宝玉也问了一声妞妞好"中的"问"字是"问候"的意思,表示回敬。巧姐"请安"是奶妈子要求的,作者并没有写巧姐主动请安,作为回礼,"宝玉也问了一声妞妞好!"并不表示疑问,所以这里不必在"妞妞好"三字后加问号,只需在"妞妞好"后用一感叹号即可。

第二十四回就有这样一个例子："邢夫人拉他（宝玉）上炕坐了,方问别人好,又命人倒茶来。一钟茶未吃完,只见那贾琮来问**宝玉好**"。此外这里的"妞妞"在蒙府本中是"姐姐",人民文学版通行本用"妞妞"（程甲本也如是）可能是抄手或程、高不懂江南地域关于称呼方面的习俗所致。其实"姐姐"的表述更准确,在地方习俗中,家庭中特别受宠的女孩有时被称为"大姐"或"姐姐"。《红楼梦》贾府上下祖孙三代都可称巧姐为"姐姐",蒙府本中后四十回贾母有时称巧姐为"姐姐"或"大姐,也如贾母称贾蓉为"蓉哥儿"一样。若是北方人对此例不理解的话,那就请看第二十五回（P343）："李宫裁笑向宝钗道:'真真我们二婶子的诙谐是好的'。"而程甲本（P670）却是:"宝钗笑道:'我们二嫂子的诙谐是好的'。"庚辰本中的"二婶子"到程甲本中就变成了"二嫂子",原因何在? 主要是高鹗他们不懂南方的习俗所致。他们认为李宫裁与凤姐是平辈,李宫裁不应称凤姐为"二婶子",殊不知南方习俗中李宫裁有儿子贾兰,贾兰称凤姐为二婶子,所以李宫裁可依儿子的名义称凤姐为"二婶子",以示尊重。可能高鹗原本想保留说话人是李宫裁,但他又不知贾珠与贾琏谁大? 如果贾珠大,李宫裁还不能称凤姐为"二嫂子",但贾琏一定比宝钗大,所以干脆改成:"宝钗笑道:'我们二嫂子的诙谐是好的'。"这一改把原本李宫裁说的话变成了宝钗说的话了,真让人啼笑皆非。

　　三、第一一一回（P1496）："众人都说:'箱柜东西不少,如今一空,偷的时候<u>不小</u>,那些<u>上夜</u>的人管什么的! ……'"

　　该句中"偷的时候不小"后面用了逗号,其实这里不能用逗号分开,"不小"在方言中是"不晓得"的意思。"小"与"晓"是同音字,系音讹,况且南方人的语速普遍比北方人的快,往往将一个词说成了一个字。如"告诉""马上"。例句:我告（诉)你,张老师不好相处;你不要急,他马(上)来。"不小"也是这种情况。蒋勋在《细说红楼梦》音频中,有时也将"不晓得"说成"不小(晓)"。该句真正意思是:"偷的时候不晓得那些上夜的人管什么的?"通行本校注的人没有完全领会此意,故出现了这一错误。己卯本第四回(P86):"所以三日后才过门,谁**晓**这拐子又偷卖与薛家。"该句的"晓"就是"晓得"或"知道"之意。蒙府本该处(P136)就是"知道"。己卯本和庚辰本保留了作者的这一语言习惯。

四、第九十回(P1257):"只见薛蝌进来说道:'大哥哥这几年在外头相与的都是些什么人!连一个正经的也没有,来**一起子,都是些狐群狗党!**……'"

这里的"一起子"在方言中指薛蟠相与的那些人。这句话的断句应是:只见薛蝌进来说道:"大哥哥这几年在外头相与的都是些什么人!连一个正经的也没有来,一起子都是些狐群狗党!……""一起子"和"都是些狐群狗党"不能分开。第一一九回(P1582):"……去了**一起**,又无消息,连去的人也不来了。"该句与上句一样,"一起"后面的逗号不能用,应是:"……去了一起又无消息,连去的人也不来了。"意思是:去的那些人又没有消息,连去的人也不来了。

五、第一〇〇回(P1371):"那薛蝌却只躲着,有时遇见也不敢不周旋一二,只怕他撒泼放刁的**意思。更加**金桂一则为色迷心,越瞧越爱,越想越幻,那里还看得出薛蝌的真假来。"

该段文字的标点似有误。"更加"不能与"意思"分开。"意思"后面的句号应该标在"更加"的后面,"金桂"的前面。即"只怕他撒泼放刁的意思更加",意思是若不周旋一二,"只怕他更加撒泼放刁"。《红楼梦》文本口语很重,也较灵活,有时词(语)序是颠倒的,稍不注意标点就会出错。无独有偶。蒙府本第十四回(P497):"宝玉听说,便猴向凤姐身上要牌立刻。"(庚辰本 P294、己卯本 P284、甲戌本 P289 也如是。)该句的"要牌立刻"是原抄,曹雪芹的本意是"宝玉听说,便立刻猴向凤姐身上要牌",也是词序颠倒,后人不知就里做了点笔调整,改为"立刻要牌"。此例中的形容词"立刻"如前例中的"更加"一样也后置了,说明这是曹雪芹的语言特色无疑。(见书影)

六、第一○○回(P1375):"宝钗摆着手说:'你不用劝他,等我问他。'因问着宝钗道:'据你的心里,要这些姊妹都在家里陪到你**老了,都不为终身的事吗**?要说别人,或者还有别的想头,……'"

该段中"老了"后面的标点应在"老了"的前面,即:"要这些姊妹都在家里陪到你,老了都不为终身的事吗?"该标点出错的原因是校对的人不知道"陪到(道)你"是什么意思。文本中"道"有时写成"到",音讹。方言中"陪到(道)你"就是"陪着你"的意思。"道"是"着"意,前文已提,这里不再赘述。因此该句中"要这些姊妹都在家里陪到(道)你,**老了都不为终身的事吗**?"就是"要这些姊妹都在家里陪着你,老了都不为终身的事吗?"的意思。蒙府本的抄手不知道这个方言的意思,把它抄成:"要这些姊妹都在家里**陪你到老了都不为终身的事吗**?"

七、第一一三回(P1511):"平儿道:'这怕什么,他还有老爷太太呢。'刘姥姥道:'姑娘,你哪里知道,**不好死了是亲生的,隔了肚皮子是不中用的**。'"

这里"知道"后面的逗号,应在"不好"后面标注。联系上下文,刘姥姥认为赵姨娘死了,贾环更没人疼了,对于贾环来说是"不好"的兆头,平儿说不要紧,还有贾政和王夫人,可贾环毕竟不是王夫人亲生的(隔了肚皮子),是妾生子,刘姥姥当然知道王夫人不可能对贾环好。实际上以前王夫人也从来没有对贾环好过。故

寶玉聽說便猴向鳳姐身上要牌立刻說好姐姐給
出牌子來叫他們要東西去鳳姐道我乏的身子上
生疼還擱的住揉搓你放心罷今兒嬝領了紙裱糊

书影（蒙府本 P497）

有刘姥姥的"姑娘,你哪里知道不好,死了(的这个人)是亲生的,隔了肚皮子是不中用的。"它的实际意思是:平儿姑娘,赵姨娘死了,她的儿子贾环就不好,这你哪里知道。毕竟贾环不是王夫人亲生的。

八、第二十二回(P291):"但昨儿听见老太太**说**,**问**起大家的年纪生日来,听见薛大妹妹今年十五岁……"

这里"老太太说"后面的逗号可以不用,口语中"老太太说问起大家"中的"说问"是连说带问的意思。老太太可能是不知道宝钗的生日,也可能是记忆力不好,她们在一起议论生日的时候,知道的就说出来,不知道就问出来,凤姐是从这里听见宝钗生日的。因此不必用逗号分开。读者可能会问,两个动词怎么可以连用?标准的现代汉语可能不能连用,但口语是可以使用的。如第六十八回:"……今忽见凤姐带了进来,引动多人来**看问**。""看"与"问"都是动词,口语中,作者在此连用。只不过这里的"问"是"问候或慰问"的意思。其实"说"有时也可以理解是"问"的意思。如蒙府本第二十回(P756—757):"凤姐向贾环道:'你也是一个没气性的……输了几个钱就这么个样儿。'贾环见**说**,只得诺诺的回说:'输了一二百'。"该句第一个"说"字在己卯本(P434)中被抄作"问"。这样一来,第二十二回的"说问"例就可看成是同义反复了。俄藏本第五十九回(P2559):"没人**分记**得清楚,谁是谁的亲故。"此处的"分记"就是两个动词连用,即"分得清、记得清"的意思。现代著名作家路遥在《平凡的世界》中也有这种用法:"她(兰花)于是在公路边把放学回家的兰香挡住,让妹妹看住她的家门,自己拉扯着两个孩子赶到了娘家的门上,**打问**看公家如何处置她男人。"此处的"打问"就是动词连用。"打"是"打听"的意思,"问"是"询问"的意思,该词在贾平凹的小说《废都》中也出现过多次。蒙府本第三十六回(P1387)"一顿把将笼子拆了"也是两个动词连用,己卯本同。庚辰本第十回(P226):"……此时精神实在不能支持,就是去到府上也不能看脉。""去"与"到"也是两个动词连用。鲁迅先生在散文《藤野先生》中说道:"我离开仙台后,就多年没有照过相,有因为状况也无聊,说起来无非使他失望,便连信也怕敢写了。"此处的"怕敢"也是动词连用的例子。只是这里的"敢"是"不敢"的意思。

九、第八十八回(P1240):"那秋桐本来不顺凤姐,后来贾琏因尤二姐之事,不大爱惜她了,凤姐又笼络他,如今倒也安静,只是心里比平儿差多了,**外面情儿**。今见凤姐不受用,只得端上茶来。凤姐喝了一口,道:'难为你,睡去罢,只留平儿在这里就够了。'"

这里的"外面情儿"应在"不受用"后面,是词(语)序颠倒(后文有论述)。"外面情儿"是南方俗语,即"外面场要顾"。因而"外面情儿"后的句号应在该词的前面。意即:今见凤姐不受用,(秋桐)为了顾及外面场,只得端上茶来。也就是说**外面情儿,今见凤姐不受用,只得端上茶来**"是完整的一句话。其实因不懂作者词序颠倒这一语言特色而导致通行本标点错误还有例子。如第三十一回(P425):"天地间都赋阴阳二气所生,或正或邪,或奇或怪,千变万化,都是阴阳顺逆多少。一生出来,人罕见的就奇,究竟理还是一样。"长春版通行本是:"天地间都赋阴阳二气所生,或正或邪,或奇或怪,千变万化,都是阴阳顺逆。多少一生出来,人罕见的就奇,究竟理还是一样。"这两种标注似都有问题。该句在手抄本(包括庚辰本 P725、俄藏本 P1300、舒序本 P973、甲辰本 P976、蒙府本 P1207 表述几乎一致,只是甲辰本多了一个"人"字,蒙府本后被他人点笔改成程本的表述)中,因为没有标点一般不会产生歧义,但不是绝对不产生歧义。程伟元和高鹗在整理时因不懂词序颠倒这一特色,无法理解这句话的意思而产生歧义,故将它改为:"天地间都赋阴阳二气所生或正或邪或奇或怪千变万化都是阴阳顺逆**就是一生出来人人罕见的究竟理还是一样。**"他们的改动，把作者的原意改掉了。如果我们把它放到"词序颠倒"这一语境中，不但不用改，而且标点也不难。笔者以为应如下标注："天地间都赋阴阳二气所生，或正或邪，或奇或怪，千变万化，都是阴阳顺逆。**多少一生出来人罕见的就奇**，究竟理还是一样。"因为"**多少一生出来人罕见的就奇**"句中存在词序颠倒，字词的顺序一旦调整，一看就明白了。正常词序可理解为"**多少罕见的人一生出来就奇**"。

除了方言和词（语）序颠倒，还有其他语言特色也导致第三十四回（P452）有一段话标点有问题："王夫人道：'嗳哟，你该早来和我说。'"这句话看上去一点问题都没有，但是人民文学版通行本的前八十回是依据庚辰本，庚辰本的原话是："王夫人道嗳哟你不该早来和我说"（手抄本没有标点）。可到了人民文学版通行本这里"不该"就变成"该"了。到底是"该"还是"不该"呢？林冠夫先生在《红楼梦纵横谈》中对这一问题做了阐述，认为"不该"比"该"更准确，但他没有提到标点问题。林先生的判断是准确的，如果仅仅将"该"改回为"不该"，标点符号不变，很容易产生歧义。若将"王夫人道：'嗳哟，你该早来和我说。'"改成"王夫人道：'嗳哟，你不该早来和我说？'"把"说"字后面的句号改成问号就没有问题了。一方面这是手抄本庚辰本上的原话，另一方面不会产生歧义，更重要的是我们真正理解了作者的表达方式和含义。一句话里同时有否定和疑问存在，那它就表示肯定。例如："我不能去？"其实这句话真正的意思是"我能去。"同样在第四十回（P539）："贾母在舱内道：'这不是顽的，虽不是河里，也有好深的。你快不给我进来。'"笔者认为"你快不给我进来"后面也应是问号而不是句号，即："你快不给我进来？"第七十五回（P1042）："一个个不像乌鸡眼似的",它的原意是"哪个不像乌鸡眼似的?"即"个个都像乌鸡眼似的"。庚辰本第四十回与第七十五回这两个例子中的"不"字,在通行本中被保留了下来,而第三十四回一例中的"不"字在通行本中却没有保留下来。无独有偶,庚辰本(包括俄藏本、蒙府本)第三十二回(P735)"你的活计叫谁做谁不好意(思)不做呢"中的"不好"的"不"字在通行本(P430)中也没有保留,并且标点为"你的活计叫谁做,谁好意思不做呢。"根据曹雪芹的语言特色,该句的"不"在通行本中应该保留,即"你的活计叫谁做,谁(都)不好意思不做呢"。《红楼梦》文本中有大量的口语化表达方式,稍不注意就会产生歧义,并且以为是作者搞错或抄手抄错了,其实是我们自己不细心或者没有真正领会作者的语言特色和习惯而把它搞错了。

人民文学版通行本中类似这种有待商榷的标点符号问题很多,希望再版时能够给予足够的重视,以免错会了作者的意而误导读者。

蒙府本《石头记》后四十回
并非抄自程甲本

　　著名红学家胡文彬先生在影印蒙府本《石头记》序中说:"《蒙古王府本〈石头记〉》于1961年春由北京图书馆从琉璃厂中国书店购藏。"[此说有误。其实该书系金允诚女士于1960年10月售(或赠)与国家图书馆的。参见国家图书馆的复函]又说:"蒙古王府本后四十回(连同总目后四十回目录)据程甲本抄补这一点虽未完全取得共识,但异议者尚需拿出'铁证'方能令人信服。可补抄的时间当在程甲本问世不久。"又说:"蒙古王府本与戚序本同属一个系统,正文极相近似,其间,戚序本经过了一次修改,但有文字修改得还不彻底,仍保留了祖本个别原文,而蒙古王府本保留祖本原文更多一些。"笔者对胡先生的论断是持保留态度的,蒙府本《石头记》后四十回抄自程甲本确实有待商榷。

　　我们知道,蒙府本的出现,特别是补抄的后四十回的发现,直接冲击着当时的主流观点:即《红楼梦》后四十回是高鹗所续。若蒙府本后四十回不是抄自程甲本,而是抄自此前传抄的底本,那么高鹗续书说将不攻自破。所以当时相关的红学家没有经过严密的论证,就推出蒙府本是抄自程甲本,这样一来,原来高鹗续书说的观点就能自圆其说。殊不知这种推论漏洞百出,无法令人信服。

　　笔者经过深入细致的研究认为,蒙府本后四十回并非抄自程甲本。一是双方的回目的差异;二是蒙府本与程甲本回末结语表

国家图书馆

国家图书馆关于《关于申请提供 "金允诚捐赠蒙古王府藏<石头记>签字照片" 的函》的复函

北京曹雪芹学会：

　　来函收悉。现就贵会要求的提供 "金允诚捐赠蒙古王府藏《石头记》签字照片" 事宜，做简要说明。

　　我馆收藏的蒙古王府本《石头记》十二卷一百二十回，清抄本（第五十七回至六十二回，八十一回至一百二十回配另一清抄本），三十二册。经查采访登记账，该书系金允诚于1960年10月售与我馆。

　　专此函复。

国家图书馆

2020年10月19日

国家图书馆复函(北京曹雪芹学会提供)

述的差异;三是"倒(到)的"和"倒(到)底"的差别;四是程甲本有的段落蒙府本没有(含有关字句的错失);五是蒙府本较多保留了古汉语,文言古风更浓;六是蒙府本中的特殊表述与程甲本的差异;七是特殊的几回人物、名称的误差;八是异字互用;九是蒙府本中的字词在对应的程甲本中更多地被儿化;十是蒙府本中较多地保留了词序颠倒的语言特色;十一是蒙府本特殊的方言及语言习惯程甲本保留较少。现分论如下。

一、双方回目的差异

1.程甲本第九十回的回目是"失**绵**衣贫女耐嗷嘈,送果品小郎惊匝测",而蒙府本的回目是"失**锦**衣贫女耐嗷嘈,送果品小郎惊匝测"。

2.程甲本第九十五回的回目是"因讹成实元妃薨逝,以假混真宝玉**疯颠**",而蒙府本的回目目录是"因讹成实元妃薨逝,以假混真宝玉**赖风**",章回正文标题却是"因讹成实元妃薨逝,以假混真宝玉**颠疯**"。

3.程甲本第九十九回的回目是"守官箴恶奴**同破刑**,阅邸报老**舅**自担惊",而蒙府本的回目目录是"守官箴恶奴**仝被刑**,阅邸报老旧自担惊",章回正文标题却是"守官箴恶奴**同被刑**,阅邸报老**舅**自担惊"。

4.程甲本第一一四回的回目是"王熙凤历幻返金陵,甄应嘉蒙恩还玉阙",而蒙府本回目目录缺"王熙凤历幻返金陵",只有"甄应嘉蒙恩还玉阙",章回正文标题完整,且与程甲本同。

5.程甲本第一一七回的回目是"阻超凡佳人双护玉,欣聚党恶子独承家",而蒙府本的回目是"阻超凡佳人双护玉,欣聚党恶子独**成**家"。

1、2、3 三例因有鲁鱼亥豕之嫌,如果说抄手抄错了,我们还可以理解。但是 4、5 两例就不应该抄错。特别是第 4 例,竟然把前面的半个回目给抄丢了,让人无法想象,因为第一一四回正文标题是完整的,为什么抄手没有补上,把它空在那里?只能是过录的底本目录空缺。蒙府本正文中还有多处空缺,更加不符合常理。如:"若说我守着,又叫人说我不□臊"(P4291)、"我所居兮青埂□峰"(P4278)以及文本最后的"休笑世人□"(P4303)。如果蒙府本后四十回是从程甲本抄补,应该不会出现这些让人费解的情况。空缺理由应是底本模糊不清或原本空缺所致。

二、双方回末结语表述的差异

1.第八十一回

蒙府本结语:欲知明日**听讲**何如,且听下回分解。

程甲本结语:欲知明日**听解**何如,且听下回分解。

2.第八十二回

蒙府本结语:未知是谁,**且听**下回分解。

程甲本结语:未知是谁,下回分解。

3.第八十三回

蒙府本结语:要知后事如何,**且看**下回分解。

程甲本结语:要知后事如何,下回分解。

4.第八十四回

蒙府本结语:**且听**下回分解。

程甲本结语:**未知何言**,下回分解。

5.第八十五回

蒙府本结语:未知小厮说出**甚么**来,下回分解。

程甲本结语:未知小厮说出**什么话**来,下回分解。

6.第八十九回

蒙府本结语:未知黛玉性命**究竟**如何,且看下回分解。

程甲本结语:未知黛玉性命如何,且看下回分解。

7.第九十回

蒙府本结语:未知**何如**,下回分解。

程甲本结语:未知**是谁**,下回分解。

8.第九十二回

蒙府本结语:未知后事如何,**且听**下回分解。

程甲本结语:未知后事如何,下回分解。

9.第九十五回

蒙府本结语:未知**如何**,下回分解。

程甲本结语:未知**何如**,下回分解。

10.第九十九回

蒙府本结语:贾政**只得起身**,不知传办何事,下回分解。

程甲本结语:贾政不知**节度**传办何事,且听下回分解。

11.第一〇八回

蒙府本结语:未知袭人怎生回**话**,下回分解。

程甲本结语:未知袭人怎生回**说**,下回分解。

12.第一一一回

蒙府本结语:不知怎生发放并失**丢物件**有无着落,下回分解。

程甲本结语:不知怎生发放并失**去的物**有无着落,下回分解。

以上十二个章回的结语,每回只有个别两个字的差异。读者
可能认为笔者有点大惊小怪。其实不然。古代手抄本的抄手用毛
笔抄书是相当辛苦的差事。抄手在抄某一章的开头或快要结尾时
心情应该是相对愉快和放松的,一般情况下,开头和结尾是极少
抄错的,不会把"贾政不知**节度**传办何事"抄成"贾政**只得起身**不

知传办何事"，更不会将章回目录的半条回目抄丢。这就是笔者从回目与结语两处立论的原因。

三、"倒(到)的"和"倒(到)底"的差别

南方人在讲"底"时，经常"的""底"不分。顾颉刚先生《红楼梦辨》中卷(P77)有这样一段话："故以书中主要明显的本文，曹氏一家**底**踪迹，雪芹**底**生平推较，应当断定《红楼梦》一书叙的是北京**底**事。"小小的一段文字，有三处用"底"代替了"的"。俞平伯在《红楼梦研究》一文中将《红楼梦》的风格""作者的态度只是一面镜子"均写成"《红楼梦》**底**风格""作者**底**态度只是一面镜子"。这说明在旧社会有时这两个字是不分的，特别是在南方。蒙府本后四十回多处使用了"倒(到)的"，而对应程甲本却是"倒(或到)底"。从这一点也说明蒙府本后四十回不是抄自程甲本。现举例如下。

1.第八十八回

蒙府本(P3404)："他虽是有过功劳来**底**，**倒的**主子奴才的名分也要存一点儿才好。"对应程甲本(P2443)是："他虽是有过功**的**人，**到底**主子奴才的名分也要存点儿体统才好。"该句除"的""底"互换外，程甲本还多出"体统"一词。

2.第九十回

蒙府本(P3464)："自己回心一想，他**倒的**是嫂子的名分。"对应的程甲本(P2498)是："自己回心一想，他**倒底**是嫂子的名分。"

3.第一〇三回

蒙府本(P3807)："你**倒的**把我女儿怎么弄死了。"对应的程甲本（P2818）是："你**到底**把我女儿怎么弄杀了。"该回的第二例(P3817)是："若是刑部相验，**倒的**府上脸面不好看。"此句中的"倒的"，对应的程甲本(P2827)是"**到底**"二字。

4.第一○四回

蒙府本（P3843）："晴雯**倒的**是个丫头……"对应的程甲本（P2851）是："晴雯**倒底**是个丫头……"

5.第一○六回

蒙府本（P3900）："你知道**倒的**还剩了多少？"对应的程甲本（P2906）是："你知道**到底**还剩了多少？"。此例程乙本没有"到底"两字，不知是何缘故。

此外，"**倒的**"一词在蒙府本的前八十回的第六十七回（P2595）也出现了，但在程甲本中却是"**到底**"，这不仅说明这是曹公的书写习惯，同时表明蒙府本的第六十七回也不是抄自程甲本。

四、程甲本里有的段落在蒙府本中缺失（含有关字句的错失）

1.程甲本第九十九回（P2731）有这样一段描写：

> 缘薛蟠籍隶金陵，行过太平县，在李家店歇宿，与店内当槽之张三素不相认，于某年月日薛蟠令店主备酒邀请太平县民吴良同饮，令当槽张三取酒。因酒不甘，薛蟠令换好酒。张三因称酒已沽定难换。薛蟠因伊撅强，将酒照脸泼去，不期去势甚猛，恰值张三低头拾箸，一时失手，将酒碗掷在张三囟门，皮破血出，逾时殒命。李店主趋救不及，随向张三之母告知，伊母张王氏往看，见已身死，随喊禀地保赴县呈报。（此段话的标点来自通行本）

这一整段文字蒙府本（P3714）都没有，只在该段话后多了一个"情"字。程甲本的"呈报"后是"前署县诣验"，蒙府本接该段前一句为"情前署县诣验"。若是从程甲本抄补，整段抄丢似不合情理。事实上，这个"情"字就已经把整个在程甲本中表述的这段话讲明了，因为这段话所表达的大致意思在第八十六回（程甲本

035

P2384,蒙府本 P3340)已介绍过,虽然文字不尽相同,但意思非常接近。蒙府本在第九十九回中没有重复,而程甲本则进一步表述。现将第八十六回那段原文摘录如下:

> 窃生胞兄薛蟠,本籍南京,寄寓西京。于某年月日备本往来贸易。去未数日,家奴送信回家,说遭人命。生即奔宪治,知兄误伤张姓,及至囹圄。据兄泣告,实与张姓素不相认,并无仇隙。偶因换酒角口,生兄将酒泼地,恰值张三低头拾物,一时失手,酒碗误碰囟门身死。(标点来源同上)

这段文字在两个版本的第八十六回均出现,但是程甲本在第九十九回再次陈述,而蒙府本只用一个"情"字替代了在第八十六回中这一情况的表述。从这一细节可以看出蒙府本更为严谨,避免了重复。为什么会出现这种情况?沈治钧先生在《红楼梦成书研究》一书中就前八十回的成书情况做了全面的论述,但未涉及后四十回的成书问题。胡文彬先生在给此书所作的序文中提出这是明显的不足之处。沈先生未涉及后四十回,可能是受他人的误导而认为后四十回是他人所续。他在该书(P252)中这样写道:"曹雪芹是形象思维大师,大脑自然是超常发达的。可惜的是,他的盖世才华没有能够充分施展出来,'书未成',留下了人世间的一大遗憾。——往大处说,后半部'迷失'无稿了。"他的这一判断对错暂且不论,如果顺着沈先生前八十回的成书思路,笔者有理由相信程甲本这一段文字的底稿与蒙府本的这一段文字底稿不是同一稿,蒙府本这一段文字有可能是程甲本这一段文字底稿的改稿。后四十回与前八十回一样,也不是一次成稿,是经过多次修改润色而成。因而出现了上述情况。

2.第九十九回中的周琼给贾政的信,文字出入也较大。

程甲本(P2729—2730)为:

金陵契好，桑梓情深。昨岁供职来都，窃喜常依座右。仰蒙雅爱，许结朱陈，至今佩德勿谖。祇因调任海疆，未敢造次奉求，衷怀歉仄，自叹无缘。今幸荣戟遥临，快慰平生之愿。正申燕贺，先蒙翰教，边帐光生，武夫额手。虽隔重洋，尚叨樾荫。想蒙不弃卑寒，希望茑萝之附。小儿已承青盼，淑媛素仰芳仪。如蒙践诺，即遣冰人。途路虽遥，一水可通。不敢云百辆之迎，敬备仙舟以俟。兹修寸幅，恭贺升祺，并求金允。临颖不胜待命之至。——世弟周琼顿首。（标点来源同上）

蒙府本（P3713）为：

金陵契好，桑梓情深，昨岁供职来都，窃**告**常依座右。仰蒙雅爱，许**给**朱陈，至今佩德勿谖。祇因调任海疆，未敢造次**裏**求，衷怀歉仄，（自叹无缘）。今幸荣戟**贲**临，快慰平生之愿。正申燕贺，**光**蒙翰**须**，边帐**生光**，（武夫额手）。虽隔重洋，**当**叨樾荫。想蒙不弃卑寒，希望茑萝之附。小儿已承青**胆**，（淑媛素仰芳仪）。如蒙践**议**，即遣冰柯（途路虽遥，一水可通。不敢云百辆之迎，敬备仙舟以俟）。兹修寸**甬**，恭贺**台**祺，并求金允。临颖不胜待命之至。——世弟周琼顿首。（标点来源同上）

蒙府本的这段文字，括号内的字是没有的，黑体字对应程甲本亦不相同。这里应该是蒙府本的抄手所依据的底本"漶漫不可收拾"的缘故。另外程甲本中的"荣戟遥临"，在蒙府本中是"荣戟贲（bì）临"。蔡义江先生在《红楼梦诗词曲赋全解》中对"荣戟遥临"做了这样的解释："指贾政远道出任江西。荣戟，有彩帛套子或涂上油漆的木戟，古代官吏出行时做前导的一种仪仗。唐王勃《滕王阁序》：'都督阎公之雅望，荣戟遥临。'"然而在古汉语中对"光临"一词也有"贲临"的表述。《辞源》对"贲临"的解释是："犹光临。《诗·小雅·白驹》：'皎皎白驹，贲然来思。'传：'贲，饰也。'笺：'愿其来而得见之。'谓来者贲然盛饰,后人本此,敬称人之莅临为'贲临'。《金瓶梅》四十:'十二日寒舍薄具菲酌,奉屈鱼轩,仰冀贲临,不胜荣幸。'"同样"禀求"和"台祺"也是如此。"禀"有三层意思:一,向长辈或上级报告;二,旧时下级向上级报告的一种文件;三,领受。"奉"有多层意思,其中有献给、接受(多指上级或长辈的)。也就是说,"禀""奉"有时表达的意思是相同的。"台祺"在古汉语中是指书信结束时的祝福语。"升祺"是吉星高照的意思,也是祝福语,意思差不多。这符合古汉语中一个意思往往用多个词语进行表达的范式。

该段文字差异如此之大,蒙府本抄手在抄写这段文字时,若是抄自程甲本不可能这么费劲,因为程甲本是木活字排版印刷的,字迹工整清楚,抄错的可能性极小。这说明蒙府本后四十回是抄自独立的底本。

3.程甲本第八十三回(P2301):

> 六脉弦迟,素由结郁。左寸无力,心气已衰。关脉独洪,肝邪偏旺。木气不能疏达,势必上侵脾土,饮食无味,甚至胜所不胜,肺金定受其殃。气不流精,凝而为痰;血随气涌,自然咳吐。理宜疏肝保肺,涵养心脾。虽有补剂,未可骤施。姑拟黑逍遥以开其先,后用归肺固金以继其后。不揣固陋,俟高明裁服。(标点来源同上)

而蒙府本却是(P3254):

> 六脉弦迟,素由结郁,左寸无力,心气已衰。关脉独洪,肝邪偏旺。木气不能疏达,势必上侵脾土,饮食无味,甚至胜所不胜,肺金定受其殃,气不流精,凝而为痰;血随气涌,自然咳**呢,理宜疏肝养肺,(涵养心脾)**。虽有补剂,未可骤施。姑拟黑逍遥以开其先,后用归肺固金以继其后,(**不揣固陋俟高明裁服**)候裁。(标点来源同上)

在这个处方中，蒙府本没有"涵养心脾""不揣固陋俟高明裁服"等文字。是抄手抄丢了还是底本本来就没有，这是值得商榷的。另蒙府本在结尾时有"候裁"二字，而程甲本没有；程甲本中的"保肺"，蒙府本却是"养肺"。若是蒙府本抄自程甲本，抄错的可能性也不大。

五、蒙府本较多保留了古汉语，文言古风更浓

1.第八十四回蒙府本（P3282—3283）："贾政道：'你原本幼字便扣不清**题位**了。'"句中"题位"对应的程甲本（P2328）是"**题目**"。事实上，此句中"题位"比"题目"表达得更准确。"题位"是指题目的要求，作文的规则。《儒林外史》第六回有"假如不照**题位**，乱写些热闹话，难道也算有才气不成？"

该回中另外一例（P3296）："近年来久已不通**音问**。"句中"音问"对应程甲本（P2340）是"音信"。其实"音问"也是古汉语的表达。清富察明义《绿烟琐窗集》的《庆郎诗引》中就有一例："云篮者，姑苏之伶官也。姿色绝佳，琴诗兼妙。……翌日则吴帆南返，代马北归。地久天长，渺无**音问**。"陶潜《赠长沙公族祖》中有"款襟或辽，**音问**其先"。还有成语"音问久疏"。从这些方面都可以看出"音问"更符合古风。

2.第八十九回蒙府本（P3418）："只是怕贾政**觉声**出来，不敢不常在学房里去念书。"句中的"觉声"对应的程甲本（P2456）是"觉察"。《辞源》《辞海》"声"字有八种解释，其中有一种解释是"音讯"。如《汉书·赵广汉传》中有"界上亭长**寄声**谢我，何以不为致问。"这里"声"就是"音讯"的意思。此回中还有一例（P3431）是："又恐怕打断了你的**清兴**。"对应程甲本（P2467）是"又恐怕打断了你的**清韵**。""清兴"的意思是清雅的兴致，而"清韵"的意思一是清雅和谐的声音或韵味，二是喻指铿锵优美的诗文，与上文的语义

不符。"清兴"曾出现在王勃的《山亭夜宴》中："清兴殊未阑,林端照初景。"因此"觉声"和"清兴'更符合古汉语表达。

3.第九十回蒙府本(P3457):"正真的二奶奶和姑娘们的行事叫人**感忘**。"句中"感忘"对应的程甲本(P2492)为"感念"。"感忘'保留了古汉语的风格,它是成语"感遇忘身"的简洁表达。

4.第九十二回蒙府本(P3495):"若说有才的,是**曹大家**、班婕好……"句中"曹大家"对应的程甲本(P2529)是"曹大姑"。这里的"曹大家"指的是班昭,东汉女史学家、文学家。此处的"家"读gu,通"姑",是对女子的敬称。该回中还有(P3506):"冯紫英道:'这盘终吃亏在**打劫**里头。'"句中"打劫"相对应的程甲本(P2538)是"**打结**"。"劫"字在本回出现了三次,蒙府本无一例外是"劫",而程甲本却是"结"。贾政与詹光下大棋,料定是下围棋。围棋中有"打劫""消劫""寻劫""劫材"之说,因此程甲本中的"打结"是错误的。所以该回中的"曹大家"符合古汉语的表达方式,而"打劫"一词更符合专业表述。尽管"打劫"一词是专用术语并非古汉语,但是此处的差异却很能说明问题。

5.第一一二回蒙府本(P4053):"林之孝回说:'他和鲍二爷**打降**来着,还见过的呢?'"句中的"打降"在程甲本(P3048)中为"打架",变成了简单的现代汉语。"打降"在古汉语中表示以武力降服对方的意思。郑藏本第二十四回(P38)有"倪二是个泼皮,专放重利,在赌场吃闲钱,专爱吃酒**打降**"。庚辰本、舒序本第二十四回该处的表述也是"**打降**"。清郝懿行《证俗文》卷六:"俗谓手搏械斗为**打降**。降,下也,打之使降服也。方语不同,字音遂变。或读为打架,盖降声之转也。"清林则徐《会奏英夷抗不交凶严断接济查办情形折》:"况夷人酗酒**打降**,习以为常。"《荡寇记》第一一二回:"一味使酒逞性,行凶**打降**,所以他的旧友,无一人不厌恶他。"

6.第一一三回蒙府本(P4074)："咱们的二爷胡涂，也不领姐姐的情，反倒怨姐姐作事过于**急刻**。"该句中"急刻"一词在程甲本(P3067)中为"苛刻"，在程乙本中是"刻薄"。程甲本与程乙本都是程伟元和高鹗整理的，此处用了不同的词进行表达，可能底稿就是古汉语"急刻"，为了便于读者理解，做了修改。其实"急刻"在古汉语中是存在的。"**急刻**"是峻急苛刻的意思。东晋袁宏《后汉纪·明帝纪下》："十年春二月，广陵王荆有罪自杀。荆，上母弟也，性**急刻**，喜文法。"《旧唐书·刑法志》："刀笔之吏，寡识大方，断狱能者，名在**急刻**。"说明"急刻"一词并非《红楼梦》所独有。

不过，也有极少数程甲本保留了古汉语，而蒙府本在传抄过程中没有保留。如第一〇七回，蒙府本(P3902)是"如今无可**指望**，谁肯接济"，对应的程甲本(P3902)是"如今无可**指称**，谁肯接济"。说明蒙府本的抄手有时也会自作主张将古汉语改掉。

其实就蒙府本后四十回与程甲本比勘，相对来说，蒙府本后四十回的古汉语保留多一些。但如果用己卯本与蒙府本的前八十回对比，己卯本的古汉语保留比蒙府本多一些，因为己卯本(或己卯本的底本)可能比蒙府本(或底本)更早，保留曹公的原笔更多。如己卯本第四十回(P873)："李纨**侵晨**先起，看着老婆子丫头们扫那些落叶……"此处古汉语"**侵晨**"(黎明的意思)在蒙府本中为"清晨"，尽管表达的大致意思相同，但古风已变；该回第877页："刘姥姥让出路来与贾母众人走，自己却**趔走**土地。"此处的古汉语"**趔走**"，意即"艰难的行走"，而在蒙府本中就是"走"，表达的意思没有己卯本准确；该回第883页："凤姐手里拿着西洋布手巾，裹着一把乌木三厢银箸，**战**(该字原是'占'与'反文'，后人将'占'改成'古'，该字遂成'故'，应是形讹)**敠**人位，按席摆下。"此处古汉语"**战敠**"是揣度、估量的意思，"**战敠**人位"在蒙府本中却是"按人数位"，后来者不知其意又将"位"字点去，遂变成"按人数按席摆下"，真是荒唐至极。

从己卯本与蒙府本的古汉语保留情况来看，己卯本不可能抄自蒙府本，同样蒙府本后四十回也不可能抄自程甲本。

六、蒙府本中的特殊简洁表述与程甲本的差异

蒙府本第一〇四回（P3834）有这样一段话："雨村忙到了内阁，见了各大人，将海疆办理不善的旨意看了，出来即忙找着贾政，先说了些为他抱屈的话，后又道喜，问：'一路可好？'贾政也将别后以来的话细细说了一遍。**雨村道：'谢罪的本上了去了，等膳后下来看旨意罢。'**"

此处程甲本（P2843）是："雨村忙到了内阁，见了各大人，将海疆办理不善的旨意看了，出来即忙找着贾政，先说了些为他抱屈的话，后又道喜，问：'一路可好？'贾政也将违别以后的话细细的说了一遍。**雨村道：'谢罪的本上了去没有？'贾政道：'已上去了，等膳后下来看旨意罢。'**"

到底是蒙府本的表述正确还是程甲本的表述正确呢？笔者认为蒙府本是正确的，因为它符合语境，更符合贾雨村此时的心理状态。首先我们看一看这句话的背景。贾雨村本来是在家里的，因内庭传旨，所以乘轿进内庭，到了内庭又听人说贾政被参在朝内谢罪，这里听见人说应是在内阁听说的，或者是由内阁传出来的消息。贾政谢罪的折子应该早交上去了，不然贾雨村就不会知道贾政是来谢罪的。他出来找贾政，安慰贾政，大概的意思是：**既然谢罪的本递上去了，那么就等膳后下来看旨意罢，你也不要太着急**。尽管表面上看不出贾雨村此话是幸灾乐祸，但我们能看出他的心态，毕竟此事与他自己没有多少关系。贾政则不同。贾政是中

规中矩的人,胆子又小。如果是贾雨村问他谢罪的本是否交上去了,他断不会在说了"已上去了"之后又坦然地说"等膳后下来看旨意罢"。后文贾政领旨出来满头大汗并向人吐舌道"吓死人"就是明证。所以**"等膳后下来看旨意罢"**应该是出自贾雨村之口。

蒙府本第一〇八回(P3946—3947):"**凤姐……说:'宝兄弟胆子忒大了,'湘云道:'不是胆大,倒是去会芙蓉神去了,还是寻什么仙去了。'**"

此处对应的程甲本(P2948)是:"**凤姐……说:'宝兄弟胆子忒大了,'湘云道:'不是胆大,倒是心实。不知是去会芙蓉神去了,还是寻什么仙去了。'**"

该句看上去程甲本比蒙府本通顺,这也是有些学者认为"程前脂后"的原因。其实只不过湘云的话是一个大的并列句式,该句后面的一个分句也是一个复句罢了,并非两个并列的复句。作者的意思是宝玉"不是胆大,倒是去会芙蓉神还是寻什么仙去了"。这种口语化的简洁表达在蒙府本的第十四回、第十七回中也有。第十四回(P499):凤姐吩咐昭儿"别勾引他认得混账老婆,**回来打折你的腿**"(庚辰本同)。尽管程甲本除"老婆"二字是"女人"外,与蒙府本一致,笔者举该例也并非恰当,但该句在杨藏本、俄藏本却是"别勾引他认得混账老婆,**果然有这些事,回来打折你的腿**"。失去了口语化表达。第十七回(P627):"贾政忽想起他来,方喝道:'你还不去?难道还逛不足!也不想逛了这半日,老太太必悬挂着。**快进去,疼你也白疼了。**'"(庚辰本同)此句也是口语省略。"快进去,疼你也白疼了"意即"你逛了这半日,还不快进去请老太太安,让老太太悬心,老太太真是白疼你了"。程甲本表述得较为明确和简单:你还不去,恐老太太纪念你,难道还逛不足么? 如果我们将曹雪芹习惯于简洁的口语化(口语省略)表达作为考察文本的依据之一，那么蒙府本上述两处表达就是不矛盾的。

蒙府本第一二〇回（P4290）："刘妈妈见了王夫人等便说样（"样"字后被点笔画去）'将来怎样升官起家做（"过"字之误——笔者按）日子，怎样子孙昌盛。'"该句对应的程甲本（P3268）是："刘老老见了王夫人等便说些'将来怎样升官，怎样起家，怎样子孙昌盛。'"这里暂且不说"刘老老"变成了"刘妈妈"，包括其他方面的差异，单说"过日子"，"过日子"应是一个村妪的语言。若是抄自程甲本，断不会凭空多出"做日子"一词。该回蒙府本最后（P4301）："尘梦劳形，呜呼归去；山灵好容，石化飞来。"而程甲本是还有"尘梦劳有，聊倩鸟呼归去；山灵好客，更石化飞来。"词句优劣暂不论。但"劳形"是有出处的。唐刘禹锡《陋室铭》中"无丝竹之乱耳，无案牍之**劳形**"，况且"形"与"容"相对。庚辰本第一回"……士隐于书房闲坐，至手倦抛书，伏几少息"，此处的"手倦抛书"源于北宋蔡确《夏日登车盖亭》诗前二句：纸屏石枕竹方床，**手倦抛书**午梦长。尽管卞藏本[1]此处是"手卷拢（疑'抛字'形讹）书"，通行本还是采用了前者，因为前者有明显的出处。程甲本中"好客"的"客"，有可能是"容"的形讹，因为在己卯本第三十七回（P813），抄手就将"容我作个东道主人"的"容"错抄成"客"，这是程甲本误抄的根据。因而蒙府本该段对仗词句若说从程甲本抄录，似乎讲不过去。有鉴于此，笔者还是认为这是《红楼梦》成书前不同时段的修改稿，抑或是程、高活字刷印时所据抄本整理修改而成，也未可知。

俞平伯先生在《旧抄红楼梦残本两回（代序）》一文中，对郑藏

---

[1] 卞藏本《红楼梦》，曹雪芹著，北京图书馆出版社，2006年12月第1版。又称卞亦文藏本。下同。

本的第二十四回的结尾简洁的文字,给予了高度的评价:

　　　　最特别的二十四回的结尾一段。残本文字简短,又跟各本大不相同。如有正本"原来这小红本姓林"以下至结尾,约有三百七十字,这本却短得很,只有约一百四十字。兹抄录于下:"原来这小红方才被秋雯、碧痕两人说的羞羞惭惭,粉面通红,闷闷的去了。回到房中无精打彩,把向上要强的心灰了一半。蒙眬睡去,梦见贾芸隔窗叫他说:'小红你的手帕子我拾在这里。'小红忙走出来问:'二爷那里拾着的?'贾芸就上来拉他。小红梦中羞,回身一跑,却被门槛绊倒,惊醒时却是一梦,细寻手帕不见踪迹,不知何处失落,心内又惊又疑。下回分解。"这个写法跟各本大不相同。特别是结尾很好,描写她梦后境界犹在,以为帕子有了,细细去找;这仿佛苏东坡的《后赤壁赋》结尾的"开户视之,不见其处",似乎极愚,却极能传神。从心理方面说,把白天意识下的意中人在梦中活现了;又暗示后文手帕确在贾芸处,过度得巧好。我认为这样写法善状儿女心情,不仅表示梦境恍惚而已。若一般的本子,如有正本:"那红玉急回身一跑,却被门槛绊倒唬醒,方知是梦。要知端的,下回分解。"便是照例文章,比较的平庸了。

　　《石头记》据作者自己所说"披阅十载,增删五次",当然我们无法知道这个残本是第几次增删稿,但语言简洁似乎是修改得更完善的稿子。以上三例,蒙府本语言较程甲本更为简练,自有底本无疑。

七、特殊的几回人物名称的差异

　　1.蒙府本第一一三回和第一一九回中凡涉及"刘老老"处,一般都写作"刘妈妈",只少数几处写作"刘老老"。而程甲本却是"刘姥姥"或"刘老老"。

2.蒙府本第一一二回凡涉及"贾芸"处,绝大多数都写成"贾芝"。而程甲本却是"贾芸"。

3.蒙府本第八十三回凡涉及"林之孝"处,绝大多数都写成"林三孝"。而程甲本却是"林之孝"。

4.蒙府本第一〇〇回凡涉及"宝蟾"处,绝大多数都写成"宝蝉",而程甲本却是"宝蟾"。

如果说"贾芸""林之孝"名称个别因形讹抄错,还情有可原,但整个章回几乎全错,就很不应该。更何况活字印刷,"刘老老"和"宝蟾"错抄成"刘妈妈"和"宝蝉",更不可能。对于第三十回的回目,庚辰本、杨藏本、俄藏本、舒序本、甲辰本、程甲本是"椿灵画蔷",而蒙府本、戚序本却是"龄官画蔷"。沈治钧先生在《红楼梦成书研究》一书中(P237)这样写道:"这里似乎只能解释为,'椿灵'是旧名,'龄官'是个新名,作者在改稿过程中给这个女孩儿换了名字,却忘了改去回目上的旧名。"沈先生的论证言之成理。因而笔者认为,蒙府本第一〇〇回中的"宝蝉"与程甲本该回的底稿也应是不同时期的改稿。

八、异字互用

(一)程甲本中是"出",蒙府本中往往是"去"

1.蒙府本第八十二回(P3239):"二人又略站了一回,都悄悄的退去来了。"此句中的"去"字对应的程甲本(P2287)是"出"。

2.蒙府本第九十三回(P3542):"赖大说:'我的小爷,你太闹的不像了,不知得罪了谁,闹去这个乱儿。'"此句中的"去"字对应的程甲本(P2571)是"出"。另该回(P3539)有"便从靴掖儿的里头拿去那个揭来帖(疑是'帖来'之误——笔者按)",句中的"去"字对应的程甲本(P2569)也是"出"。

3.蒙府本第九十四回(P3552):"这话怎么顺嘴说了去来,反觉不好意思。"此句中的"去"字对应的程甲本(P2581)是"出"。

4.蒙府本第九十六回(P3615):"便从里间去来,走到王夫人身边。"此句中的"去"字对应的程甲本(P2640)是"出"。

尽管以上都是蒙府本的"错误",但有时程甲本也会"出错"。如蒙府本第一一六回(P4170):"老爷路上短少些,必经过赖尚荣的地方,也可叫他出点力。"该句对应的程甲本(P3158)却是"去点力"。这说明程甲本在整理过程中虽尽量避免"出错",但此处还是出现了漏网之鱼。

出现这种情况的原因,主要是江南的一些地方常常声母"ch"与"q"不分。如普通话"吃饭(音 chi fan)"在方言中为"吃饭(音 qie fan)"。由于"出"与"去"的声母分别是"ch"和"q",因而文本中有时出现"出"与"去"互为替代。如程甲本第九十六回(P2652):"黛玉出了贾母院门,只管一直走去。"该句中的"走去"对应的蒙府本(P3628)却是"走出"字。程甲本第九十四回(P2575)"我原要打发他们去来着,都是你们说留着好"。此处"去"的表述是正确的,但对应的蒙府本(P3546)却是"出"字。这说明作者有时将"出"与"去"互用是确定无疑的。

刘世德先生在《红楼梦舒本研究》前言中说:"《红楼梦》舒本虽然残存四十回,却是一特别值得珍视的脂本。"同时又说:"(舒本)不同于杨本,舒本却是一货真价实的'乾隆抄本'""它的价值可谓是超越了现存其他的脂本!更何况,它还保留了一部分曹雪芹'初稿'的文字和痕迹。"如果刘先生的判断是正确的话,那么舒序本有可能是较蒙府本更为古老的脂本。我们看看舒序本在表述"出"的意思时是否保留有"去"的范例。通过对比,答案是肯定的。如舒序本第二十四回(P719):"……还亏舅舅们在我家去主意,料理的丧事。"此句中的"去"对应的程甲本是"去出"。该处蒙府本

（P898）是："……还亏舅舅们在我家**去作**主意,料理的丧事。"多了一个"作"字。无论是程甲本还是蒙府本,都是整理者或抄手不知"去"就是"出"的意思,故而在"去"字后面妄加了"出"和"作"。对比三个版本,笔者以为舒序本为确。另外,这种表达在卞藏本第七回（P184)）也有出现："若发了病时,拿**去**来吃一丸。"蒙府本前八十回也有此种情况,如第二十四回（P907)："忽见周瑞家的从门里**去**来叫小厮们:'先别扫,奶奶出来了。'"这从侧面说明,蒙府本后四十回具有明显的脂本性质,它是抄自独立的底本,而不是抄自程甲本。

（二）程甲本中是"个",蒙府本中往往是"过"

1.蒙府本第八十一回（P3190)："有几**过**小丫头蹲在地下找东西。"此处"过"对应的程甲本（P2241)是"个"字。

2.蒙府本第一〇九回（P3956)："宝钗道:'妈妈只管同二哥哥商量,挑**过**好日子,过来和老太太、大太太说了……'"此处对应的程甲本（P2957)是"……挑**个**好日子……"。另,同回第3954页"姑娘这样一**过**人",在程甲本（P2955)中为"姑娘这样一**个**人"。

3.蒙府本第一一〇回（P4011)："只见凤姐的血吐**过**不住。"此处"过"对应的程甲本（P3009)是"只见凤姐的血吐**个**不住"。

4.蒙府本第一一六回（P4163)："况且正要问**过**明白。"此处"过"对应的程甲本（P3151)是"个"字。

5.蒙府本第一一七回（P4191)："这一闹,把**过**荣国府闹得没上没下,没里没外。"此处"过"对应的程甲本（P3177)是"个"字。

以上例子是正向的,也有极少反向的,如蒙府本第一二〇回（P4289)有"宝玉的文章固是清奇,想他必是**个**来人",这里的"个来人"在程甲本（P3267)中是"过来人"。还有本回（P4285—4286)

"到底他和宝哥儿并没有个明路儿"，这里的"个明路儿"在程甲本（P3264）中为"过明路儿"。

尽管"过"或"个"字在蒙府本中表述是不准确的，但这应该是作者的用词或书写习惯，不是抄手的习惯，因为这几回并非一人所抄。蒙府本第一一一回（P4038）有一例很能说明这个问题。"林之孝的道：'你们（过）个个要死，回来再说。'"该句中的"过"字用点笔画去，说明蒙府本后四十回的抄手当时在抄该回时，这里的"个个"一词很可能就是繁体的"过过"，出于惯性，顺手一抄，抄好第一个"过"字时，发现有悖正常表达，故用点笔画去、重抄成"个"。此种情况在其他抄本中也存在。如俄藏本第六十三回（P2775）："说（道）着又和他二姨挤眼。"该句抄手开始抄的是括号里的"道"字，抄后感觉不对，将"道"字圈掉，改"着"字。庚辰本第五十三回（P1235）："贾珍听了笑向（贾）蓉等道：'你们听他这（说）话可好笑！'"该句括号里的"说"字是开始抄的，后抄手将其圈掉，改成自己理解的"话"字。这二例都说明所据的底本原字就是"道"和"说"。关于"个"写成"过"，卞藏本第二回（P48）中也有蒙府本同样的情况："……今因还要入都，从此顺路，找过敝友说一句话……"此处的"过"，在他本中是"个"。仅残存两回的郑藏本也不例外，第二十四回（P54）："次日一个五更，贾芸先找了倪二，将前银按数还他。"蒙府本（P896）、庚辰本（P536）此处也是"一个五更"。舒序本第二十四回（P738）有："……自是母子俱各欢喜。次日，一个五鼓，贾芸先找了倪二……"，此处庚辰本（P549）、蒙府本（P918）也是"一个五鼓"。那么蒙府本的前八十回还有没有类似的书写方式呢？答案是肯定的。第十一回（P395）有"看着众儿女热闹热闹，是这过意思"，第十三回（P473）另有"贾珍便忙向袖中取了宁国府对牌来，命宝玉送与凤姐，又说妹妹爱怎样就怎样，要什么只管拿这过取去……"第二十七回（P1026）有"……如今便赶着躲了，料也躲不及，少不得要使**过**金蝉脱壳的法子"这些均把"个"写成了"过"。说明这是曹公的书写习惯，应该不是抄手抄错了。所有这些更加证实蒙府本（包括后四十回）与卞藏本、郑藏本、舒序本、庚辰本一样，具有明显的脂本特征。

这里顺便说一下为什么蒙府本一二〇回抄手将"过日子"抄成"做日子"。作为抄手，他没有对语言文字进行整理的义务，只是顺着文字往下抄，照猫画虎。在蒙府本中有时将繁体的"個"字错抄成"做"字。蒙府本（P4290）处有"只要人家清白，孩子肯念书，能**做**（'够'或'個'字之误）上进"。蒙府本根据底本却将"個"或"够"错抄成"做"字。该句中的"做"在程甲本中是繁体的"個"字，说明程甲本底本在这里就是"個"字。同时蒙府本第九十九回还有"……家里过的，就规规矩矩伺候本官升了还能**個**"。蒙府本（P4283）处有"明年成了进士，不就**個**了官了"。"做"抄成"個"、"個"抄成"做"应是形讹。它们互为演变过程是"過日子←→個日子←→做日子"，因而就出现了蒙府本（P4290）'将来怎样升官起家**做**日子'了。程甲本没有蒙府本中"過日子"一词，这很能说明问题，蒙府本不是抄自程甲本。

程甲本第九十三回（P2568）："贾琏便道：'你去告诉赖大，**说**老爷上班儿去了，把这些个女孩子暂且收园里……'"蒙府本（P3538）为："贾琏便道：'你去告诉赖大，老爷上班儿去了，把这些**這**女孩子暂且收园**内**……'"相较程甲本，蒙府本少了一个"说"字，"园里"变成"园内"，这些暂且不论。最突出的是程甲本中的"个（繁体为'個'）"字变成了蒙府本中的"這（繁体'这'）"字。原因何在？其实蒙府本中的"這"字是抄手的形讹，将"過"错抄成"這"，而曹公习惯于"个"与"过"互用。蒙府本的底本（或底本的底本）很可能是"過"字。蒙府本的抄手断不会将"個"抄成"這"。因此,单从这一例来看,蒙府本抄自程甲本的可能性也不大。

(三)程甲本是"这",蒙府本往往是"那"

蒙府本第一〇一回(P3769):"谁知**那**山上有个得道的老猢狲出来打食。"此处"那"对应的程甲本(P2783)是"**这**"。

蒙府本第一〇八(P3925):"只是打不起**那**个精神来。"此处"那"对应的程甲本(P2928)是"**这**"。

蒙府本第一一八回(P4214)有:"贾芸道:三叔你**那**话说的倒好笑…"。此处"那"对应的程甲本(P3199)也是"**这**"。

蒙府本第一一六回中连续五处是"那"。它们分别是:"但不知**那**草有何好处。"(P4155);"你不知道,**那**位妃子就是我的表妹。"(P4156);"王夫人道:'好孩子,阿弥陀佛,**那**个念头是起不得的。"(P4167);"只是**那**件事也得好几千两银子。"(P4178);"见我**那**样痛哭也不来劝慰。"(P4171)。所有这些,对应的程甲本均是"**这**"。

这种情况,如果说一个章回中出现一两次,有可能是误抄,但第一一六回中连续出现五处,应该不是误抄。

查其他抄本,卞藏本第一回(P12)就出现了这种情况:"说着便袖了**那**石,同那道人飘然而去。"俄藏本也是"**那**"。而蒙府本、庚辰本却是"这"。因此从这一点看,蒙府本后四十回不仅不是抄自程甲本,而且其底本源流可能与卞藏本、俄藏本相近,因为蒙府本中的"那"字更多。

九、蒙府本中的字词在对应的程甲本中更多被"儿化"

南方正常表达的字词往往一到北方就被"儿化",这是截然不同的表达方式。蒙府本中的"昨日""今日""前日"在对应的程甲本中往往是"昨儿""今儿""前儿",但也有程甲本中少量的"昨日""今日""前日"在蒙府本中是"昨儿""今儿""前儿"。为了能更好地说明问题,现举例如下:

1.蒙府本第一〇一回(P3762):"**凤姐**笑着站起来接了道:'二妹妹你别管我们的事。'"对应的程甲本是:"**凤姐儿**笑着站起来接了道:'二妹妹你别管我们的事。'"该回(P3759)还有"那一天奶奶不是起来有一定**时候**呢?","时候"在程甲本(P2773)中是"**时候儿**"。

2.蒙府本第一〇三回(P3816):"我故意一碗里头多抓了一把盐,记了暗记。"对应的程甲本(P2826)是:"我故意的一碗里头多抓了一把盐,记了**暗记儿**。"

3.蒙府本第一〇四回(P3845):"遇着**闲空**,我再慢慢的告诉你。"对应的程甲本(P2853)是:"遇着**闲空儿**,我再慢慢的告诉你。"

4.蒙府本第一〇八回(P3924):"我从小在这里长大……"对应的程甲本(P2928)是:"我从小儿在这里长大……"

例子太多,不胜枚举。

若通篇对比一下,程甲本中字词儿化的比例远远高于蒙府本,对比其他抄本也是如此。尽管儿化可以互逆,但高比例儿化说明高鹗的整理用语已趋于北方话了。因此蒙府本后四十回抄自程甲本也是不可能的。

十、蒙府本中较多地保留了词(语)序颠倒的语言特色

关于词(语)序颠倒,笔者对整部小说文本前后进行了梳理,例子很多。限于篇幅,同时为了对比说明,现就后四十回中举例说明:

1.蒙府本第八十二回(P3241):"黛玉见他二人,不免又**伤起心来**。"该句对应的程甲本(P2288)是:"黛玉见他二人,不免又**伤心**

起来。"此例在第九十回(P3459)有"薛姨妈听了薛蝌的话,不觉又**伤起心来**"。该句对应的程甲本(P2493)也是"**伤心起来**"。

2.蒙府本第八十八回(P3406):"如今重阳时候,略备了一点儿东西,**婶娘这里那一件是没有**,不过是侄儿一点孝心。"对应的程甲本(P2445)没有"是"字,系正常语言。而"**婶娘这里那一件是没有**"采用了词序颠倒法,即"婶娘这里是那一件没有"。程甲本的底本即使有"是"字,也会被人处理掉。

3.蒙府本第八十九回(P3439):"肠胃日薄一日,果然**粥不能都**吃了。"对应的程甲本(P2475)是:"肠胃日薄一日,果然**粥都不能**吃了。"

4.蒙府本第九十四回(P3573):"林之孝测了字回来说,这玉是**不丢了的**。"对应的程甲本(P2600)是:"林之孝测了字回来说,这玉是**丢不了的**。"

5.蒙府本第一二〇回(P4296):"此玉乃天奇地灵锻炼之丹宝,**凡间非可比**。"对应的程甲本是:"……**非凡间可比**。"

蒙府本第九十五回(P3577):"我比给他个瞧,有一家便说有。"这里程甲本与蒙府本相同。但在稍后的程乙本中,程、高认为原句有误,故将其改为:"我比给他们瞧,有一家便说有。"把"个"字改成了"们"字,这是程、高二人不知道曹公有词序颠倒的语言习惯,故而妄改。曹公的原意是"我比个(样子)给他瞧,有一家便说有"。笔者之所以将此例列出,是因为程乙本属于程本系统,有必要做一说明。当然这种情况有时程甲本保留,而蒙府本却是正常顺序。如程甲本(P2489)是:"**婆子才起来磕了头**,又给岫烟磕了头。"这句在对应的蒙府本(P3454)是:"**婆子才磕头了起来**,又给岫烟磕了头。"

词序颠倒的语言特色在脂本中保留较多,但脂本之间也有不同。因为脂本每抄录一次，其语言或多或少地受到抄手的影响而发生一些变化。如庚辰本第七回（P159）原有**"我在家里等了这半日，妈竟不出去，什么事情这样的不回家的忙"**。后将"这样的不回家的忙"点笔更改为"这样忙的不回家"。除俄藏本、卞藏本是"忙的这样"，其余各脂本均为"这样忙的不回家"，这表明抄手对该句的表达有不同的理解。虽然在脂本中只有庚辰本如此特殊，其他各本表述也更符合语言逻辑，但笔者认为庚辰本点改前的表述却是曹公的原笔，因为它保留了词（语）序颠倒的语言特色，也如本论中蒙府本的其他例子一样。通行本在整理时将该句校改为"这样忙的不回家"，不能不说是一种遗憾。

　　脂本中这样的例子还有很多。如舒序本第六回（P197—198）："'周瑞家的先将刘姥姥起初来历说明……我细细回明奶奶，想也不责备我莽撞的。'平儿听不便作了主意，'叫他们进来，先在这里坐着就是了。'"该句的"平儿听不便作了主意"是原抄的，抄后，抄手发现这句话不对劲，遂点去"了"字，在"听"字后面旁添了一个"了"字，于是"平儿听不便作了主意"就变成了"平儿听了不便作主意"，没有将"不"字点去。而庚辰本（P138）却是"平儿听了，便作了主意"。笔者认为舒序本的原抄是曹公的原笔（点改后也符合曹公的原意），因为它符合词序颠倒的语言习惯，更何况平儿对一个陌生的刘姥姥是不敢随意"作主意"的，就是王熙凤处理此事也是非常的谨慎。先看："又问周瑞家的回了太太没有。周瑞家的道：'如今等奶奶的示下。'凤姐道：'你去瞧瞧，要是有人有事就罢，得闲儿呢就回，看怎么说。'"再看："凤姐说道：'周姐姐，好生让着些儿，我不能陪了。'于是过东边房里来。又叫过周瑞家的去，问他才回了太太，说了些什么？周瑞家的道：'太太说，他们家原不是一家子，不过因出一姓，当年又与太老爷在一处作官，偶然连了宗的。这几年又不大走动。当时他们来一遭,却也没空了他们。今儿既来了瞧瞧我们,是他的好意思,也不可简慢了他。便是有什么说的,叫奶奶裁度着就是了。'凤姐听了说道:'我说呢,既是一家子我如何连影儿也不知道。'"凤姐虽然有权,她必须搞清楚刘姥姥与王家到底是什么关系,亲疏才是裁度的标准,特别是王夫人的意见。她本人也确实不知道有这门亲戚。平儿是凤姐的助手,岂能随便表态。因而"平儿听了,不便作主意"是完全正确的,只不过"不便作主意"后省略了"道",这也是曹公简洁的口语习惯。

十一、蒙府本保留的特殊方言或口语习惯,程甲本改易较多

笔者在蒙府本和程甲本的对比研究中发现,蒙府本大都保留了独特的地方语言(即江淮官话和吴方言)和口语的表达方式,而程甲本在编辑时改易较多,保留较少。现举例说明之。

例一:第八十一回

程甲本(P2243—2244):"探春把钓竿递与李纹,李纹也把钓竿垂下,但觉丝儿一动,忙挑起来,却是个空**钩子**。又垂下去,半晌**钩丝**一动,又挑起来,还是空**钩子**。李纹把那**钩子**拿上来一瞧,原来往里**钩**了。"

蒙府本(P3192):"探春把钓竿递与李纹,李纹也把钓竿垂下,但觉丝儿一动,忙挑起来,却是个空**钓子**。又垂下去,半晌**钓丝**一动,又挑起来,还是空**钓子**。李纹把那**钓子**拿上来一瞧,原来往里**钓**了。"

此例程甲本中的"钩"字在蒙府本中均用"钓","钓"是符合作者方言表达的。现在以江淮官话和吴方言为中心的区域,均用"钓",极少用"钩",恰蒙府本此段中都使用了"钓",与当地语言甚合。比如:沙鳖(甲鱼)钓子、黄鳝钓子。此处动词"钓"与"子"结合

做名词用,是方言中的特殊用法。

例二:第八十三回

程甲本(P2306):"凤姐点点头儿,因叫平儿称了几两银子,**递给周瑞家的,道**:'你先拿去交给紫鹃,只说我给他添补买东西的……'"

蒙府本(P3260):"凤姐点点头儿,因叫平儿称了几两银子,**递给周瑞家的接道**,'你先拿去交给紫鹃,只说我给他添补买东西的……'"

若程甲本所据底本是黑体"递给周瑞家的,道",整理者尊重底本没有任何问题。但若底本如蒙府本,程甲本整理者删去"接",而留黑体部分,那就是妄改。蒙府本"递给周瑞家的接道"的表述符合南方语言特色。这里的"接道"是"接着"的意思,"道"有时也写成"到",即接道或接到。尽管蒙府本文本中对"接"字用了点笔画去,那也只是抄手或阅读者不理解此意造成的。蒙府本第八十回(P3161):"我要拷问宝蟾,你又护**到**头里。"方言中类似的表述很多,如:我把箱子放在这里,你代我看道(意即"看着");下雨了,屋里漏雨,麻烦你用脸盆张道;他给你,你就接道(到),不要客气。读者可能会问没有"说"的意思这个"道",后面的话是谁讲的不就没有着落了吗? 其实这是口语的省略,一般情况下是知道谁讲的。如通行本第十九回:"袭人又抓些果子与茗烟,又把些钱与他买花炮放,教他'不可告诉人,连你也有不是'"。这里省略了两处,一处是"教他(道)"的"道",一处是"(若告诉别人),连你也有不是"的"若告诉别人"。

与上句最接近的一例是庚辰本第四回(P81):"雨村忙具衣冠出去迎接。有顿饭的工夫,方回来细问。这门子(道):'这四家皆联络有亲……'"该句省略了"道"。通行本《红楼梦》前八十回采用的是庚辰本。校注(对)者不知作者的这一语言习惯，或者是便于读者理解文本，直接把它改成："雨村忙具衣冠出去迎接。有顿饭的工夫，方回来细问。这门子道：'这四家皆联络有亲……'"舒序本与庚辰本同，也没有"道"字，版本依据明显，可见庚辰本这段话应是作者的原笔。

例三：第八十五回

程甲本(P2365)："你年纪不小了，虽不能办事，也当跟着你大哥他们学习才是。"

蒙府本(P3322)："你年纪不小了，虽不能办事，也当跟着你大哥们他学习才是。"

此例蒙府本的抄手在抄完该句时，重新将"们"和"他"做了点笔调整。也有可能是收藏者(也包括借阅者)做的点笔调整。无论是何种情况都是因为不了解作者口语的这种用法。点改之前更符合作者口语用法。"你大哥们他"是"你大哥们他(们)"的意思，"他们"是"大哥们"的同位语。此种表述在蒙府本第五十七回(P2202)有：已后别叫林之孝家的进园来，你们别说"林"字，**该("孩"之形讹)子们你**听了我这句话罢。众人忙答应。对应程甲本(P1541)是：已后别叫林之孝家的进园来，你们别说"林"字，**孩子们你们**听了我这句话罢。众人忙答应。此例取自前八十回中的第五十七回，说明在前八十回中已经出现了这样作者口语与书面语言的分歧。而这两个版本前后这种分歧雷同，说明这两个版本的抄手抄写时没有改动，即按照原有的语言表达方式进行抄写的。而程甲本大都以书面语言为标准进行整理誊写。因此，此例蒙府本点笔调整前的表述是作者的原笔。

又如庚辰本第三十回（P694）："别人总未解得**他**四个人的语言。"该句的"他"就是表示第三人称复数"他们"。

舒序本第六回（P206）有一句话的表述也能说明问题，虽然不尽相同，但它保留了难得的口语："凤姐笑道：'也没见**我王家门**的东西都是好的不成，一般你们那里放着那些好东西，只是看不见我的才罢。'"其他脂本与此不同。程甲本的表述是："凤姐笑道：'也没见**我们王家**的东西都是好的，你们那里也放着那些好东西，只是看不见我的东西才罢。'"口语中"我王家门"与"我们王家"是一个意思，只是表达不同。同时"们"字在抄本中往往写成"门"字。蒙府本第六回就有两处，一处（P234）是："凤姐笑道：'**亲戚门**不大走动，都疏远了……"；另一处（P240）是："你那爹在家怎么教导你了，打发**咱门**作煞事来？"舒序本的这一例子在蒙府本第一〇九回（P3962）中有表述："这也是**我女孩儿家们**说得的吗？"而在程甲本（P2963）中此处变成了："这也是我们女孩儿家说得的吗？"因此，笔者认为舒序本、蒙府本的这种表述是曹公的口语习惯。

例四：第八十六回

程甲本（P2399）："想是我们老爷也不懂，他便不来了，怎么你有本事**藏着**。黛玉道：'我何尝真会呢！'"

蒙府本（P3356—3357）："想是我们老爷也不懂，他不来了，怎么你有本事**会着**。黛玉道：'我何尝真会呢！'"

此例蒙府本是"会着"，符合作者的语言习惯，本意是"你会这个"或"你有这本事"。如果说蒙府本抄自程甲本，抄手怎么可能将"藏着"抄成"会着"？这两个字在字形上差异很大，只可能是不懂作者方言或口语的人按照自己的理解将原本的"会着"改为"藏着"。

知道"会着"的意思，有助于对通行本第四回中一句话的理解。"咱们先**能着**住下,再慢慢的着人去收拾,岂不消停些。"这里的"能着"是将就的意思,"能"是方言音"long"(平声)的谐音字,杨藏本、俄藏本分别写成"浓"和"哝"就是该方言的最接近的发音。通行本中将其解释成"耐着""忍着",似乎未得方言要义。

例五:第九十二回

程甲本(P2527—2528):"那奶妈子便说:'姑娘给你二叔叔请安。'宝玉也问了一声'**妞妞**好!'巧姐儿道:'我昨夜听见妈妈说要请二叔叔去说话。'"

蒙府本(P3494):"那奶妈子便说:'姑娘给你二叔叔请安。'宝玉也问了一声:'**姐姐**好?'巧姐儿道:'我昨夜听见妈妈说要请二叔叔去说话。'"(标点源自通行本)

此例程甲本是"妞妞",而蒙府本是"姐姐",事实上作者的原笔就是"姐姐"。因为在当地的风俗中,如果一个女孩是大家庭中的宠儿,尽管她的辈分小,都可以称为"姐姐"或"大姐"。就巧姐而言,她是贾府这个大家族中的宠儿,虽然很小,但无论哪一辈分的人都称巧姐为"姐姐"或"大姐",包括老嬷嬷和佣人。在蒙府本中就有贾母称巧姐为"大姐"的例子。《西游记》第十八回高太公称他的三女儿作"三姐姐"。因为吴承恩也是南方人,在南京生活了二十多年,故有此类习惯称呼。另外,当地还有一个风俗,即在称呼人的时候任何人都可以按家庭中最小的一辈称呼对方,比如一个女婿在结婚后未生小孩时,称呼岳母为"妈",当生了小孩之后可称呼岳母为"家婆(外婆)",如果自己的孩子大了结婚生子,这时候,他就可以称呼岳母为"家太太"了。故贾府上下喊巧姐儿为"姐姐"是符合南方风俗的。另通行本第1273页的此段话中"妞妞好"后用了问号。笔者认为这个标点有误,"妞妞好"后应为感叹号。因为在地方语言中"宝玉问了一声"是宝玉向巧姐问候的意思,而不是表示疑问。所以此句似应为"宝玉也问了一声'姐姐好!'"。通行本第六回(P94)也有一例:"刘姥姥只得蹭上来问'太爷们纳福。'"。该句的"问"字,也是问候的意思。

此例南方称呼的表达方式在诸多脂评本与程甲本的比较中也能找到。程甲本第二十五回(P669—670)有:"凤姐笑道:'你既吃了我们家的茶,怎么还不给我们家作媳妇儿。'众人都大笑不止,黛玉红了脸,回过头去,一声儿不言语。宝钗笑道:'我们二嫂子的诙谐是好的。'"

蒙府本(P958—959)是:"凤姐笑道:'饶求你,你到说这些闲话,吃茶吃水的,你既吃了我们家的茶,怎么还不给我们家作媳妇。'众人听了,一齐都笑起来,黛玉红了脸,一声儿不言语。便回过头去了。李宫裁笑向宝钗道:'真真我们二婶子的诙谐实在是好的。'"

此处庚辰本(P572)、俄藏本(P993)、甲戌本(P375)、己卯本(P548)、戚序本(P960)无一例外都是:"李宫裁笑向宝钗道:'真真我们二婶子的诙谐实在是好的。'"因为程、高在整理脂评本时,不知道李宫裁作为凤姐的同辈为什么称呼凤姐为"我们的二婶子",上例已说过,因为李纨已经有了儿子贾兰,故随儿子辈称呼凤姐为"二婶子"。程、高不知道地方语言的特殊表达方式,无法理解李宫裁作为凤姐的同辈称呼凤姐为"二婶子"。他们认为可能是作者搞错了,故将其改为:"宝钗笑道:'我们二嫂子的诙谐是好的。'"简直是啼笑皆非。这种情况也有未改的。蒙府本第一一七回(P4185):"只见一个丫头来回话:'琏二爷回来了,颜色大变,说请太太回去说话。'王夫人又吃了一惊,说道:'将就些,叫他进来吧,小婶子也是旧亲,不用回避了。'"程甲本与其一致,没有改动。这里的"小婶子"指的是宝钗。王夫人怎么可以称宝钗是"小婶子"?

因为王夫人家中最小的是她的孙子贾兰，贾兰称宝钗为"小婶子"，故王夫人在特殊的语境下就可称宝钗为"小婶子"。

例六：第九十四回

程甲本(P2596)："大凡哥儿出门回来，手巾荷包短了，还要个明白，何况这块玉不见了便不问的么？"

蒙府本(P3568)："大凡哥儿出门回来，手巾荷包短了，还要**问**人明白，何况这块玉不见了便(不)问的？"

蒙府本符合方言表达。"人"字在相关语境下可以作为人称代词，可代表第一人称"我"，也可代表第二人称"你"和第三人称"他"。此处的"人"可以是第三人称"他"，也可以是"其他人"的意思。如："你叫他搞，又不让人使用工具，叫人怎么搞？"

例七：第九十五回

程甲本(P2619)："贾母传话告诉贾琏，叫他速办去了。贾母便叫人：'将宝玉的动用之物都搬到我那里去。只派袭人、秋纹**跟过来**，余者仍留园内看屋子。'"

蒙府本(P3595)："贾母传话告(诉)贾琏，叫他速办去了。贾母便叫人：'将宝玉动用之物便撤到我那里去，只派袭人、秋纹**跟道来**，余者仍留园内看屋子。'"

此例中蒙府本的"跟道来"保留了祖本的方言韵味，而程甲本则可能做了修改，将此处的"道"字改成"过"字。原因可能是字形上的相似，"过"的繁体字是"過"，在字形上与"道"有相似之处。但修改后的意思失去了原来的意趣。在方言中"跟道来"中的"道"字是"着"意思，与"跟过来"的意思差不多。虽然最后的意思相近，但是表达上"跟道来"更接近作者的方言表达。

此外，程甲本该回(P2614)有："原是**小时**在一处的，也难不理他。"此句"小时"在对应的蒙府本(P3589)中却是方言"小时节"。方言中有时称"小时候"为"小时节","时候"为"时节"。舒序本作为早期抄本,仅第二十四回就有两处(P719、P744)是"时节"的表述。程甲本该回(P2604)还有一处方言表达:"宝玉不等说完便道:'你快拿三百五百钱去,取了来,**我们挑着看**是不是?'"此句对应的蒙府本(P3578)是:"宝玉不等说完便道:'你快拿了三百钱五百钱去,取了来,**你们瞧瞧看**是不是?'""**瞧瞧看**"或"**看看瞧**"是典型的方言表达。

例八:第九十九回

程甲本(P2716):"却说宝玉虽然病好复原,宝钗有时高兴翻书观看,谈论起来,宝玉所有眼前常见的尚可记忆,若论灵机**大不似**从前活变了。"

蒙府本(P3698):"却说宝玉虽然病好复原,宝钗有时高兴翻书观看,谈论起来宝玉所有眼前常见的尚可记忆,若论灵机**大不将**从前活(原抄为"话",音讹)变了。"

此例蒙府本中的"大不将"是"大不像(相)"的意思,吴方言中"不像(相)"有时候发"不将(jiang 或 qiang 音,去声)"。例如:到岳母家拜年,东西少了不将(像)。蒙府本该回第3704页还有:"众人道:'你放心,就没有多少,也**强将**我们腰里掏钱。'"此句中"强将"一词对应的程甲本是"强似",说明该词是作者的惯用词语。"似"是"相(像)"的意思,"将"是"像(相)"的意思,程甲本此两处用"大不似"和"强似"没错,但失去了方言的神韵。

此方言在我国的最早的诗歌总结《诗经》里也能找到例子。

《郑风·溱洧》:

……维士与女,伊其**相谑**,赠之以芍药。(第一章)

……维士与女,伊其**将**谑,赠之以芍药。(第二章)

《诗经》是民歌体,大多是"四言为主,重章叠句(韵)",重复吟唱。第二章的"将",朱熹《集传》释为"当作相,声之误也"。也就是"相"被说成了"将"音,故也就写成了"将"。其实这是方言的原因,并非朱子所称的"声之误",不过他将"将"释为"相"甚确。

安徽籍作家李凤群的小说《大江边》中"养种**将**种,冬瓜像水桶"的"将"字就是"像(相)"的方言发音。"养种将(像)种,冬瓜像水桶"是江南俚语,李凤群生活在长江边上南京附近的安徽无为,故对此俚语非常熟悉,信手拈来。

例九:第一○一回

程甲本(P2767):"那些丫头老婆见贾琏出了门又复睡了,不打谅这会子回来,原不曾预备,平儿便把**温过的**拿了来。"

蒙府本(P3752):"那些丫头老婆见贾琏出了门又复睡了,不打谅这会子回来,原不曾预备,平儿便把**汤过的**拿了来。"

此例蒙府本是"汤(烫)过的",而程甲本是"温过的",在语言表达上蒙府本更接近方言。

卞藏本第八回(P219)中一句话就是使用方言"烫"字:"这里宝玉又说,不必**烫**热了,我只管吃冷的。"程甲本(P278)此处为"**烫暖了**",保留了方言,说明程甲本的底本就是"烫"字。庚辰本(P184)此处却是"温暖了",但后文"再**烫**热酒来"却是与卞藏本一致。

例十:第一○三回

程甲本(P2819):"我们为好劝他,那里跑进一个野男人,**在奶奶们里头**浑撒村浑打,这可不是没有王法了。"

蒙府本(P3808—3809):"我们为好劝他,那里跑进一个野男人,**在奶奶门里头**混撒村混打,这可不是没有王法了。"

此例中蒙府本是"在奶奶门里头",而程甲本是"在奶奶们里头",按照文从字顺的要求,前文有"你们不许闹,有话好好儿的说,快将家里收拾收拾",说明这个野男人是在屋里闹的,而这个"门里头"在方言中正表示"屋里"的意思。高鹗是北方人,哪里知道这个词的意思,故改成"在奶奶们里头"就不足为怪了,更何况抄本中有时还将"们"抄成"门"呢!

例十一:第一〇九回

程甲本(P2970):"你们只管把二爷的铺盖铺在里间就完了,宝钗听了也**不作声**。"

蒙府本(P3970):"你们只管把二爷的铺盖铺在里间就完了,宝钗听了也**不着声**。"

此例蒙府本是"不着声",而程甲本是"不作声",在地方语言中"不着声"和"不作(做或则)声"是一个意思。这种表达方式分布在安徽省马鞍山市的当涂、宣城(古称宁国府)宣州区的部分居民中。蒙府本第八十七回(P3387—3388):"惜春道:'他有什么事?'彩屏道:'我听**着日**见邢姑娘和大奶奶那里说呢……'"该句话中的"着日"在程甲本(P2427)中是"昨日"。蒙府本第九十三回(P3537):"水月庵里不过是女沙弥女道士的事,奶奶**作**什么急。"该句中"作什么急"是着什么急的意思。因做、作、昨、则四个字音基本相同,故在方言中把"不作声""昨日""着急"就读作"不着声""着日""作急",写法也就随之改变了。不懂此方言的人读蒙府本时还以为是笔误,其实不然。此例在蒙府本第七回(P274)中也有类似的表述:"尤氏、凤姐都忙说:'好生**作**,忙什么。一面便吩咐人好生小心跟着,别委屈着他。'"对应的**程甲本**(P255)是:"尤氏便吩咐人:'好生小心跟着,别委曲着他。'"蒙府本中的"作"字后人作圈笔修改为"着",但它不是抄手自身的圈改。程甲本中没有"好生作,忙什么"。虽然甲戌本、庚辰本、舒序本均为"着",但笔者还是认为蒙府本的底本中"作"才是曹雪芹的原笔。因为"着"与"作(昨)"互用是曹公语言的典型特征。蒙府本第八回(P297)有此种表达:詹光、单聘仁……道:"我的菩萨哥儿,我说**着**了好梦呢,好容得遇见了你。"该句的"着"字后被收藏者或借阅者做了改动,变成了"作"字。蒙府本第二十回(P764):"你自己便比世人好,也不犯**作**(程甲本P556为"着"字)见一个打趣一个。"说明"着"和"作"互用是曹雪芹的语言习惯或者说是方言用法。后四十回是曹公的遗稿无疑。关于这一例笔者想多说几句。冯其庸老先生在《石头记脂本研究》中阐述了己卯本是怡亲王府的抄藏本理由,己卯本中的"祥"和"晓"被抄成了"祥"和"曉",缺笔。这是因为老怡亲王是康熙的十三子名允祥,小怡亲王是允祥的儿子名弘晓,己卯本将其抄成"祥"和"曉"是为了避允祥、弘晓讳。故冯其庸先生认为己卯本是怡亲王府的抄藏本。如果这一观点是正确的话,那么蒙府本中特有的"不着声""着日""作什么急"能不能说明该抄本后四十回不是抄自程甲本,《红楼梦》后四十回不是高鹗或他人所续呢?

例十二:第一○九回

程甲本(P2952):"宝玉道:'白这么说罢咧,我坐一会子就进来,**你也乏了**,先睡罢。'"

蒙府本(P3951):"宝玉道:'白这么说罢咧,我坐一会子就进来,**你也丢了**,先睡罢。'"

此例中程甲本"你也乏了"在蒙府本中是"你也丢了"。这两个意思是大不相同的。"你也丢了"作者的原意是"把手头的事情放下,不要再做事了",不仅有体谅对方的意思,还有结合语境的长处。对方或许正在做女红，让对方"丢了"，就是体谅对方的辛苦，希望她放下手头的工作去休息，以免劳累。此处用"丢了"，更有画面感，也更符合语境，比仅仅用"乏了"更有意蕴。程、高在整理过程中不懂其意，将遗稿中的"丢"字写成"乏"字，或者他们所整理的底稿的抄本就是"乏"字也未可知。

该回还有一例。

程甲本（P2982）："凤姐道：'咱们这里还有什么收拾的，不过就是这点子东西，还怕什么！你先去罢，看老爷叫**你**。我换件衣服就来。'"

蒙府本（P3983）："凤姐道：'咱们这里还有什么收拾的，不过就是这点子东西，还怕什么！你先去罢，看老爷叫。我换件衣服就来。'"

蒙府本没有"你"字，而程甲本有"你"字，笔者以为蒙府本是曹雪芹的原笔。因为在第一〇八回也有一个例子："鸳鸯道：'听见宝二爷说老太太叫，我敢不来吗。不知老太太要行什么令儿？'"（蒙府本、程甲本相同）这里的"叫"后面可以有一个代词"我"，即"听见宝二爷说老太太叫（我），我敢不来吗"。由于该句"叫"的后面有代词"我"，只是标点符号标注位置不同而已，无须增加一个"我"字。故此句蒙府本与程甲本没有差别。同样第一〇九回的例句"叫"的后面可以有"你"字，但在口语中可以省略掉（承前省）。整理者不知道有这样的简洁口语习惯，或者采用书面用语，故加了一个"你"字。

文本中的这种口语化表达，有时在转化成书面语时，理解起来难度倒不是很大，但标点符号确实不好把握。通行本第七回："见他（周瑞家的）进来，宝钗才放下笔，转过身来，满面堆笑让：'周姐姐坐。'周瑞家的也忙赔笑问'姑娘好？'"笔者认为此处标点不妥。因为该句可以转化为："见他进来，宝钗才放下笔，转过身来,满面堆笑让坐。周瑞家的也忙赔笑问好。""问姑娘好"就是向宝钗问好,不是疑问句,而是感叹句,"好"字后面应是感叹号。同时,前句"满面堆笑让:'周姐姐坐。'"无须使用冒号,改为"满面堆笑让'周姐姐坐。'"似为更妥。通行本第八回(P127)"宝玉因让'林妹妹吃茶'"标点标的就很正确。若不然通行本这两处的标点至少有一处是错的。

例十三:第一一〇回

程甲本(P3002—3003):"只听见鸳鸯姐姐们的口话儿,好像怪琏二奶奶是的,李纨道:'就是鸳鸯我也**告诉过他**。'"

蒙府本(P4004):"只听见鸳鸯姐姐们的口角儿,好像怪琏二奶奶似的。李纨道:'就是鸳鸯我也**告诉他过**。'"

此例中的蒙府本"告诉他过"符合地方语言的表达方式,而程甲本整理时此处为"告诉过他",这纯粹是书面语言,不知程甲本的底本为何,若与蒙府本同,显然是程、高不懂作者此处使用了方言所致。

另,该句程甲本中的"口话儿""是的",在对应的蒙府本中是"口角儿""似的",应该也能说明问题。

例十四:第一一六回

程甲本(P3146):"虽号为潇湘妃子,并不是娥皇女英之辈,何得与凡人有亲。你少来混说⋯⋯"

蒙府本(P4157):"虽号为潇湘妃子,并不是娥皇女英之辈,何得与凡人有亲**来**?少来混说⋯⋯"

程甲本整理者不知道"来"是"呢"的意思,有可能是把底本中的"来"改成"你",所以根据现代汉语标准,断句和标点也就跟着出现了问题。笔者在前文《通行本〈红楼梦〉标点符号之探讨》中对

"来"字用方言来解释。通行本第五十六回（P772）："贾母笑道：'那就是我的孙子。**人来。**'"在方言的表达中"来"是"呢"的意思，表示疑问，"**人来？**"相当于"人呢？"。因此这里的标点符号应为："贾母笑道："那就是我的孙子。人来？""此例在价值较高的卞藏本第九回中有保留："二人急的脸飞红的道：'你拿住什么**来**？'"其他脂本如俄藏本（P303）、舒序本（P292）、戚序本（P344）、甲辰本（P306）均是"了"字。这说明蒙府本后四十回的相关价值与卞藏本不相上下。

例十五：第一一七回

程甲本（P3182）："老爷坐的身子背后两扇红门就不谨慎，小神坐的背后是砌的墙，自然东西丢不了，以后老爷的背后**亦改了墙**就好了。"

蒙府本（P4196）："老爷坐的身子背后两扇红门就不谨慎，小神背后是砌的墙，自然东西丢不了，以后老爷的背后**一改了墙**就好了。"

蒙府本中为"一改了墙"，而程甲本是"亦改了墙"。"一改了墙"的原意是"一旦改了墙"。而"亦改了墙"是"也改了墙"的意思，不符合文意。通行本第一一七回（P1552）有："宝钗道：'这么说呢倒还使得。要是真拿那玉给他，那和尚有些古怪，倘或**一给了他**，又闹到家口不宁，岂不是不成事了么？至于银钱呢，就把我的头面折变了，也还够了呢。'"这里的"一给了他"是"'一旦'给了他"的意思。俄藏本第四十八回（P2035）"一学了这个格局，再学不出来的"中的"一"也是"一旦"的意思。因此"一改了墙"更符合口语的表达方式，同时也符合语境。反之，"亦"字出现在此处降低了表达的准确性。

例十六：第一一九回

程甲本（P3252）："邢夫人才如梦初觉，知他们的鬼，还**抱怨着**

王夫人调唆我母子不和,到底是那个送信给平儿的?"

蒙府本(P4271):"邢夫人才如梦初觉,知他们的鬼,还**抱着**王夫人调唆我母子不和,到底是那个送信给平儿等?"

此例蒙府本是"抱着",而程甲本是"抱怨着"。其实蒙府本表达的意思更贴切,因为王夫人是真正的实权派人物,此前她把权力交给王熙凤,只是自己怕管事,但实权还是自己的,贾母死后她在贾府中的权力更大。地方语言中此处"抱着王夫人",即"抱着王夫人的大腿,倚仗王夫人的权势"的意思,是口语省略,并非程甲本的"抱怨着"。"抱着"与"抱怨着"表达的意思完全不同。若是"抱着",调唆者是别人;若说"抱怨着",调唆者就是王夫人,王夫人犯得着吗?

后四十回中这样的例子还有很多,在方言或口语的表达中都不难找到对应的字(词)。如果蒙府本是参照程甲本抄录的,抄手不可能这么巧地将相关方言或口语表达的地方都还了原。若抄手真能将方言或口语还原那就无法解释下面的例子,因为程伟元和高鹗在整理程甲本偶尔也保留了底本中的方言,而对应的蒙府本在抄录过程中进行了处理,没有保留。抑或底本如此,也未可知。

如第八十一回:

程甲本(P2248):"那个人叫做什么潘三保,有一所房子卖与**斜对过**当铺里。"

而蒙府本是(P3198):"那个人叫做甚什潘三保,有一所房子卖与**斜对面**当铺里。"

又如第一一九回:

程甲本(P3230):"刘姥姥道:'这有什么难的呢,一个人也不叫他们知道,**扔崩**一走,就完了事了。'"

而蒙府本是(P4247—4248):"刘姥姥道:'这有什么难的呢,

一个人也不叫他们知道，**商量**一走，就完了事了。'"

此二例在蒙府本中是按照书面语言表达的，而程甲本中使用的是方言，若蒙府本抄自程甲本就应该按照原本的"斜对过""扔崩"抄录，而不应该有所改动。当然此类例子在后四十回中还有，恕不赘述。另外，笔者认为该句中"扔崩"的"扔"很可能是"打"字之误，因为在方言中有"打崩子一走（跑）"之说，表达的意思与通行本的解释是一致的，即"极快离开、跑掉"。关于该词我们在蒙府本第七十八回（P3082）也能看到："就是太太知道了，打我一顿也是愿受的，所以我拼着挨一顿，**打崩**着下去瞧瞧。"不过这个"崩"字被收藏者或借阅者点笔改成"偷"字（蒙府本中很多点笔将本来正确的字词改错了——笔者按）。其他抄本如庚辰本、俄藏本、戚序本、甲辰本均为"偷"。通行本的表述为："就是太太知道了，打我一顿也是愿受的，所以我拼着挨一顿**打**，**偷**着下去瞧瞧。"这里的"崩"不排除是"偷"的形讹，但笔者更倾向于原抄的"崩"字，因为它既文从又字顺，同时符合语义语境。点笔的原因可能是后来的阅读者参照他本或不理解其意所致。

早在 1925 年，容庚先生就在《北京大学研究所国学门周刊》撰文说《红楼梦》后四十回是高鹗续的值得商榷。他说："我去年十一月在冷摊上买得一部旧抄本《红楼梦》，与通行本（此通行本非笔者所说的通行本）颇有些异同，想拿来翻此公案。但一年来尚未校完，匆匆又将南归。此时不把抄本介绍读者，一旦经兵燹散失，很对不起著书的人。故把个人对于本子的意见并校勘所得，写出来贡于读者，并质胡（适之）俞（平伯）先生。"（《红楼梦研究稀见资料汇编》，P160—161）特别是在文章的结尾写道："以上系很草率的举出。其余抄本中的方言，程本改了不少，不及一一备举了。"说明当时他也有类似的看法。他这里所说的方言可能是指吴方言，当然也不排除江淮官话,因为他是南方人——广东人。程、高在整理时,为了读者阅读方便,把有些方言或习惯用语改了。改成了书面语言情有可原,但不知就里,把方言的意思改错了那就不在原谅之列了。

相较于程甲本,古抄本蒙府本的语言习惯更符合作者的地方语言特色(当然也有极少是程甲本保留,而蒙府本没有保留)。难道说蒙府本后四十回的抄手还能将程甲本丢失的独特的方言和作者的语言习惯重新找回来吗?其实这种假设是不能成立的。

此外,蒙府本还有几处不恰当的抄录。

第一处是程甲本第八十八回(P2433):"鸳鸯……又拿起一子儿(方言"一子子"的儿化——笔者按)藏香道:'这是叫写经时点着写的。'"此句中"一子儿"对应的蒙府本(P3393)是"不束儿","不束儿"是"一小束儿"的误抄。古代的书写方式是从上到下,从左到右。故将"一小"抄成了"不"。

第二处是程甲本第一〇四回 (P2845):"我因在家的日子少,舍侄的事情不大查考。"这里对应的蒙府本(P3837)是将"不大"两个字抄成一个字,该字的结构是上面是"不"下面是"火('大'字之误)";"考"字抄成"老"字。与前者各论一样,程甲本是活字印刷本,抄手能愚蠢到这种地步?

第三处是蒙府本第一一八回(P4222—4223)有"你拿去给你二妹妹瞧瞧,还交给你母亲吧";"你快拿了去,给二妹妹瞧瞧去吧"。以上二句中的"妹妹"在程甲本中均是"叔叔"。根据上下文的文意,"叔叔"是正确的。"叔叔"与"妹妹"既不音近,也不形似,为什么蒙府本却抄成"妹妹"呢?原因是蒙府本底本中的"叔叔"是楷书"叔叔"的异体写法,古帖中十分常见(见古帖范式)。抄手一不小心将楷书的异体写法"叔叔"形讹成了"妹妹"。因为蒙府本该回

071

的第 4227 页、第 4229 页、第 4228 页三处的"叔叔"的写法就是
"叔叔"楷书的异体写法。此现象在第一〇六回也出现过，只不过
程甲本与蒙府本一致，均由以上原因将"叔叔"抄成了"妹妹"。在
此点出，是非立判。

综上所述，无论是蒙府本与程甲本回目的差异还是段落字句
的错失，以及特殊的方言和口语等语言习惯的保留情况，都能说
明蒙府本后四十回并非抄自程甲本，而是据其他抄本所录。如果
将蒙府本前八十回中抄补的六回用同样的方法进行观照，得出的
结论是一致的。关于此六回的脂本性质，限于篇幅，另文论述。因
此笔者认为蒙府本后四十回（包括前八十回中抄补的六回）抄自
程甲本的观点是不能成立的。蒙府本后四十回有独立存在的底
本。他们与程甲本的底本可能是兄弟关系，而不是父子关系。2018
年 2 月 21 日《人民日报》刊载的一篇署名文章——《新版〈红楼
梦〉署名"曹雪芹著，无名氏续"，不再是"高鹗续"》——说："张庆
善（中国红楼梦学会原会长——笔者按）认为'署名的变化，吸收
了红学界对后四十回续书作者研究的最新成果，反映了出版者和
整理者严谨的态度。……我们今天看到的后四十回，唯一依据就
是程伟元、高鹗的版本，从历史角度看，把他们作为整理者而不是
作者是合乎情理的。'"如果笔者的蒙府本后四十回并非抄自程甲
本的观点是正确的话，那么张庆善先生说"我们今天看到的后四
十回，唯一的依据就是程、高的版本"就值得推敲。程甲本、程乙本
后四十回并不是唯一的，还有蒙府本后四十回以资参考，它是不
折不扣的脂本。因此笔者的结论是：蒙府本后四十回并非抄自程
甲本，后四十回应该是曹雪芹的遗稿。

王宠

南华经

颜真卿

宋拓颜家庙碑

赵孟頫

停云馆法帖

欧阳询

虞恭公碑

柳公权

金石集帖

赵孟頫

真草千字文卷

赵孟頫

停云馆法帖

褚遂良

房玄龄碑

欧阳询

小楷千字文

古帖范式

附录:蒙府本前八十回所缺的六回
也不是从程甲本抄补

　　蔡义江先生在《红楼梦诗词曲赋全解》(P315—316) 中说:
"(蒙府本)前八十回,缺第五十七回至第六十二回、第六十七回,
后人用程甲本配齐,又补入程高序言及后四十回续书。"情况真是
这样吗？答案是否定的。笔者在此同样用语言文字错失的方法对
前八十回所缺的七回是不是据程甲本抄配进行论证。因异文较
多,每回仅举两三例说明之。

　　第五十七回:

　　1.程甲本(P1533):"紫鹃听说,忙放下针线,又嘱咐雪雁好生
听叫,**若问我,答应我就来。**"

　　蒙府本(P2193):"紫鹃听说,忙放下针线,又嘱咐道:'好生听
听(应是'叫'字之误),**若门**(应是'问'字之误)**我,说我就来。**'"

　　此句程甲本中"答应我就来"与蒙府本"说我就来"的差异是
非常明显的。同时,蒙府本没有"雪雁",是承前者,这是口语省略
的特征。

　　2.程甲本(P1553):"把他两家的事周全了回我,**尤氏忙答
应了。**"

　　蒙府本(P2215):"把他两家的事周全了回我们,**(尤)氏忙答
应道:'是了。**'"

　　此句程甲本"尤氏忙答应了",不符合作者的语言习惯,而蒙

府本中的"尤氏忙答应道：'是了'"，与作者的习惯表述是一致的。

第五十八回：

1.程甲本（P1568）："况贾母又千叮咛万嘱咐，托他照管林黛玉，薛姨妈素性**也最怜爱他的**，今既巧遇这事，便挪至潇湘馆来和黛玉同房。"

蒙府本（P2231）："况且贾母又千叮咛万嘱咐，托他照管林黛玉，薛姨妈的素性**也最爱怜林黛玉的**，今既巧遇这事，便挪至潇湘馆来和黛同房。"

此句程甲本中"也最怜爱他的"，在蒙府本中是"也最爱怜林黛玉的"，这个差别也很明显。

2.程甲本（P1569）："……如此不暇，并两处执事人等或有人跟随入朝的，**或有朝外照理下处事务的**。"

蒙府本（P2232）："……如此不暇，并两处执事人等或有人跟随入朝的，**或有照料下处的**。"

该句此两处的差别很明显，读者可以自行判断。

第五十九回：

程甲本（P1599）："倘或叫起你来，你又说我使你了，**拿我作隐身草儿**。"

蒙府本（P2270）："倘或叫起你来，你又说我使你了，**拿我着隐身草儿**。"

此句程甲本中"拿我作隐身草儿"，在蒙府本中是"拿我着隐身草儿"。蒙府本中的"着"与该抄本第一〇九回的"不着声"的"着"是一个意思，是"作"的意思，方言中"着""作""昨"有时通用。蒙府本第八十七回中作者就把"昨日"写成"着日"。因前文已述，恕不赘述。

第六十回：

1.程甲本（P1610）："俗语说：'不经一事,不长一智,**我如今知道了,你又该来支问着我了。**'"

蒙府本（P2282）："俗语说'不经一事,不长一智,**我如今知道了便了,该来支问着我了？**'"

此句程甲本中"我如今知道了,你又该来支问着我了",在蒙府本中是"我如今知道了便了,该来支问着我了",蒙府本的表述更符合作者的语言习惯。它不仅与第五十七回中的"尤氏答应道：'是了'"的语言习惯是一致的,反问句的使用也是作者的拿手戏。

2.程甲本（P1614）："赵姨娘便说：'有好的给你？**谁叫你要去了？**'"

蒙府本 （P2287）："赵姨妈便说：'有好的给你？**谁叫你去要来？**'"

蒙府本中的"谁叫你去要来"符合作者的语言表达习惯,"来"无论是"了"还是"呢"的意思,都比直接写成"了"与"呢"更能体现该抄本的脂本性质。关于此点前文也已阐释,恕不赘言。

3.程甲本（P1625）："芳官走来,扒着院门笑问厨房中柳家媳妇说道：'柳婶子,宝二爷说了,晚饭的素菜**要一样**凉凉的酸酸的东西……'"

蒙府本（P2302）："芳官走来,扒着院门笑向厨房中柳家媳妇说道：'柳婶子,宝二爷说了,晚饭的素菜**要样**凉凉的酸酸的东西……'"

蒙府本中的"要样",在程甲本中为"要一样",地方语言表述"要样东西"就是"要一样东西"的意思,不会产生歧义,不一定非得说"要一样"东西。口语表述有时很简洁。这在蒙府本的第五十八回（P2242）中可以找到例证："藕官见了宝玉,只不做声,宝玉数问不答",而在程甲本中（P1577）,是"藕官见宝玉,只不做一声,宝玉数问不答"。事实上,在地方语言中,无须用"一"就能准确表述此意。

第六十一回:

1.程甲本（P1651）:"此时天晚,**奶奶才进了药歇**下,不便为这点子小事去絮叨。"

蒙府本（P2333）:"此时天晚,**奶奶才进去吃了药,睡下了**,不便为这点子小事去絮叨。"

此句程甲本中的"奶奶才进了药歇下",在蒙府本中却是"奶奶才进去吃了药,睡下了",两者意思有很大差别,并非个别字的差异。

2.程甲本（P1658）:"林之孝家的道:'他是园里南角子上夜的,白日里没什么事,所以姑娘不大**认识**……'"

蒙府本（P2342—2343）:"林三孝家的道:'他是园里南角子上夜的,白日里没什么事,所以姑娘不大**认得**……'"

此句程甲本中的"认识",在蒙府本中却是"认得",而"认得"是更接近地方语言的习惯表达。"认识"是书面语言。

此外本回中几乎所有"林之孝"都抄成"林三孝",从抄的笔迹来看,第六十一回与第六十二回似是一人所抄,而在第六十二回中"林之孝"没有抄成"林三孝",应该说,若是从程甲本抄补这种活字排版的"之"（这一章里很多）字,怎么能抄成"三"字呢?

第六十二回:

1.程甲本（P1684）:"黛玉自悔失言,原是打趣宝玉的,就忘了趣了彩云了,自悔不及,**忙一顿的行令猜拳岔开了**。"

蒙府本（P2377）："黛玉自悔失言，原是打趣宝玉的，就忘了趣了彩云了，自悔不及，**忙一顿猜拳行令岔开了**。"

此句程甲本中的"忙一顿的行令猜拳岔开了"，在蒙府中是"忙一顿猜拳行令岔开了"，这里倒不是说"猜拳行令"的位置做了颠倒，真正能说明问题的是蒙府本的"一顿"后面没有"的"字，而程甲本中有"的"。这可能是程、高在整理时不懂得方言"一顿"的意思而增加的。本回就有一例（程甲本 P1666，蒙府中 P2353）："彩云赌气，一顿卷包起来，趁人不见，来至园中……""一顿"在这里是形容词，而不是数量值，在方言中是"快速"的意思，可以与动词直接使用，无须在"一顿"后加一个助词"的"。关于"一顿"这个词，在通行本（P387）中的注释也有待商榷。原句为："袭人低头一看，只见昨日宝玉系的那条汗巾子系在自己腰里呢，便知是宝玉夜间换了，忙一顿把解下来。"文本下方的注释将"一顿把"放在一起解释，其实根据方言，它们是不能放在一起解释的，作者的原意是"一顿把（汗巾子）解下来"，亦即"迅速把汗巾子解下来"。因此上句程甲本中的"的"字似有整理者加的嫌疑。蒙府本保留了原来的语言。

2.程甲本（P1700）："'……姑娘做了一条，我做了一条，今日才上身。'宝玉跌脚叹道：'若你们家一日遭塌这么一件也不值什么……'"

蒙府本（P2398）："'……姑娘做了一件，我做了一件。'宝玉道：'也不值什么……'"

此句中蒙府本没有"今日才上身，宝玉跌脚叹道，若你们家一日遭塌这么一件"。抄手应该不会大意到这种程度，把这么多字抄丢，也应该不会自行做主将"宝玉跌脚叹道"删减为"宝玉道"，可能的情况是据他本抄录。

蔡义江先生在介绍蒙府本时说第六十七回也是据程甲本配齐，而影印本《蒙古王府本〈石头记〉序》中却这样写道："书内正文，前八十回用朱丝栏粉纸，每页九行，每行二十字，中缝题《石头记》卷数、回数、页数。其中第五十七至第六十二回、第八十一至第一百二十回系用白纸，据程甲本抄配。"蔡先生所说的前八十回缺第六十七回不知从何说起，因为在蒙古王府影印本中第六十七回与前八十回(除第五十七回至第六十二回)格式纸质完全一致，并不像所缺的第五十七回至第六十二回是白纸抄补影印。当然就本文而言，这是题外话。

曹雪芹拥有《红楼梦》百廿回
完整著作权蠡测

——从蒙府本《石头记》文本的语言文字谈起

一部伟大文学作品的魅力不仅体现在它的思想性、艺术性、美学价值,也体现在其语言文字所具有的特色上。思想性、艺术性、美学价值主观性较强,语言文字却具有客观性。很多红学专家从《红楼梦》美学思想、艺术性上论述前八十回如何好,后四十回何等不堪,甚至有人说是"狗尾续貂"。也就是说后四十回是他人所续,并且续得不好,如张爱玲、蔡义江等;当然说后四十回文笔、美学思想好的也不乏其人,如王国维、陈寅恪、白先勇等。

此前,也有很多学者从文本的语言文字方面进行了诸多的有益探讨,如美国威斯康星大学周策纵教授的学生黄传嘉,借助计算机,采用统计方法统计出《红楼梦》小说里二十多个叹词和助词,用来研究前八十回和后四十回的作者问题。稍后他的另一研究生陈炳藻也借助计算机,用更复杂的统计公式计算了二十多万词汇的出现频率,并用《儿女英雄传》做对比,分析用字文法上的习惯特征,写成博士论文,检讨同一个问题,得出的结论是后四十回与前八十回基本上出于一人之手(《红楼梦案》)。

夏薇先生的《蒙古王府本第五十七回至六十二回研究》,通过文字对比研究认为"蒙古王府本前八十回后补部分是照抄程本的看法是不完全正确的",该文后稍作修改被收于《〈红楼梦〉一百二十回抄本初探》一书。遗憾的是笔者没有看到夏薇先生对蒙府本

080

后四十回的研究,好在曹立波、张锐俩先生的《关于蒙府本后四十回版本特征的几点思考》文中一个分论点专门论证了蒙府本后四十回抄录问题,称"蒙府本后四十回的文字并非抄自程甲本,而具有自身的原始面貌"等等。其中不乏真知灼见。此外我国著名文艺评论家、戏曲史家戴不凡先生在《揭开红楼梦作者之谜》中对《红楼梦》文本中的方言——吴语进行了研究。当然他研究得出的"《红楼梦》作者是'难改吴侬口音的石兄,而不是在北京长大会流利北京方言、精通《文选》的语言巨匠曹雪芹'"这一结论与主流观点已经南辕北辙了。瑞典汉学家高本汉在《远东古物博物馆馆刊》第 24 期上撰文说:"除非他俩(指曹雪芹与高鹗)来自中国同一地区,否则不可思议。"又说:"他俩非得拿出'闻所未闻的机灵劲儿'才能驾驭这一类型的口语。"(援引汉学权威亚瑟·卫莱为红学家吴世昌《〈红楼梦〉探源》写的序)

此外,除一些驳论性文章,恕笔者孤陋寡闻,再未见其他专家有《红楼梦》文本语言特色方面的宏论。纵观学者们对《红楼梦》语言文字的研究,且不说结论的是与非,其开创意义不言而喻,其深远影响也是难以估量的。笔者得前贤和时彦的教益和启发,不揣谫陋,试图通过对蒙府本文本前后以及与程甲本的比较研究,从语言文字特色上,使读者更加清晰后四十回的作者究竟是谁,并希望就这一问题与方家做进一步探讨。

一、口语省略

《红楼梦》文本的口语化省略现象十分普遍。古代汉语和现代汉语中的省略现象常见的有承前省略、蒙后省略、对话省略以及其他形式的省略等。因口语省略是常见现象,就是穷尽文本中的所有省略形式,也无法证明前后是一人所写。但为了说明口语省略的普遍性，并由此引出文本中其他特殊省略形式，以管窥天，以蠡测海。这里不妨先举几例常见的省略形式。

承前省

如第四十五回（P1746）："命人给他几百钱，打些酒吃避雨气。那婆子笑道：'又破费姑娘赏钱**吃**。'"

该句中的"吃"字后面承前省略了"酒"字。这里的"赏钱吃"在庚辰本中是"赏酒吃"，承前省略的现象消失了。

如五十七回（P2193）："紫鹃听说忙放下针线，又嘱咐道：'好生听叫，若问我，说我就来。'"该句程甲本的"嘱咐"后面有"雪雁"。蒙府本承前省略了"雪雁"。

如第四十二回（P1611—1612）："刘姥姥见无事，方上来向贾母告辞。贾母说：'闲了再来。'又命鸳鸯来：'好生打发刘姥姥出去。**我身上不好，不能送了**。'"该句原本没有承前省略现象。但此处的**"我身上不好，不能送了"**在庚辰本中是**"我身上不好，不能送你"**。一字之差，意思大不相同。如果是"了"，该句的标点符号没有问题；如果是"你"，该句的标点就要重新标注。然而通行本是以庚辰本为底本的，通行本这里应该是"你"，因此该句要重新标注。整理者没有考虑到这是承前省。

根据语意，"我身上不好，不能送你"不是贾母对鸳鸯说的，而是贾母对刘姥姥说的，故要与对鸳鸯说的"好生打发刘姥姥出去"分开。正确的表达是：刘姥姥见无事，方上来向贾母告辞。贾母说："闲了再来。"又命鸳鸯来："好生打发刘姥姥出去。"（接着又对刘姥姥说：）"我身上不好，不能送你。"这里是承前省略了"对刘姥姥说"。贾母讲话的先后顺序是：先和刘姥姥说"闲了再来"，后和鸳鸯说"好生打发刘姥姥出去"。接着又和刘姥姥说"我身上不好，不能送你"。这样理解起来就顺畅了。

当然我们无法知道曹公这里到底是"了"还是"你",如果是"了",我们可以理解后面这句话是对鸳鸯一个人,抑或是对鸳鸯和刘姥姥两个人说的,标点可以不动。若是"你",后面这句"**我身上不好,不能送你**"就是对刘姥姥说的,标点必须进行调整。遗憾的是,通行本整理时没有考虑该句是承前省,没有对其进行恰当标注。

蒙后省

如第二十六回(P984):"红玉便赌气把那样子掷在一边,向抽屉内**找了半天**,都是秃了的。因说道:'前儿一枝新笔放在那里?'"

该句"找了半天"后面省略了"笔"字。

如第一百〇六回(P3877):"今儿在这里都是好亲友,我才敢说。就是尊驾在外任,我保不得定——你是不爱钱的——那外头的风声也不好,都是奴才们闹的,你该提防些。"

该句也是蒙后省。"保不得定"后省略了"奴才们"或"你的那些奴才们",意即"我知道你是不爱钱的,但你的那些个奴才们就保不得了,之所以外头的风声不好,都是奴才们闹的,你该提防些"。如果此处不用破折号,那就成了"我保不得你是不爱钱的"。众亲友怎么可以说贾政是爱钱的? 即使贾政是爱钱的,他们也不便当面说,更何况贾政是曹雪芹笔下的儒家正统,怎么可能一下子变成了一个贪婪敛财的酷吏? 知道这里是蒙后省,就不会产生歧义而闹出笑话。

知道作者惯用口语(蒙后省),我们就能判断在不同的版本中哪种表述是曹公的原笔。如第八回(P326):"那贾家上上下下都是一双富贵眼睛,赞见礼必须丰厚,一时又不能拿出。为儿子的终身大事,说不得东拼西凑的恭恭的封了二十四两礼,亲身带了秦钟代儒家拜见。"而庚辰本(P194)的表述却是:"那贾家上上下下都是一双富贵眼睛。(**赞见礼**)容易拿不出来。儿子的终身大事,说不得东拼西凑的恭恭敬敬的封了二十四两**赞见礼**,亲身带了秦钟来代儒家拜见了。"括号内的"**赞见礼**"原来没有。此处是口语蒙后省。加之曹公还有词(语)序颠倒的语言习惯,该句的"容易拿不出来"就是"不容易拿出来"的意思。因而庚辰本此处的表述应是曹公最为原始的笔墨。蒙府本的表述似是作者后来(或他人)的改笔,尽管蒙府本此处的表述更为文从字顺。

对话省

如第十九回(P698):"袭人……又把些钱与他买花炮放,教他:'不可告诉人,连你也有不是。'"

该句在"不可告诉人"与"连你也有不是"之间省略了"若告诉人"。

第二十六回(P1000):"宝玉不知要怎么样,心下慌了,忙赶上来,( ):'好妹妹,我一时该死,你别告诉去。'"

该句括号处省略了"说"或"央求道"。

第八十三回(P3260):"凤姐点头儿,因叫平儿称了几两银子,递给周瑞家的接道,( ):'你先拿去交给紫鹃……'"

该句括号处是对话省略方式,省略了"并说或说道"。大家普遍认为"接道"的"道"是"说"的意思,蒙府本中也将"接"字做了点笔处理,其实是错误的,"接道"是"接着"的意思,此观点详见分论点《方言和特殊称谓习俗》。关于此类省略,庚辰本第二十八回有一例:"袭人低头一看,只见昨日宝玉系的那条汗巾子系在自己腰里,便知是宝玉夜间换了,忙一顿把解下来,(**说道:**)"我不稀罕这行子……"该例中"说道"一词庚辰本抄本原无,人民文学出版社整理庚辰本时从他本补。

如果说承前省、蒙后省、对话省较为常见,那么文本中其他特殊形式的省略就很能说明问题,如:

第一一一回（P4041）:"偷的时候**不小**那些上夜的人管什么的?"

此处的"不小"通"不晓",是"不晓得"的省略,通行本整理者不知是口语省略,把逗号打在了"不小"的后面,让人哭笑不得。

第一一九回（P4271）:"知他们的鬼,还**抱**着王夫人调唆我母子不和,到底是那个送信给平儿等?"

该句在"王夫人"后省略了"大腿"一词。程甲本此处是"还抱怨着王夫人",听上去也能讲得通,实则不符合语意。邢夫人所要表达的意思是王夫人是实力派人物,大家都泆她的上水,都抱王夫人的大腿,靠向王夫人一边,而不是说"抱怨"。蒙府本此处表达更准确。因而,明白了口语省略的特点,可以帮助我们更好地理解抄本。

此外,《红楼梦》中还有一种特殊的省略形式,即双音节词用单音节词表达,如"告诉""商量""听见（说）"。第五十二回（P1994）中"等好了,再**告诉**你"的"诉"字就是抄手后加的。无独有偶,俄藏本第七十四回（P3201）中"我也不好意思的**告**（诉）人。趁早取了来交与我",此处的"诉"字也是抄手后加的;舒序本第二十四回（P722）中"贾芸道:'告你不得你,平白的又讨了个没趣儿。'"该句"告"字后面的"你"字虽被点改为"诉",但笔者认为曹公的原笔应是"你",与后面的"你"形成同词反复。关于同词反复的语言特色,后文论述,此处不再枝蔓。蒙府本第六十八回（P2636）中"我若**告诉**了他们"中的"告诉"一词,在程甲本（P1870）中就只单独一个"告"字,说明程甲本整理时参考的底本是一个"告"字的可能性很大。第九十五回（P3595），"王夫人也不敢直言，贾母传话告贾琏，叫他速办去了"，此句中"告"字的右下侧，抄手加了一个"诉"。底本很可能就是"告"字，抄手抄后发现不妥，遂添加了一个"诉"（见书影一）。第一一八回（P4214）："恰好王仁走来道说：'你们两个人**商**了些什么？'"第七十一回（P2747）："南安太妃因笑道：'你在这里，**听**（原形讹"声"）我来，也不出来，还等请去……'""商"字是"商量"的省略，"听"字后来被人圈改为"听见"，其实不必改，也是口语省略。第八回有"容（'容易'的省略）"、第五十四回有"大（'长大'的省略）"，读者可以自检。

《红楼梦》早期的抄本，抄手们或收藏者与作者基本上是同时代的人，为什么在抄写或阅读时要在原文后增添文字（主要是"告诉"），使原本单音节词变成为双音节词呢？笔者以为，这是抄手或收藏者误以为是作者的遗漏，不知这是作者的语言习惯或者语言特色。其实早期抄本中也有口语省略未增改的例子，如舒序本第三十一回（P962）："碧痕打发你洗澡，足有两三个时辰，也不道怎么呢？我们也不好进去……"同回（P976）："翠缕笑道：'这有什么不告我的呢？我也知道了，不用难我。'"此两处"道"与"告"在蒙府本中是"知道"和"告诉"。但笔者认为舒序本的表达更符合口语省略这一语言特色，"道"与"告"应是曹公的原笔。

综上所述，撇开常规省略不说，后两种特殊的省略形式是贯穿文本一百二十回的，其他早期抄本中也能见到。从这些细微之处，应该能看出一些端倪。

二、方言和特殊称谓习俗

（一）方言

上论中已经说过，《红楼梦》一个非常重要的语言特色就是口

个人我就我一辈子也不能得玉夫人也不敢直言贾母傳話都

告贾琏叫他速辦去了贾母便叫人将宝玉動用之物便搬到

我那裡去只派襲人秋纹跟道来餘者仍留園内看屋子宝玉

书影一
（蒙府本第九十五回 P3595）

语化，而口语难免夹杂方言。为研究方便，不妨将《红楼梦》中的方言笼统地分为北方方言、江淮官话和南方吴语。《安徽江淮官话语音研究》一书中说："江淮官话的形成，有许多学者发表过看法。一般认为，江淮官话是以吴方言为底层，在北方汉语方言的影响下逐步形成的。"江淮官话大致范围，该书的序言说："江淮官话既是官话，当然是官话方言中的一支。就地理位置而言，大体位居北方官话和南方吴语之间，移民史和语言接触史都使江淮官话积淀得异彩纷呈。"今安徽、江苏两省在明朝属南直隶，清初属江南省，直到康熙六年（1667）才被拆分开。曹雪芹十三岁之前生活在南京，即清初时的江南省，此后抄家北上归旗，生活在北京，因此他在《红楼梦》中大量使用北方方言、江淮官话和南方吴语就不足为怪了。就方言而言，笔者以为早期抄本保留较为完整，蒙府本尤甚，加之有的方言，曹公用同音字相互替代，导致有些字失去了本意，也增加了读者的阅读理解难度。由于笔者是南方人（安徽宣城），对北方方言知之甚少，但对江淮官话和吴方言虽不能说是驾轻就熟，但因长期在这里生活和工作，耳濡目染，对这一语言特色还是有所了解的。

现就这两种方言在《红楼梦》中的运用列举如下。

江淮官话

廖大国先生在《文学作品中的江淮方言词语例释》（以下简称《例释》）一书中列举了大量江淮方言的例子，《红楼梦》中江淮方言也大量存在。

第八回（P298）："众人都笑道：'前儿在一处看见二爷写的斗方儿，字法越发好了，**多早晚**赏我们几张贴贴？'"

此处的"多早晚"又作"多咱晚"，在江淮方言中是什么时候的意思。该词贯穿百二十回,出现的频次在三十次以上。"什么时候"是表示疑问的,但通行本中"**多早晚**赏我们几张贴贴"却使用了句号,笔者以为采用疑问句式为宜。廖先生在书中举例时采用的就是问号,如《金瓶梅》第六十八回:"我的马走得快,你步行,赤道挨磨到**多咱晚**?""

第十四回(P496):"凤姐笑道:'你请我一请,**包管**就快了。'"

此处"包管"在江淮方言中是肯定、保证的意思。据不完全统计,该词在文本前后共出现十四次之多。

第二十九回(P1141—1142):"宝玉因得罪了林黛玉,二人总未见面,心中已后悔,无精打采的,那里还有**心肠**去看戏,因而推病不去。"

此处的"心肠"在江淮方言中是兴致、心思的意思。该词出现的频率在二十次以上,且贯穿百二十回。

此外还有很多江淮方言杂乱分布在多个章回中,如"下晚""上头(下头)""打尖""打太平拳""齐打伙""耳刮子""走水"等等。

吴方言

《吴方言词典》对一些文学作品中的吴方言应用进行了很好的总结和提炼,很多吴方言在《红楼梦》中都能找到,有的使用频次还很高,如:

第五回(P165):"一时,宝玉倦怠,欲睡**中觉**。"

此处的"中觉"在吴方言中是"午觉"的意思。该词在文本中出现的频次不下十五次。

第十五回(P533):"一路话奉承的,凤姐越发**受用**了,也不顾劳乏,更攀谈起来。"

此处的"受用"在吴方言中是"舒服"的意思。该词(含"不受用")在文本中出现的频次接近五十次。

第八回(P319)："晴雯先接出来,笑说道:'好好要我研了那些墨,**早起**高兴,只写了三个字……'"

此处的"早起"在吴方言中是"早晨"的意思,不是我们通常所说的"早上起来"。该词在文本中出现的频次不亚于"受用"一词。

以上三例不仅出现的频次高,且是贯穿百二十回的。

关于吴方言词汇文本中还有很多,如"不犯着""三不知""扒(爬)灰""旧年""猴"等等。

《例释》和《吴方言词典》虽然为我们呈现了很多方言词汇,但它无法穷尽所有。也就是说,那些不入文学作品的江淮官话和吴方言在南方民间话语中大量存在的。不过,当我们知道了文本具有南方语言特色,对该区域内的方言就可以举一反三,而不是完全拘泥于《吴方言词典》和《例释》,这样才能更好地理解有关文字的含义。举例如下。

第七回："别说你们这**一起子**杂种王八羔子们……"

此处的"一起子"是"一些"的意思。承前就是"你们这一些人"。南方人讲话喜欢带"子",北方人一般将"子"字儿化。如南方讲"小孩子",北方讲"小孩儿"。通行本第一一九回"去了**一起**又无消息,连去的人也不来了",因整理者不知方言"一起"是"一些"意思,"一起或起"与"这"结合就是"这(一)些","一起或起"与"那"结合就是"那(一)些"。该句的意思是:去了的(那或这)一些人又没有回馈消息,连去的人也不来了。故此处"去了一起"与"又无消息"合并为一整句为宜。因为这一原因,对文本的讨论还曾闹了一出笑话,如第一一九回(P4268)："且说贾琏先前知道贾赦病重,赶到配所,父子相见,痛哭了一场,渐渐的**好起**。"(程甲本同)根据方言,此处的"好起"是好些的意思,并非疾病痊愈。程、高不知"好起"是好些的意思,在程甲本的基础上改易为"且说贾琏先前知道贾赦病重,赶到配所,父子相见,痛哭一场,渐渐的好起来"(程乙本)。张曼城先生据此在《从〈红楼梦〉后四十回的医药描写论续书的不足》一文中说"痨病本是中医认为最严重的病症之一,怎么可能'父子相见,痛哭一场'就好了呢?这类违背医学客观规律的错误描写,续书中并非少数,不能不说是续书的败笔"。其实曹雪芹的本意并没有说痨病"好了",只是说病"好(一)些了",相当于中医所说病之进退的"退"的意思,真正是"一字之当,精神倍出;一句之谬,意义迥非"。张先生或许是受程乙本误导,做出以上错误判断。

第二十一回(P788):"宝玉见他不应,便伸手替他解衣,刚**改**开了钮子……"(书影二)

此处的"改"是"解"的方言发音,以致后人将方言"改"字点改为"解"。方言中,很多普通话声母发"j"音的字就发"g"音。如"街(方言读 gai 音)道""中间(方言读 gan 音)""睡觉(方言读 gao 音)"。此外该句中的"钮子"也是方言,"钮"是"纽扣","钮子"就是书面语"扣子"的意思。

第三十七回(P1443):"宝钗道:'我平生最不喜限韵,分明有好诗,何苦为韵所缚。咱们别学那小家气派,只出题不拘韵。原为大家偶得了好句取乐,并不为**奈邦**难人。'"

通行本在"为此而难人"处做了校记——"为此而难人",原作"为奈邦难人"。也就是说庚辰本与蒙府本表述原来是相同的。其实作者的原话就是"为奈邦难人"。早期抄本己卯本、杨藏本无不与蒙府本同。但由于通行本的整理者不知"奈邦"是"那般"的意思,将其改为"为此而难人"。"不为奈邦难人"中的"奈邦"是经典的吴语(方言)表达。"奈邦"是"那般"的近音字,"不为奈邦难人"

即是"不为那般难人"的意思。方言中"那"字常常读"奈"或"耐"字音。《吴方言词典》中"倪子(同'伲子')"词条(P400)有《海上花列传》第六回："雪香也笑道:'耐是我倪子哇! 阿是要管耐个嘎?'"该句的意思是："那是我的孩子,你要帮我多管着点。""奈"和"耐"是同音字。蒙府本第五十八回(P2246)也有"不好叫他,恐人又盘诘,只得奈着"(程甲本同,P1580)。应该说这里的"奈"字表达是不准确的,庚辰本中"耐着"才是准确的。说明"耐"常常因曹公的书写习惯被同音字"奈"字代替。吴语地区类似的表达有:耐(奈)个东西! 他嘴上讲得好听,其实不是好东西;耐(奈)邦人不是好人。因此通行本据甲辰本将原来的"为奈邦难人"改成"并不为此而难人"是很成问题的。很多专家学者对从方言角度讨论《红楼梦》讳莫如深,此例就是回避方言造成的不良后果。

第九十四回(P3562):"甚至于**茅厮**里都找到……"

此处"茅厮"也是方言,是解手的地方,类似于现在的厕所。江淮方言为"毛厕""茅缸"或"茅屎坑",吴方言是"茅坑"。长春出版社出版的通行本《红楼梦》(P717),在"茅厮"一词后面的括号内注有"应为'厕'"。从方言论,此备注大可不必。这两个方言区的另外一种说法就是"茅厮",程甲本(P2590)此处也是"茅厮",可以相互验证。

第八十三回(P3260):"凤姐点头儿,因叫平儿称了几两银子,递给周瑞家的**接道**。'你先拿去交给紫鹃……'"(见书影三)

这里的"接道"是"接着"的意思。此处的"道"并非"说"的意思。"道"有时也写成同音字"到"。因口语省略(对话省略),"你先拿去交给紫鹃……"前没有"说"和"道"作为转接的词,故后人认为这里的"道"就是"说"的意思,所以将"接"字点去。该句的正常表达是"凤姐点头儿,因叫平儿称了几两银子,递给周瑞家的**接**

是他心意回轉便越性不採他寶玉見他不應便伸手替他解衣剛改解開了鈕子被襲人將手推開又自扣了寶玉無法只得拉他的手笑道你倒底怎麼了

书影二
（蒙府本第二十一回 P788）

人的嘴鳳姐點點頭兒因叫平兒抓了幾兩銀子遞給周瑞家的撽道你先拿去交給紫鵑只說我給他添補買東西的若要官中的只管要去別提這月錢的話他也是個靈透的人自然

书影三
（蒙府本第八十三回 P3260）

道,(并说:)'你先拿去交给紫鹃……'"该词在《吴方言词典》、《例释》均没有例证,但《红楼梦》中吴方言和江淮方言的广泛使用,说明曹公有南方方言基础,因而此处的地方语言应该引起高度重视,不管它在不在《词典》和《例释》中。关于口语省略"道(说)"字,蒙府本中多处可见。如第八回(P315):李嬷嬷因吩咐小丫头们:'你们在这里小心着,我家去换了衣服就来。'"该例己卯本、庚辰本均在"小丫头们"后添加"道"。其实不用加,也如蒙府本第八十三回例子中"接道"后省略"道或说"一样。

由于方言"接道"的"道"具有代表性,文本前后多次出现,并因不被理解而多有被点改的现象,故有必要对此作一重点申说,如:

第四十八回(P1846):"宝钗道:'既这样,替我问候吧!我就不去了。'平儿答**道**着去了,不在话下。"

该句"平儿**答道**着去了"被点改为"平儿答道:'是了'"。其实不用点改。这里的"答道"就是"答着"的意思。"答着"的"着"与后一个"着"形成同词反复。

第五十一回(P1968):"麝月慌慌张张的笑**道**进来说道:'吓我一跳好的……'"(见书影四)

该句中的"笑道"的"道"字被圈掉了。其实这里的"笑道"也是"笑着"的意思。

第七十三回(P2847):"邢夫人听了,冷笑**道**命人出去说:'请他自去养病,我这里不用他伺候。'"

很幸运,该句的"笑道"的"道"字没有被点改或圈掉,得以保留。

第七十六回(P2978):"贾母笑道:'果然好听么?'众(人)笑**道****道**:'实在可听,我们也想不到这样……'"

该句中"众(人)笑道道"就是"众(人)笑着道",后人或收藏者

被來渥渥罷一語未了只聽咯噔一聲門响麝月慌

慌張張的笑道進來說道嚇了我一跳好的黑影子

裡山子石後頭只見一個人蹲著我總要叫喊原來

是那個大錦雞見了人一飛飛到亮處來我總看真

了若冒冒失失一嚷到鬧起人來一面說一面洗手

又哎道說晴雯出去了我怎庅不見一定是要嚇我

書影四
（蒙府本第五十一回 P1968）

不知"道道"为何意，将此处的第二个"道"字点掉了。

第八十回（P3161）："我要拷问宝蟾，你又护**到**头里。你这会子又赌气打他去……"

此处的"到"后被人点改为"在"。程甲本此处也是"在"，是整理者不懂这里的"到"是何意所致。其实这里的"到"同"道"，即"护着"的意思，即"你又护**到**头里"是"你又在头里护着"的意思。

第九十四回（P3556）："李纨答应了'是'，便笑**道**对探春道：'都是你闹的。'"

此处的"道"字未点改，也是"着"的意思。该回还有一例与其类似，即："袭人笑**道**向平儿道：'回去替宝二爷给二奶奶道谢。要有喜，大家喜。'"（P3558）。

第九十五回（P3595）："贾母便叫人：'将宝玉动用之物都（'都'原为'便'，疑误——笔者按）搬到我那里去，只派袭人、秋纹跟**道**来。'"

该句"跟道来"蒙府本没有点改，"道"也是"着"的意思。但程甲本、程乙本均是"过"字。程本的整理者可能以为"道"是繁体"过"的形讹，故改为"过"字。但一字之差，意思大变。

第一一二回（P4045）："……今儿天没亮溜出去了，可不是那姑子引**道**来的贼么？"

该句的"道"字未改动，也是"着"的意思。但程甲本（P3041）改成了"进"字。程、高因意而变，可能以为"道"是"进"的形讹，故改为"进"。当然不能排除底本就是"进"字。

该字的使用在其他早期抄本中也有，如俄藏本第三回（P103）："黛玉想道：'这是外祖之长房了。'想**道**，又往西行不多远……"此处的"想道"在蒙府本中就是"想着"二字，与第一个"想道"几乎没有差别。俄藏本第六十三回（P2775）："说（道）着又和他二姨挤眼。"抄手一开始抄的时候,抄的是括号里的"道"字,抄后感觉似乎不对,将"道"字圈掉,抄成"着"字。通行本在校改中对第四十三回一处文字也做了不必要的校改。该句原本是这样的:"宝玉道:'一概不用',说**道**,命茗烟捧着炉出至后院中……"后被校改为:"宝玉道:'一概不用',说着,便命茗烟捧着炉出至后院中……"其实都不用改。抄手和校改者之所以这样做,是因为他们不理解该方言抑或是担心读者不明白。

前文已述,"道"有时写成"到"。"道"或"到"有时在方言中是"着"的意思,同样"着"字有时在北方语言中也表达"到"的意思,南方的"逮到了""找到了",北方常常说成"逮着了""找着了"。如第二十一回(P798):"凤姐笑道:'傻丫头,他便有这些东西,那里就让咱们翻**着**了?'"(庚辰本、俄藏本、戚序本均如是)此处的"着"就是"到"的意思。甲辰本、程甲本的整理者可能不知道此处的"着"是"到"的意思,故将"翻"字改成了"搜"。第一〇四回(P3832):"若碰着了他,我倪二出个主意,叫贾老二死,给我好好的孝敬孝敬我倪二太爷才罢了。"(程甲本也如是)此处的"着"也是"到"的意思。

综上所述,方言"道(到)"在文本中运用,读者一定看出了端倪。

其实就方言而论,文本已经透露了曹公的南方方言语感,如第七十六回的"凸碧堂"的"凸"字,"凹晶馆"的"凹"字。这两个字,曹公这样说:"只是这两个字俗念(其实就是方言——笔者按)作'洼''拱'二音。便说俗了,不大见用。""凹""凸"念作"洼""拱"就是方言,当时江南省的大部分地区居民都这样说。他之所以能熟练运用该方言,那是因为他从小在这里长大。用现在的话说,曹雪芹原籍江南省,是地地道道的南方人。

具体到笔者的出生地——安徽省宣城市宣州区雁翅乡（现水阳镇）——的很多方言在《红楼梦》中也能找到。如"眼皮子浅（喜欢占小便宜，即目光短浅）"（第五十二回）、"拐子（骗子）"、"上头（上面）"、"打尖（途中吃点东西）"（第十五回）等等。从这一点看，笔者对《红楼梦》作者从小生长在南方是坚信不疑的。

（二）称谓习俗

与地域有关的除方言外，还有特殊的称谓习俗，如第二十五回（P958—959）："李宫裁笑向宝钗道：'真真我们二婶子的诙谐实在是好的。'"庚辰本、俄藏本、甲戌本、舒序本、戚序本此处均为"二婶子"。程、高不知李宫裁与王熙凤是平辈，为什么称王熙凤为"二婶子"？故在整理时将该句表述为："宝钗笑道：'我们二嫂子的诙谐是好的。'"其实这是南方有些地方的特殊称谓习俗，即以家中辈分最小的人的称呼为准。笔者所在的地方就有这样的习俗，如女人结婚生了小孩后，可称呼自己的兄弟为"舅舅"，未生小孩之前不能这样称呼。她称呼自己的兄弟为"舅舅"，是以小孩的名义称呼的，不是她本人的舅舅。这里因为李纨有儿子贾兰，贾兰辈分在贾府辈分最小，按辈分贾兰称呼王熙凤应为"二婶子"，故李宫裁以贾兰的名义，就可称呼王熙凤为我们的"二婶子"。幸运的是该表达在第十回（P370）文字中就没有改动。尤氏与贾璜的妻子金氏对话时，尤氏就称金氏为"婶子"。即"**婶子**你是知道那媳妇的，虽则见了人有说有笑，会行事儿……"此称呼在后四十回中还有一例，不过该例比前例幸运多了，程伟元和高鹗在整理时没有改动，如第一一七回（P4185）："只见一个丫头来回话：'琏二爷回来了，颜色大变，说请太太回去说话。'王夫人又吃了一惊，说道：'将就些，叫他进来吧，**小婶子**也是旧亲，不用回避了。'"程甲本与其一致，没有改动。根据文意，这里的"小婶子"指的是宝钗，因为后文有"贾琏进来，见了王夫人请了安。宝钗迎着也问了贾琏的安"。王夫人怎么可以称宝钗是"小婶子"？因为王夫人家中最小的人是她的孙子贾兰，宝钗此时已与宝玉结婚，贾兰称宝钗为"小婶子"顺理成章，故王夫人在特殊的语境下就可称宝钗为"小婶子"。

这种带有地域特色的称呼习俗还有一种情况，那就是如果一个女孩或男孩是大家庭中的宠儿，尽管她（他）的辈分小，都可以称她（他）为"大姐或哥儿"，贾政就称呼自己的孙子贾兰为"兰哥儿"，此称呼在文本中有多例。再如第九十二回（P3494）："那奶妈子便说：'姑娘给你二叔叔请安。'宝玉也问了一声'姐姐好！'巧姐儿道：'我昨夜听见我妈妈说要请二叔叔去说话。'"该句看上去也很奇怪，宝玉是巧姐的叔叔辈，巧姐是宝玉的晚辈，宝玉如何叫巧姐为"姐姐"呢？事实上作者的原笔就是"姐姐"，符合南方特定区域的称呼习俗。就巧姐而言，她是贾府这个大家族中的宠儿，虽然很小，但无论哪一辈分的人都可称巧姐为"姐姐"或"大姐"，包括老嬷嬷和佣人，以增加亲切感。《红楼梦》中就有称巧姐为"大姐"的例子，如"一日，大姐毒尽癍回"。然而程甲本该句的表述却是："那奶妈子便说：'姑娘给你二叔叔请安。'宝玉也问了一声'**妞妞**好！'巧姐儿道：'我昨夜听见我妈妈说要请二叔叔去说话。'"一方面可能程甲本的底本就是"妞妞"，更大的可能就是与"二婶子"一样，整理者不知宝玉为何称巧姐为"姐姐"，遂改为北方对女孩的称呼"妞妞"。由于此称呼习俗的存在，蒙府本此处的"姐姐"不会是程甲本的形讹，若讲形讹只能是程甲本形讹了整理时采用的底本，蒙府本抄自程甲本更是无从谈起。

关于此论第八回（P314）也能找到例证，原文是："李嬷嬷听了又是急又是笑，说道：'真（真）这林**姐**儿说出一句话来比刀子还尖。'"该句的表达俄藏本也如是。李嬷嬷是宝玉的奶妈,也算是宝玉的长辈,因而也是黛玉的长辈,怎么还称呼黛玉为"林姐儿"呢?答案只能从江南的称谓习俗中寻找。

乡音难改。前文已述,曹雪芹 1715 年出生于南京,被抄家时已是十三岁(十四虚岁),乡音(江淮官话+吴方言)应该已经形成。关于乡音的形成,笔者曾请教广东韶关学院的张小平(安徽无为人)教授,他说:"乡音一般在语言习得过程中形成,在多方言融合中变异,一个人的方言往往小时候形成。"曹雪芹原籍金陵,早年生活在江淮官话、吴方言的交汇地,故江淮官话、吴方言常流露于笔端,这也是情理之中的事。尽管曹公十三岁北上归旗,但乡音难改。笔者在拙文《蒙府本后四十回并非抄自程甲本》中重要的一论就是蒙府本后四十回语言大多保留了方言和口语,而程甲本对应处却被整理者改成书面语。

综上所述,我们可以得出这样的结论:《红楼梦》中南方方言的广泛运用,以及具有地域特色的称谓习俗,贯穿《红楼梦》百二十回,这种前后方言及称谓习俗表达的一致性,很大程度上反映了小说为一人所作。

三、同词(义)反复

同词(义)反复是曹公的又一语言特色,蒙府本保留得较为完整,尽管有的被收藏者或后人进行了圈、点改,但原抄痕迹清晰可辨。该语言的特点是:若拿掉一个重复的词,不影响意思的完整表达,如:

第四回(P130—131):"雨村道:'**却**十分面善,**却**一时想不起来。'"(见书影五)

该句如果将第一个或者第二个"却"字拿掉,是不影响正常意

出戶留門子一人伏待這門子忙上前請安笑問老

爺一向加官進祿八九年來便忘了我了而村道卻

十分面善卻一時想不起來那門子笑道老爺真是

貴人多忘事把出身之地竟忘了不記當年葫蘆廟

书影五

（蒙府本第四回 P130—131）

101

思表达的。以下例句也如是。

第十六回（P567）："还有**如今现在**江南的甄家，嗳哟哟，好势派！"

此回（P576）还有："忽见茗烟在二门**前**照壁**前**探头探脑。"

前者"如今"与"现在"同义反复，后者"前"字同词反复。后人或收藏者不知此语言特点将第一个"前"字圈掉了。

第二十六回（P993）："我**有**那么**有**大工夫管这些事？"

该句第二个"有"字被点掉了。

第二十九回（P1133）："你心里生气，**来**拿我**来**杀性子。"

该句两个"来"字均未点改。

第三十一回（P1202）："只见宝玉来了笑道：'云妹妹来了。**怎么**前儿打发人接你去，**怎么**不来？'"

该句两个"怎么"均保留。

第九十回（P3449）："邢王二夫人也有些疑惑，**倒**是贾母**倒**猜着了八九。"

该句两个"倒"字均保留，未点改，甚幸。

第九十七回（P3639）："王夫人便按着凤姐的话和薛姨妈**说**，只**说**：'姨太太这会子家里没人……'"

其实该句的"只说"完全可以删掉，但文本得以保留，只是同词反复而已。

第一〇七回（P3907）："等**我**死了做结果**我**的使用，余的都给我的服侍的丫头。"

该句前两个"我"字均保留，未点改。此处程甲本（P2912）也如是。

第一〇八回（P3940）："……这会子那里去了呢，你快**去**回老太太**去**！"

102

以上同词（义）反复的语言形态，在程甲本和通行本中有的保留，有的没有保留。保留了固然好，没有保留非常可惜。这种同词（义）反复的语言特色，在其他抄本中也大量存在，只不过有的抄本在某处有这样的语言特色，在其他抄本中该处的这一特色就丢了。当然，如果其他抄本底本原来就是这样倒可原谅，若是抄手或整理者妄改，那就是对曹公语言特色的亵渎。

检索文本，这种同词（义）反复的语言特色也贯穿《红楼梦》百二十回。

通过对曹公这一语言特色的把握，蒙府本中相关的表达，我们就不难理解了，若整理出版就不能随意删改，如：

第四十七回（P1813）："……柳湘莲道：'怎么不去？前日我们几个人放鹰去了，**没**坟上不远……"此处抄本未点改。但庚辰本、程甲本中此处表述为"离他坟上还有二里"，明显比蒙府本好理解。但笔者以为蒙府本才是曹公的原笔。曹公有时将"没"字写成"不"字，有时又将"不"字写成"没"字。舒序本第二十九回（P914）"宝玉见**不**摔碎，便回身找东西来砸"。第三十二回（P989）"这里宝姑娘的话也不说完，见他走了，登时羞的脸通红"。第三十三回（P1026）"焙茗急的说：'偏生我**没**在跟前'"。此三例中的"不"可与"没"互用。又如杨藏本第六十八回（P799）"谁知偏**没**称我的意，偏打我的嘴"。此处的"没"后被圈改为"不"，可知"没"与"不"同义。因而"**没坟上不远**"符合同义反复的语言特色。去掉"没"字不影响句子的意思表达。只要写成"没（离）坟上不远"就可以了，"离"字是口语省略。

第八十五回（P3322）："虽不能办事，也当跟着你**大哥们他**学习才是。"抄本中抄手对"们"与"他"做了点笔调整。抄手顺手抄了以后，以为"大哥们他"说不通，所以做了点笔调整。事实是，这里的"他"不是第三人称单数，而是第三人称复数"他们"的意思，是口语化表达,与第一一九回(P4270)的"那兄弟、太太也不用说**他**了"的"他"字一样,是复数"他们"。上句中"大哥们"与"他们"是同义反复,这样一来,根据同义反复原则,就无须做点笔调整。笔者地方口语也如是表达,如:"你要想去洗澡,就和哥哥们他一道去。"。文本第五十七回(P2202)"以后别叫林之孝家的进园来,你们别说'林'字,**该**('孩'字形讹)**子们你**听了我这句话罢。众人忙答应",就是对这一问题最好的说明——"你"不是第二人称单数,而是第二人称复数"你们"的意思,与"孩子们"一词形成同义反复。

四、词(语)序颠倒

《红楼梦》语言丰富,"词(语)序颠倒"应是其语言的又一特色。为直观起见,笔者还是采取列举的方式,如:

第四十二回(P1617):"他们是背着我们看,我们也却**偷着背了他们瞧**。"

此处庚辰本是"他们是**偷背着我们看**,我们却也偷背着他们看"。程、高在整理时采用的是书面语。该句在程甲本(P1118)中表述为:"他们背着我们偷看,我们也背着他们偷看。"改变了这一语言特色。

第四十六回(P1780):"凤姐忙道:'你不会**拿嘴巴子打他回回**。'"

"拿嘴巴子打他"在文意上是说不通的,正常表达应是"你不会拿(手)**打他嘴巴子**回回"。该句一方面是词序颠倒,另一方面是口语省略,省略了"手"字。"回回"在这里是"几下"的意思。

第七十七回(P3059):"王夫人听了道:'胡说!那里由得他们起来,佛门也是轻易人进去的! **每人打一顿给他们**,看还闹不闹了！'"

此处"每人打一顿给他们"的正常的书面语言表达应为"打他们每人一顿"。

第七十八回（P3075）："宝钗笑道：'这说话的太不解了，**并没为什么事我出去……**'"

这里是词序颠倒，在书面语言中应为"我（此番）出去并没为什么事"。

第九十七回（P3653）："李纨正在那里给贾兰改诗，**冒冒失失的**见一个丫头进来回说：'大奶奶，只怕林姑娘好不了，那里都哭呢。'"

这个**冒冒失失的**人是特指的那个丫头，而不是李纨。因此，这里的"冒冒失失的见一个丫头"的正常书面表达是"见一个丫头冒冒失失的"。

第一〇〇回（P3723）："我求妈妈暂且养养神，趁哥哥的活口**现在**，问问各处的账目。"

此处的标点完全可标为"趁哥哥的活口，**现在**问问各处的账目"。但是这里是词序颠倒，原意是"趁哥哥的**现在**活口，问问各处的账目"。通行本该处的标点甚确。

第一一四回（P4108—4109）："平儿道：'二爷也不用着急，若说没钱使唤，我还有些东西，旧年幸亏没有抄去**在里头**。二爷就拿去当着使唤罢。'"

该句的正常表达应是"我还有些东西在里头，旧年幸亏没有抄去"。

从以上的例子来看，文本中词（语）序颠倒的语言特色是客观存在的。根据词（语）序颠倒原则，我们还可对通行本的一些标点问题进行探讨，如：

第八十八回（P3415）："那秋桐本来不顺凤姐，后来贾琏因尤二姐之事，不大爱惜她了，凤姐又笼络她，如今倒也安静，只是心里比平儿差多了。**外面情儿**，今见凤姐不受用，只得端上茶来。凤姐喝了一口，道：'难为你，睡去罢，只留平儿在这里就够了。'"

这里的"外面情儿"理应在"不受用"后面，但因是词（语）序颠倒，故放在了"今见凤姐不受用"之前。南方的俗语即"要顾及外面场"，因而"外面情儿"后面是逗号，不是句号，句号应在该词的前面。意即：今见凤姐不受用，（秋桐）为了顾及外面场，只得端上茶来。而通行本将句号标在"外面情儿"后面，是有待商榷的。

第一〇〇回（P3727）："薛蝌却<u>止</u>躲着，有时遇见也不敢不周旋一二，只怕他撒泼放刁的意思**更加**。金桂一则为色迷心……"

该句通行本的标点是"薛蝌却<u>止</u>躲着，有时遇见也不敢不周旋一二，只怕他撒泼放刁的意思。**更加**金桂一则为色迷心……"，似有误。曹公的本意是：若薛蝌不周旋，只怕金桂更加撒泼放刁，并非金桂更加色迷心窍。用词序颠倒的语言习惯来解释就不难理解了。

此外，蒙府本第一〇九回（P3962）还有一例存在词序颠倒："这也是**我女孩儿家们**说的吗？"此句的正常表达应是"这也是我们女孩儿家说的吗？"舒序本、俄藏本与蒙府本同一现象，舒序本第六回（P206）："也没见**我王家门**的东西都是好的不成。"（见书影六）此处的"门"通"们"。（关于"门"通"们"，蒙府本中有多例，如第四十一回："贾母说：'女孩子门都到了藕香榭了。'"）俄藏本第四十二回（P1799—1800）："若没有的就拿些钱去买了来，我帮着<u>们</u>配。""我王家门""我帮着们配"与"我女孩儿家们"都是典型的词序颠倒，而其他抄本包括程甲本此处却没有保留这一特色。有些抄手觉得"我帮着们配"不妥，可能认为是"们"字前丢了一个

不會說話了又挨一頓好打呢。只當可憐姪兒罷鳳姐笑道也

沒見我王家門的東西都是好的不成一般你們那裡放著那

书影六
（舒序本第六回 P206）

107

"你"，遂改成"我帮着你们配"。其实不用改，改成"你们"是不对的，因为画画是惜春一个人的事，何谈"你们"？"我们帮着配"才是正确的意思表达。这从一个侧面反映了舒序本、俄藏本同蒙府本一样，都是比较有价值的本子。

综上所述，此论与前几论一样，这种词（语）序颠倒的语言特色也是贯穿《红楼梦》百二十回的，前后是否为一人所写，应该不难判断。

五、选择复句的特殊表达方式

现代汉语的选择复句常用"是……还是……"或"要么……要么……"等关联词语，很少用"还是……还是……"这一表达方式。曹公在《红楼梦》文本中比较喜欢用"还是……还是……"的表达方式，这在前八十回和后四十回是一贯或一致的。如：

第十三回（P465）："贾珍因问：'银子**还是**我到部里兑，**还是**一并送入老内相府中。'"此处程甲本（P377）同。

第五十九回（P2275—2276）："三日两头，打了干的打亲的，**还是**卖弄你女孩子多，**还是**认真不知王法？"程甲本（P1603）同。

第六十七回（P2606）："这会子**还是**立刻叫他呢，**还是**等着？请奶奶示下。"程甲本（P1848）同。

前八十回还有多例，这里就不一一列举了。后四十回如：

第九十六回（P3608）："**还是**要宝玉好呢，**还是**随宝玉去呢？"

第一一七回（P4187）："或者有个门当户对的来说亲，**还是**等你回来，**还是**你太太作主？"

以上两例，程甲本也如是。

这种选择复句的表达方式，抄手有时可能根据自己的理解，对文字进行改动。如蒙府本第十三回（P474）："又问：'妹妹住在这

108

里,**还是**天天来呢?’”前一个分句里就没有“还是”。庚辰本也如是。但程甲本(P383)该句是:“又问:‘妹妹**还是**住在这里,**还是**天天来呢?’”保留了选择复句的这种表达方式,说明程甲本的底本应是“还是……还是……”也说明此是曹公的语言习惯无疑。这种特殊的语言表达方式前后一致再次彰显。

六、情有独钟“了”“时”“因”

(一)关于助词“了”字

如前文所述,周策纵的学生黄传嘉女士在二十世纪八十年代对百二十回《红楼梦》进行了研究,他用电子计算机对《红楼梦》前八十回和后四十回的相关叹词和助词的使用频率进行了比对,结果发现文本前后使用频率的相似度很高,从而“得出前八十回和后四十回是一人所写”(《红楼梦研究在美国》)。笔者在研究中发现曹雪芹特别喜欢使用助词“了”。黄传嘉也把“了”字作为研究对象。关于“了”字的运用,笔者将四大名著进行比对,随机选择文本的第六十七回与第八十二回,对“了”字做了大概的统计,现将统计资料列下:(选择的文本均为通行本)

	第六十七回 (个)	第八十二回 (个)
《西游记》	60	70(长春出版社,2011 年第 1 版)
《三国演义》	8	10(同上)
《水浒传》	65	30(同上)
《红楼梦》	230	205

很明显《红楼梦》的作者喜欢使用“了”字,绝大多数的章回有二百个左右。笔者还发现,作者除了惯用“了”字,还大量运用“A 了 B 了”句式。这种句式不仅运用于《红楼梦》前八十回,也同样运

用于后四十回,是贯穿《红楼梦》百二十回始终的。如第六十七回,第 2583 页"都忘了没有拿了家里来,还是伙计**送了来**";另该回第 2592 页"有一个道士三言两语把一个人**度去了**(程甲本是'度了去了'),又说一阵风**刮了去了**";第 2608 页"旺儿见这话知道刚才的话已**走了风了**";该回第 2614 页"珍大爷许了他银子,他就**退了亲了**"。第一〇四回第 3833 页有"小的这么一拿,岂知都**成了灰了**";该回第 3845 页"袭人姐姐必是说**高了兴了,忘了时候儿了**。"

更有趣的是,曹公在第二十九回将张道士写成"当今封为'**终了真人**'";又在一〇一回将散花寺的姑子命名为"**大了**",并在小说开篇写下的警醒世人的《好了歌》,对"了"字可谓情有独钟。

清人张新之也发现了这一情况。第五十七回(P2199):"不知紫鹃姑姐姐说了些什么话,那个呆子眼也直了,手脚也冷了,话也不说了,李嬷掐着也不疼了,已死了大半个了!嬷嬷说不中用了,那里放声大哭。只怕这会子都死了!"张新之评点道:"七个'了'字涌出纸上。"其实张新之算错了,应该是九个"了"字。当然张新之批评的版本也有可能就是七个"了"字。但至少可以说明一点,曹公特别喜欢使用"了"字。

体认"了"这一语言特色,对研读手抄本很有帮助,可以正本清源。如蒙府本第八回(P301):"另外有那一块落草时衔了来的宝玉。"此处的"了"字被点改为"下",显而易见是点改错误。好在原抄本的"了"字清晰可辨。(见书影七)再如第九十七回(P3632):"凤姐道:'我都嘱咐到了,这是什么人**走了话了**,这不更是一件难事了吗?'"此处"走了话了"通行本从藤本改为"走了风呢",通行本校记中说"**原作'什么人走了了呢'**",依据的是程甲本。由于曹公惯用"A 了 B 了"句式,笔者认为蒙府本的表述才是作者的原笔,其他版本似误。

冠頭上勒著二龍㨨珠金抹額身上穿著秋香色五

蟒白狐腋箭袖繫著五色蝴蝶鸞縧項上掛著長命鎖

記名符另外有那一塊落草時卿下來的寶玉寶釵

因笑說道成日家說你的這玉竟未曾細細的賞

此字原作了字

书影七
（蒙府本第八回 P301）

111

（二）关于"时"字

"时"字在现代汉语中的解释有好多种，一般表示时间、时令、时序、时候，也表示常常和机会。《红楼梦》中，"时"字虽常时出现，并非表达上述意思，或者代表的意思不明显，有时去掉"时"字，根本不影响语意的正常表达，不会产生歧义。"时"字有时是曹公的口头禅。现就蒙府本与程甲本做一比较。

1.蒙府本有"时"字，对应的程甲本无"时"，如：

第四十一回（P1587）："众人笑的拍手打掌，还要拿他取笑**时**，刘姥姥……"

第六十九回（P2684）："谁知王太医也谋干了军前去效力，回来**时**，好讨荫封。"

该回（P2686—2687）还有："贾琏与秋桐在一处**时**。凤姐又作汤作水，着人送去与二姐吃。"

第七十三回（P2830）："虽贾政当日起身**时**，选了百十篇，命他读的……"

第七十八回（P3078—3079）："宝玉一心记挂着晴雯，答应完了话**时**，便说骑马颠了骨头疼。"

以上五例，根据文意"时"字可以理解为"时候"。但程甲本此五例均没有"时"字，也不影响正常的意思表达，说明"时"字可有可无。

2.蒙府本保留"时"字，对应的程甲本也保留了，如：

第五十一回（P1972）："若不好**时**，还是出去的。"

第八十七回（P3388）："惜春听了，默默无语，因想：'……我生在这种人家，不便出家，我若出了家**时**，那邪魔缠扰，一念不生……'"

第一一五回（P4133）："……心里说道：'可惜林姑娘死了，若不死**时**,就将甄宝玉配了他,只怕也是愿意的。'"

此三例中"时"字,根据文意也是可以不用的,但蒙府本与程甲本都保留了。正因为文本中"时"字有时可用可不用,所以蒙府本第七十九回(P3132)"当**年时**,又是通家常来往的"中的"时"字被后人圈掉,此处程甲本是保留的;第二十六回(P1000)"再有敢(**时**),嘴上就长个疔,烂了舌头。"此处括号内的"时"是后添加的,可能的情况是收藏者或他人对照其他抄本添加上去的。程甲本将此处的省略句"再有敢(时)"表述为"我再敢说这样话",没有了"时"字。庚辰本此处也没有"时"字;第八十回(P3158)"再不**时**,便要打了"中的"时"被点改为"去"字。此处曹公原本的意思是"再不(去)**时**",因口语省略,省略了"去"字,并非"去"字错抄成了"时"字。这说明抄手或收藏者抑或后来的借阅者并不知曹公这一语言习惯。

3.程甲本保留了"时"字,而蒙府本没有保留。

此类情况极其少见。通过逐章检索比对,笔者仅在第七十九回见到一例。即程甲本(P2204):"从小**时**,父亲去世的早。"蒙府本(P3139):"从小儿,父亲去世的早。"

综上,相对于被整理过的程甲本,抄本"时"字的此种用法保留更多。"时"字应是曹公的语言特色。

(三)关于"因"字

现代汉语中"因"字有三种解释:一是缘由,事物发生前已具备的条件,如原因,因果;二是理由,如因为,因而;三是依,顺着,沿袭,如因此,因之等。但《红楼梦》有时"因"字的出现,并非表达以上三种意思中的任何一种。有时在读者看来根本无须用"因"字,曹公也常常喜欢用上一个"因"字,与"了""时"一样,好像是他的口头禅。我们看看"因"字在蒙府本和程甲本中的使用情况。

1.蒙府本有"因"字,对应的程甲本却没有"因"

如蒙府本:

第五十四回(P2085—2086):"凤姐**因**走上来斟酒。"

第七十四回(P2897):"说着,一径出来,**因**向王保善家的道:'我有一句话……'"

第七十五回(P2949):"正值打么番者也歇住了,要吃酒,**因**有一个问道……"

第七十九回(P3139):"**因**想桂花曾有广寒蝉娥之说。"

以上几例,对应的程甲本没有"因",可能是整理者删去了"因"字,然而"因"字有无,并不影响正常的意思表达,也就是说"因"字在此没有实际意义。当然也不排除程甲本整理时所采用的底本原本就没有"因"字,只是这几回参考的抄本可能并非一个抄本,即使是一个抄本,也是收藏者或抄手从更前的底本抄录而来,应该不会如此巧,将其四处的"因"字都抄丢了,况且这里只举了一小部分例子。如果真是这样,那么程甲本中多例有"因"字,而蒙府本却没有"因"就不好解释了。

2.程甲本有"因"字,对应的蒙府本却没有"因"

程甲本第四十一回(P1081):"于是吃过门杯,**因**又逗趣笑道……"(蒙府本P1565)

程甲本第五十四回(P1438):"贾母**因**又叹道:'我想着他从小儿服侍我一场……'"(蒙府本P2073)

程甲本第七十一回(P1957):"贾母**因**问道:'前儿这些人家送礼来的,共有几家有围屏?'"(蒙府本P2770)

程甲本第七十二回(P1973):"贾琏未语先笑道:'**因**有一件事我竟忘了。'"(蒙府本P2796)

以上几例,我们直观上就能看出"因"字是可要可不要的。蒙府本此处没有,应该是抄手的原因,其底本应该是有的。程甲本也是从早期抄本整理而来,程甲本不可能无中生有。

从以上两种情况可以看出,有"因"无"因"都不影响语意。后四十回也不乏其例。如第八十五回(P3311):"大家看着笑了一回。贾母**因**命人:'给他收起去吧,别丢了!'因问:'你那块玉好生带着罢?别闹混了。'"第八十九回(P3425):"宝玉**因**端着茶,默默若有所思。"等等。此处两例尽管程甲本都保留了,如果将其删掉,就与前面所列举的一样,不影响语意表达。有的读者可能会问,蒙府本后四十回抄自程甲本,两个本子当然都保留了"因"字。其实蒙府本后四十回并非抄自程甲本,它是抄自另一抄本。(此观点见《蒙府本石头记后四十回并非抄自程甲本》)这充分说明了"因"字在《红楼梦》中有时没有任何意义,只是曹公的语言习惯,并贯穿百二十回。有其习惯后,曹公甚至将其他意思也用"因"字来表达,如第八十五回的"因问"的"因",此处的"因"若改为"又",语言表达在现代人看来,似乎更准确。"因问"是"又(对宝玉)说"的意思,根本没有"因"的意思。

应该说《红楼梦》中的"了""因""时"的使用,后四十回是曹公的遗稿又有了一个重要的论据。

七、"说"取"话"意

曹公语言的又一特色是不取字的本意,而是取该字所组成的词组中的另一个字的意,如:"设"取"假"意、"冷"取"淡"意、"状"取"告"意、"说"取"话"意等,现分述如下。

"设"不取"设"意,而取词组"假设"的"假"意

第二回(P66—67):"……但凡要说时,必须先用清水香茶漱

了口才可；**说若**失错，便要凿牙穿腮等事。"该句"说若"的"说"可能是"设"字形讹，也可能谐音导致的音讹。庚辰本、程甲本此处均为"设"。

第三十四回（P1299）："**设若**叫人哼出一声不字来，我们不用说，粉身碎骨，罪有万重，还是平常小事。"此回（P1295）另有："我常常搬着口儿劝一阵，说一阵，气得骂一阵，哭一阵，彼时他好，过后来还是不相干，到底吃了亏才罢了！**若**打坏了，将来我靠谁呢！"

该回第一例"设若"在庚辰本中为"若要"，说明有可能庚辰本的抄手不知道"设若"是什么意思，抑或是便于理解自作主张将其改为"若要"也未可知。后例中的"若"在程甲本、舒序本中是"设若"。蒙府本为何只是单音节词"若"？可能是蒙府本据抄的底本就是"若"，抑或是底本为"设若"，而抄手认为不好理解，遂改为"若"。

第七十八回（P3076）："……保不住出入的人就图省路，也从那里走，又没人盘查，**设若**从那里出一件事来，岂不两碍脸面。"（见书影八）

"冷"不取"冷"意，而取词组"冷淡"的"淡"意

第七十八回（P3094）："近日贾政年迈，名利也渐**冷**……"此处的"冷"是"冷淡"之意，所谓淡泊名利。该句的"冷"取"淡"意。

"状"不取"状"意，而取词组"告状"的"告"意

第六十八回（P2637）："着他写一张**状**子，只管往有司衙门中**状**去，就告琏二爷国孝家孝，背旨瞒亲……"该句的第一个"状"字是名词，是指告状用的文书；第二个"状"字是动词，告状的意思。此"状"被后人圈改为"告"字，但抄本原为"状"字。

以上例子足以证明这也是曹公的语言特色，根据这一语言文

南上小角門子就常開著原是為我走的保不住出

入的人就圖省路也從那裡走又沒人盤查設若從

那裡出一件事來豈不兩礙臉面而且我進園裡來睡

书影八
（蒙府本第七十八回 P3076）

117

字特色,我们就不难理解蒙府本中诸多的"说"字了,更无须将"说"字点改为"话"。

蒙府本中常常将"话犹未了"写成"说犹未了",这一典型的书写特征例子很多,如:

第二十六回(P1005):"**说犹未了**,只见冯紫英一路说笑,已进来了。"(见书影九)

第七十三回(P2831):"**说犹未了**,只听外间'咕咚'一声,急忙看时……"

第八十回(P3174):"**说犹未了**,茗烟先喝道:'该死,打嘴!'"

第一一一回(P4034):"**说犹未了**,又听得房上响声不绝。"

蒙府本中除了"话犹未了"写成"说犹未了"外,其他处也有将表达"话"的意思写成"说"字,如:

第二十九回(P1126):"贾珍退了下来,至外边,预备着伸表焚香、开戏,不在**说**下。"此处"说"字被后人改为"话",但原抄清晰可辨。

第三十六回(P1378—1379):"袭人笑道:'左不过是他们那些顽**说**,有什么正紧说的。'宝钗笑道:'他们说的可不是顽**说**,我正紧要告诉你呢……'"此两处的"说"字均被后人涂改为"话"字。好在原抄本的"说"字如第二十九回的"说"字一样清晰可辨。(见书影十)"顽说"是玩(笑)话的意思。曹公不写"玩(笑)话"而写"顽说",很有意思。

第七十九回(P3133—3134):"香菱听了,不觉红了脸,正色道:'这是什么**话说**?'"此处的"说"字被后人点去。其实无须点去,它是同义反复,即"说"就是"话","话"就是"说",是对"说"取"话"意的最好诠释。更何况同义(词)反复也是曹公的语言特色。

第八十九回(P3433):"紫鹃听见,吓了一跳,说道:'这是那里

书影九
（蒙府本第二十六回
P1005）

同馮大爺來了寶玉便知是神武將軍馮唐之子馮
紫英來了薛蟠等一齊都叫快請說猶未了只見馮
紫英一路說笑已進來了眾人忙起席讓坐馮紫英

书影十
（蒙府本第三十六回 P1378—1379）

說的寶釵笑道他們說的可不是頑謠我正要告訴
你呢你又忙忙的出去了一句話未完只見鳳姐兒

沒見那們進來因向襲人笑道他們沒告訴你什麼
話襲人笑道五不過是他們那些頑話有什麼正緊

119

来的**说**，只怕不真罢？'"此处后人未做点改，甚幸。此处的正常表达应是："这是那里来的**话**，只怕不真罢？"

第九十回（P3454）："凤姐道：'姑娘，不是这个**说**。倒不讲事情，这名分上太岂有此理了。'"此处与第八十九回的"说"字一样，后人也未做点改。

第一一八回（P4209—4210）："王夫人回过味来，细细一想，便更哭起来道：'你说前儿是顽**说**，怎么忽然有这首诗？……'"此处未被点改，而且"顽说"的"顽"字与前八十回的第三十六回写法一致。

第八十九回、第九十回、第一一八回这一类"说"字均未被点改，倒不一定说抄手和后人发现了没有点改，可能是压根就没有被发现，所以被保留了下来。

早期抄本庚辰本第五十二回（P1203）："贾母道：'正是这**说**了。'"后来不知何故，将"说"点改为"话"。又第五十三回（P1235）："贾珍听了笑向（贾）蓉等道：'你们听他这（说）话可（好）笑？'"该句中的"说"是抄手依底本顺抄，后发现好像不对，遂将"说"字点去，写成"话"字。这说明原底本就是"说"字，"说"字才是曹公的原笔。

早期抄本俄藏本第六十三回（P2776）："请哥儿出去看了，回爷的（说）话去。"该句括号内的"说"是原抄，抄手抄了"说"后，感觉似乎不对，遂将"说"圈掉，另写了"话"字。抄手顺手抄出"说"字，说明抄手用的底本该处就是"说"字。这更加说明这是曹公的语言习惯无疑。

早期抄本杨藏本第三十三回（P394）："贾母听说，便啐了一口说道：'我说了一句（说）话你就禁不起，你那样下死手的板子，难道宝玉就禁得起了？'"该句括号内的黑体字"说"被圈，接着又写了"话"，与早期抄本俄藏本第六十三回的情况是一样的。

类似这样的表达方式在其他抄本中也有存在。舒序本第二十九回（P892）："或吓着他，倒怪可怜见的，他老子娘岂不疼的**忙**。"该句的"忙"在蒙府本和庚辰本中均是"慌"。舒序本是早期抄本，"忙"字很可能就是曹公的原笔，"慌忙"是并列结构的词，符合"忙"取"慌"意。该回（P887）"只管初一跟了老太太逛去，这个话一**扬**开了……"句中的"扬"字在蒙府本和庚辰本中均是"传"字。此处也是"传扬"一词中"扬"取"传"意的又一显例。关于"忙"取"慌"意，蒙府本第五十七回（P2198）有一例："袭人满面急怒，又有泪痕，举止大变，不免也着了忙。"此处的"忙"字在多个版本中均有保留。上例舒序本第二十九回保留了"忙"，而蒙府本和庚辰本没有保留，可能是抄手认为这样写不符合常理而擅改之过。

第一二〇回（P4301）："……不是建功立业之人，即系**饶**口谋衣之辈……""饶"一般是"富足"或"宽恕"之意。而此处的"饶"似是取词语"讨饶"的"讨'意，"**饶**口谋衣"即讨口饭吃，谋些衣裳。程乙本以为不通，改为"糊"，即"糊口谋衣"，意思虽然没有变，表达更加明了，但曹公的语言特色丢失了。如果我们不知道这一语言特色，此字的出现在这里确实让人匪夷所思。

又如第一〇九回（P3981—3982）："贾琏轻轻的答应出去了，便传齐了现在家的一干家人说：'老太太的事**待好**出来了，你们快快分头派人办……'"这里方言"待好"也可以用这一语言特色来解释。"等会儿"在南方有时说成"等会子"或"等好（hao音）子"，南方词语后多用缀"子"，北方词语后多缀"儿"，即所谓的儿化。此处的"待好"就是等会（或好）子的意思，其中"待好"的"待"取词语"等待"的"等"意。

此类表达在南方的口语中很常见，如"你慢点吃，我**候**你""不要**睬**他"，这里的"候"就是"等"的意思，"睬"就是"理"的意思。这说明曹雪芹的语言受南方的影响很大。其中"睬"字在文本中多次出现。

根据这一语言特色,我们一方面可以基本判断《红楼梦》前后是否为一人所写,另一方面还可以判断第七十回和第七十三回两处到底是"因"还是"固",即哪个是曹公的原笔。

蒙府本的情况是这样的:

第七十回(P2723):"众人看了,俱点头感叹说:'太作悲了,好因然是好的。'"(见书影十一)

第七十三回(P2842):"……忽在山石背后得了一个五彩绣香囊,其华丽精致,因是可爱……"(见书影十二)

以上两例都是"因",只不过第七十回的"好因然是好的"被点改为"好是果然是好的",第七十三回的"因"字未做点改。第七十回的"好因然是好的"在程甲本中为"好是果然好的"。第七十三回的"因是可爱"在程甲本中不知何故消失了。

让我们看看其他抄本的情况。

俄藏本:

第七十回(P3060):"众人看了,俱点头感叹说:'太作悲了,好是固然好的。'"

第七十三回(P3175):"……忽在山石背上得了一个五彩绣香囊,其华丽精致,固是可爱……"

庚辰本:

第七十回(P1680):"众人看了,俱点头感叹说:'太作悲了,好是固然好的。'"

第七十三回(P1749):"……忽在山石背后得了一个五彩绣香囊,其华丽精致,固是可爱……"

戚序本:

後得了一個五緣繡香囊其華麗精緻囙是可愛但
上面繡的並非花鳥等物一面却是兩個人赤條條
𦝄𦝄相抱一面是幾個字這痴了頭原不認得是春

收
嫁與東風春不管　憑你去　忍俺留
衆人看了俱點頭感嘆說太作悲了　好　囙然便好的
囙又看寶琴的是

书影十一
（蒙府本第七十回　P2723）

书影十二
（蒙府本第七十三回　P2842）

第七十回（P2809）："众人看了，俱点头感叹说：'太作悲了，好**果然**是好的。'"

第七十三回（P2926）："……忽在山石背后得了一个五彩绣香囊，极其华丽精致，**固**是可爱……"

甲辰本：

第七十回（P2326）："众人看了，俱点头感叹说：'太作悲了，好是**果然**好的。'"

第七十三回（P2418—2419）："……忽见一个五彩绣香囊上面绣的并非花鸟等物，一面却是两个人赤条条的盘踞相抱。"

该句蒙府本中的"固是可爱"四字被删改了，影子都找不到了，整个句子也改得面目全非。

杨藏本：

第七十回（P816）："众人看了，俱点头感叹说：'太作悲了，好是**固然**好的。'"

第七十三回（P846）："……忽在山石背处得了一个五彩绣香囊，其华丽精致，（**固或因**）是可爱……"

该句括号内的字，因字体很小，又恰好被毛笔从中间画掉，难以分辨是"因"还是"固"，但从字形上看，"固"的可能性更大。

到底蒙府本"因"字是曹公的本意，还是其他抄本的"固"或"果"字是曹公的原笔呢？一般来讲，"固"是曹公的原笔不会有异议。因"因"与"固"很容易形讹。更何况有蒙府本第六回（P214）"忽从千里之外、芥豆之微小小一个人家，固（"因"字之形讹）与荣府略有些瓜葛"之例可以引证。其实上两例并不是这回事，这里的"因"是"因"取"果"意，类似于"说"取"话"意。"因然"就是"果然"的意思。甲辰本和戚序本第七十回表述为"好**果然**是好的"，也算是领会了曹公的真意。况且曹公行文时对"因"字情有独钟。所以，

124

"因"字才是曹公的原笔。

李辰冬先生在《诗经研究》一书中这样写道(P81)："科学的方法就是：'从原始材料中寻求原理法则，再以这些原理法则解释原始材料。'"因而研究《红楼梦》，原始材料(或接近原始材料的抄本)是多么的重要，切不可舍本逐末而误入歧途。

八、特殊的"通假"

古籍上经常出现通假字。"通假"是通用、借代的意思，也即用读音相同或者相近的字代替本字。由于文本中两个互为通假字在标准的语音条件下，读音有时不一定完全相同，只是方言表达有时同音，所以姑且用"特殊'通假'"立论，尽管不太妥当，但很能说明问题。现就"通假"的情况列举四组。

(一)"着"与"作"或"昨"

1.本字为"着"，却写成"作或昨"，如：

第七回(P274)："宝玉听了，即便下炕要走。尤氏、凤姐都忙说：'好生作，忙什么？'"此处的"作"字被后人圈改成本字"着"。在惯常的表达中应该是"好生着"，但曹公却写为"作"。

第二十回(P764)："你自己便比世人好，也不犯作见一个打趣一个。"此例的惯常表达应是"不犯着"，程甲本就是"不犯着"，而曹公的习惯写法却是"不犯作"。

第九十三回(P3536—3537)："平儿慌了道：'水月庵里不过是女沙弥、女道士的事，奶奶作什么急？'"此处的惯常表达应是"着什么急"，而曹公却写成"作什么急"。

第九十八回 (P3673)："我记得老爷给我娶了林妹妹过来，怎么被宝姐姐赶了去了，他为什么霸作住在这里。"此例的正常表达应是"霸着",可曹公却将"着"写成了"作"。

2.本字为"作或昨",却写成"着",如:

第八回(P297):"……一见了宝玉,便都笑着赶上来,一个抱住腰,一个携着手,都道:'我的菩萨哥儿,我说着了好梦呢……'"此处的"着"字,后人不知是曹公的特殊用法,点改成本字"作"。但抄本原来的字清晰可辨。(见书影十三)

第五十九回(P2270):"倘或叫起你来,你又说我使你了,拿我着隐身草儿你来乐。"此例的"着"惯常写法应是"作",但曹公却按照自己的书写习惯将"作"写成了"着"。

第八十七回(P3387—3388):"彩屏道:'我着日听见邢姑娘和大奶那里说呢!'"该处的本字应是"昨",曹公却写成"着"。

第一〇五回(P3863):"王夫人、宝玉等围住贾母,寂静无言,各各掉泪,惟有邢夫人哭着一团。"此例的本字应是"作",而曹公却写成"着"。

第一〇九回(P3970):"宝钗听了,也不着声。"该例的本字应是"作",曹公却将其写成"着"。

"着"与"作或昨"互为"通假",是因为它们在方言中有时是同音字。安徽宣城以及马鞍山市部分区域的居民常常将"不敢作声"说成"不敢着声"、"昨日"说成"着日",从而出现了互为"通假"。抄手有时也不是很清楚曹公为何有此表达(或书写)习惯,因而在蒙府本第四十八回(P1835)就出现了抄手自己添改的例子,如"……我还放心些,况且用不作你买卖,……"中的"不"字右下侧加了一个"着"字,"作"字没有点去。这样就变成"况且用不着作你买卖"了。笔者根据"通假"这一特点,初步判断这应是抄手自己添改的,底本就是"**用不着你买卖**"。其实无须添改,"用不作"就是用不着的意思,"你买卖"是"你(去做)买卖"的口语省略。

道我找他做什么黛玉一想这话怎么順嘴說了又覺不

好意思便呀道你找誰與我什么相干倒茶去罷紫鵑心裡

做答

书影十四
（蒙府本第九十四回 P3552）

笑着赶上来一個把住腰一個携着手都道我的

薛哥兒死我說縣了好夢呢好容得遇見了你說着

了安又問好劳叨半句方繰去了這老娘娘又呀

书影十三
（蒙府本第八回 P297）

(二)"出"与"去"

1.本字为"出",却写成"去",如：

第一回(P20—21)："葫芦庙内寄居一穷儒,姓贾名化别号雨村者**去了出来**。"此处的"去了出来"在甲戌本中是"走了出来",在程甲本中是"走了来"。其实这里的"去"通假"出",本字是"出"字,与后面的"出来"形成同义反复。

第二十四回（P907）："忽见周瑞家的从门里**去来**叫小厮们：'先别扫,奶奶出来了。'"此句中的"去来"惯常写法应是"出来",但曹公却写成了"去来"。

此种现象后四十回也有例证。

第九十四回（P3552）："这话怎么顺嘴说了**去来**,反觉不好意思。"此例中的"去"字对应的本字应是"出"。(见书影十四)

第八十二回、第九十三回、第九十六回中,"去"字对应的本字也不例外,如：

第八十二回(P3239)："二人又略站了一回,都悄悄的退**去来**了。"

第九十三回（P3542）："我的小爷,你太闹的不像了,不知得罪了谁,闹**去**这个乱儿。"另该回(P3539)还有："便从靴掖儿的里头拿**去**那个揭来帖。"

第九十六回（P3615）："袭人想定主意,待等贾政出去,叫秋纹看着宝玉,便从里间**去来**,走到王夫人身边……"

此外,还存在蒙府本中是本字"出",在其他抄本中是"去"。这说明很有可能是蒙府本的抄手改掉了这一信息,抑或底本就是如此。如蒙府本第一一六回（P4170）："老爷路上短少些,必经过赖尚荣的地方,也可叫他**出**点力。"对应的程甲本(P3158)却是"去点力"。不难想象,这种现象在早期抄本中应是大量存在的,且贯穿百二十回始终的。

2.本字为"去",却写成"出",如：

第九十四回(P3545—3546)："王夫人道:'很是! 这些东西一刻也是留不得的。头里我原要打发他们出来着,都是你们说留着好。'"此句中的"出"字对应的本字应是"去"。程甲本(P2575)此处就是"去"。

类似的还有,如：

第九十六回(P3628)："黛玉出了贾母院门,只管一直走出。"

第一○七回(P3897)："……念伊究属功臣后裔,不忍加诛,也从宽革出世袭,派往海疆效力赎罪。"

以上两例"出"字在程甲本中均为"去"。

第一○九回(P3978)："只见老婆子在门外探头。王夫人叫彩云看出,问问是谁?"此处的"出",在对应的程甲本(P2977)中就是"去"。

第一一一回(P4017—4018)："……自己又哭了一回,听见外头客人散出,恐有人进来,急忙关上屋门。"此处的"出",在对应的程甲本(P3017)中也是"去"。

出现"去"与"出"互为"通假"的原因,主要是在南方方言中常常声母"ch"与"q"不分。如普通话"吃饭(音 chi fan)",在方言中为"吃饭(音 qie fan)"。由于"出"与"去"的声母分别是"ch"和"q",因而文本中有时出现"出"与"去"互为替代的现象。第六十六回:"你既不知他娶,如何又知是绝色?"该句的"不知他娶"应是"不和他处"。"知"是"和"字形讹。庚辰本第二十九回(P677)有"方和我近,不和我远"的两处"和"字就抄成了"知"字。"娶(声母为 q)"与"处(声母为 ch)"是吴方言音讹。关于"你既不知他娶"应是"你既不和他处",详细解释可看余光祖先生的《"你既不知他娶"校议》,兹

129

不赘述。这从一个侧面也反映南方方言对曹公的影响是多么大了。

　　刘世德先生在《红楼梦舒本研究》前言中说:"《红楼梦》舒本(舒序本)虽然残存四十回,却是一特别值得珍视的脂本。"同时又说:"(舒本)不同于杨藏本,舒本却是一货真价实的'乾隆抄本'""它的价值可谓是超越了现存其他的脂本! 更何况,它还保留了一部分曹雪芹'初稿'的文字和痕迹。"刘先生的判断正确与否暂且不论,让我们看看舒序本中有没有"出"与"去"通假的范例。通过对比,答案是肯定的。如舒序本二十四回(P719):"……还亏舅舅们在我家**去**主意,料理的丧事。"此句中的"去"对应的程甲本是"去出"。蒙府本(P898)该处是"……还亏舅舅们在我家**去作**主意,料理的丧事",多了一个"作"字。三个版本对比,笔者以为舒序本为曹公之原笔。另外,"去"与"出"互用在卞藏本第七回(P184)也有:"若发了病时,拿**去**来吃一丸。"除蒙府本外,其他抄本也存在这种类似的通假,更加表明这是曹公的书写习惯。

(三)"过"与"个"

　　南方方言中"过"与"个"读音常常不分,因而出现了"过"与"个"通假。

　　1.本字为"过",却写成"个",如:

　　前八十回的例子:

　　第六十二回(P2363):"宝玉忙又告个罪,方同他姊妹回来。"

　　第六十三回(P2437):"我和他做个十年的邻居。"

　　后四十回的例子:

　　第八十二回(P3212):"黛玉道:'你上头去个了没有? '"(见书影十五)

　　第一〇八回(P3925):"他没有定亲的时候,倒做个好几次。"

第一一六回(P4151)："但不知那册子是那个见**个**的不是？"

第一二〇回(P4289)："贾政据实回奏，圣上称奇，旨意说：'宝玉的文章固是清奇，想他必是**个**来人……'"

以上几例的"个"字，本字应是"过"字，程甲本均为"过"。也有在蒙府本中是本字"过"，在程甲本中是通假字"个"。如第一〇〇回(P3725)："我要是有的，还可以拿些**过**来。"此处的"过"在对应的程甲本(P2740)中就是"个"，说明程甲本的底本是"个"字无疑。当然程甲本毕竟是经过程、高编辑过的，而蒙府本却是未经编辑的抄本，蒙府本这一类通假字多并不奇怪。

2.本字为"个"却写成"过"。此类例子较多，这里只举几例，如：

前八十回的情况：

第二十七回(P1026)："少不得使**过**金蝉脱壳的法子。"

第二十八回(P1092)："也难为你心里没**过**算计儿。"

第二十九回(P1122)："只见凤姐儿笑道：'你手里拿来也罢了，又用**过**盘子托着，……'"

第五十回(P1917)："湘云只伏在宝钗怀里，笑**过**不住。"

后四十回的情况：

第八十一回(P3190)："有几**过**小丫头蹾在地下找东西。"

第一〇九回(P3956)："宝钗道：'妈妈只管同二哥哥商量，挑**过**好日子，过来和老太太、大太太说了……'"同回(P3954)还有"二姑娘这样一**过**人"。

第一一〇回(P4011)："只见凤姐的血吐**过**不止。"

第一一六回(P4163)："况且正要问**过**明白。"

第一一七回(P4191)："这一闹，把**过**荣国府闹得没上没下，没里没外。"

以上例句中的"过"字，本字应是"个"却写成"过"，对应的程

131

見一個人赶着照看不知什麼時候把東西早已丢了求爺們
閒晋四五頃的林之孝的道你們這個個要死回来再說咱們先
到各處看去上直的男人須着走到尤氏那邊門免閙緊有幾
個接音訊啼死了我們在林之孝的問道這裡沒有去東西裡

一

书影十六
（蒙府本第一一一回 P4038）

了好容易熱了一天這會子瞧見你們竟如死而復生的一樣
古人云一日三秋這話再不錯的黛玉道你上頭去了沒有個了沒有
寶玉道都去過了黛玉道別處呢宝玉道没有黛玉道你也該
熙熙他們去宝玉道我這會子懶待動動只和林妹妹坐著說會

书影十五
（蒙府本第八十二回 P3212）

132

甲本就是"个"字。有时抄本中虽然是"个"字,但抄手先根据底本抄的是"过"字,抄完"过"字后,发现不对头,将"过"字点去,续抄成"个"字,如第一一一回(P4038):"林之孝家的道:'你们(过)个个要死,回来再说。'"(见书影十六),括号中"过"被点笔画去。从这一点可以看出,曹公的原稿中关于"过"的通假字应该远远超过我们现在看到的数量。

关于该字互为"通假",我们在其他抄本中也能找到例子,并非蒙府本所独有。如卞藏本第二回(P48):"……今因还要入都,从此顺路,找过敝友说一句话……"此处的"过",在其他抄本中是"个"。结合卞藏本第七回将"若发了病时,拿出来吃一丸"中的"出"字写成"去"字,也间接证明卞藏本为早期抄本无疑。仅残存两回的郑藏本也不例外,如第二十四回两处出现了这种情况,一处(P33)是:"明儿一个五更,还有("有"疑是"要"字之误——笔者按)到兴邑去走一趟。"该句的"一个五更",庚辰本(P536)、蒙府本(P896)、舒序本(P717)均同;另一处(P54)是:"次日,一个五更,贾芸先找了倪二,将前银按数还他。"该句的"一个五更"庚辰本(P549)、蒙府本(P918)、舒序本(P738)均为"一个五鼓",但以庚辰本为底本整理的通行本,第一处保留"个"字,第二处没有尊重原抄本,改为"一过五鼓"。从各抄本的"个"字保留情况来看,此为曹公的书写习惯无疑。

文本中"过"与"个"互为"通假"这一现象,为我们对蒙府本的校核打开了方便之门。如蒙府本第九十三回(P3538):"贾琏便道:'你去告诉赖大,老爷上班儿去了,把这些逳女孩子暂且收园内……'"该句中的"逳"应是"过"字形讹,而"过"与"个"通假。故而该句"逳"应是"个"。所以上句应是:"贾琏便道:'你去告诉赖大,老爷上班儿去了,把这些个女孩子暂且收园内……'"同时也让我们明白了为什么蒙府本会出现"**做**（应是"过"——笔者按）日子"和"能**做**（应是'够'——笔者按）上进"（第一二〇回，P4290）以及"不就**个**（应是"做"——笔者按）了官了"（第一二〇回，P4283）、"就规规矩矩伺候本官升了还能个（应是'够'——笔者按）"（第九十九回，P3705）这样的情况。作为抄手，他没有对语言文字进行整理的义务，只是顺着形讹的底本文字往下抄，也如夏薇先生所说的"抄手不管文意，照抄上去"，因而造成了这样的错误。也有可能是蒙府本的抄手因形讹有时将"个"与"做"字错抄成"做"与"个（個）"字，并将"夠"（"夠"是"够"的另一种写法——笔者按）字形讹为"个"字。第九十九回"能个"的出现，与其不无关系。它们的互为演变过程是"能够"↔"能个（個）"↔"能做"以及"过日子↔个日子↔做日子"。较早的脂本己卯本第六十二回（P1051）处"荳官见他要勾来"（杨藏本也如是）一句似能证明上述观点。己卯本该处的"勾"同"夠"，而"夠"常写成"個"，"個"与"過"互为通假，故该处的"勾"就是"過"字。"勾或夠"是曹公的原笔。蒙府本（P2396）此处抄手不知该字是什么意思，改成"荳官见他要站起来"，文意好像更通，其实曲解了曹公的原意——荳官见他要過来。从以上情况来看，蒙府本后四十回似与己卯本具有同等的脂本价值。

（四）"只"与"自"

南方方言中常常声母"z"与"zh"不分，因而文本中就出现了"只"与"自"的通假。

1.本字为"自"，却写成了"只"，如：

第十九回（P699）："因说道：'只从我出去了，不大进来，你们越发没个样儿。'"该回（P717）还有："我家代代读书，只从有了你，不承望你不喜读书。"此处"只从"庚辰本与蒙府本同，舒序本为

"自从"。

第二十三回（P865）："宝玉道：'只从太太吩咐了……'"该句中"只从"庚辰本与蒙府本同，舒序本为"自从"。

第二十四回（P891）："只从我父亲没了，这几年也无人照管教导。"

第七十二回（P2794）："只从上月行了经之后，这一个月竟沥沥拉拉没有止住。"

2.本字为"只"，却写成了"自"，如：

第二十九回（P1134）："你自管了然自若无闻的。"此例抄本原为"自管"，后被点改为"只管"，其实不必点改，因为这是文本文字自身的特色。

第三十七回（P1404）："自管说出来，大家平章。"

第五十四回（P2069）："他们也忙命小厮们快撒钱。自听满台钱响。"（见书影十七）此处的"自"如同第二十九回的"自管"一样，被后人点改为"只"。

第五十七回（P2190）："你总不留心，还自管和小时一般行为，如何使得。"

第六十七回（P2597）："你自管收了去，给环哥儿玩吧！"

"自"与"只"互为通假，还可从其他文本中找到例证，如：

程甲本第四十九回（P1294）："成日家自说，现在的这几个人是有一无二的。"此处的"自"在蒙府本（P1869）中为"只"。

程甲本第八十二回（P2280）："自得拉着宝玉哭道：'好哥哥，你叫我跟了谁去？'"此处的"自"在蒙府本（P3232）中也为"只"。

尽管"自"与"只"互为通假在蒙府本后四十回中较为少见，但程甲本给出了证据，所以就不能据此否定后四十回是曹公的手笔，也如俄藏本前八十回少有"个"与"过"互为通假一样，我们总

第五十四回

史太君破陳腐舊套　　王熙鳳傚戲彩斑衣

話說賈珍賈璉暗暗預備下錢聽見賈母說賞他們也忙命小廝們快撒錢只聽滿台錢响賈母大悅二人遂起身小廝們忙將一把新煥烏銀壺遞過來賈璉捧在手內随

书影十七
（蒙府本第五十四回 P2069）

136

不能说俄藏本不是曹公的手笔吧。

综上所述,这四组字在百二十回文本中互用,无不与南方方言有关,它是在方言基础上延伸出来的,这不仅使方言立论得到了强化,也更加坚定了笔者的观点:《红楼梦》后四十回不可能是别人所续。

九、易生歧义的"不"字

关于《红楼梦》文本中出现的奇特的"不"字现象,林冠夫先生在《红楼梦纵横谈》中,对蒙府本第三十四回(P1292)"王夫人道:'嗳哟,你**不该**(原抄形讹为'谈'字)早来和我说?'"中"不该"一词进行了论述,认为"不该"比"该"更为准确。他觉得"《红楼梦》的语言运用之妙,的确是很可以够我们细细品味一番的"。讨论该词的原因,主要是人民文学出版社出版的以庚辰本为底本的通行本删去了原有的"不"字。其实是可以不删的,因为它是曹公的一种独特的语言表达方式,只要注意一下标点符号即可,遗憾的是林冠夫先生没有提到标点问题。如:

第四十回(P1546):"贾母在舱内道:'这不是顽的,虽不是河里,也有好深的,你快不给我进来?'"此处"你快不给我进来"中的"不"字,在程甲本中无。若按程甲本表述为"你快给我进来",那么标点就不是问号了,而应是感叹号。但林冠夫先生在"不"字保留的情况下依然使用的是句号。

《红楼梦纵横谈》一书中没有列举到的还有:

第五十一回(P1959):"越发显得拱肩缩背,好不可怜见的?"

该回(P1969)还有:"麝月道:'你要死不拣好日子! 你出去白站站,把皮不冻破了你的?'"

第六十四回(P2470):"什么'面壁'了'参禅'了的,等一会,我不撕他那嘴？"

第七十五回（P2931）："一个个不像乌鸡眼（似的）？"

第七十八回（P3097）："再过几年，怕不是大阮、小阮了？"

第九十六回（P3623）："又是宝姑娘，又是宝二太太，这可不是怎么叫呢？"

第一一七回（P4231）："真怕不犯前头的旧病呢？"（程甲本、程乙本该句没有"不"）

以上例句中的"不"字若删掉，完全没有问题，只是标点符号略做改动，把问句改成陈述或感叹句即可。但下面的例子就不能单纯地将"不"字看成是一个否定的副词，而是要结合同词（义）反复的语言特色，方能认识到这种表述为何如此多，如：

第三十二回（P1223）："你的活计叫谁作，谁不好意思不做呢？"

第三十四回（P1291）："才刚挨了打，又不许叫喊，自然急的那热毒热血未免不存在心里。"

第七十六回（P2996）："又说他们作什么，不如不说咱们。"该句"不如不说咱们"在庚辰本中是"不如说咱们"。其实就是"不如说咱们"的意思，但蒙府本却如此表达，是不是很奇怪？

第九十回（P3457）："不是嫌太旧，就不是瞧不起我们奶奶。"

同词（义）反复前文已论述过，它的特点是，若删掉一个反复或被反复的词（义）不影响语意的表达。相反，两个都保留实在让人难以理解。但这是曹公的口语习惯，没办法。此类情况蒙府本保留的相对较多。如第六十八回（P2653）："我听了这话，教我要打要骂的，才不言语了。谁不偏不称我的意，偏打我的嘴。"（见书影十八）此处第一个"不"字被点改为"知"。但"知"与"不"既不音讹，也不形讹，"不"字才是真实的存在。结合同词（义）反复的语言特色，说奶奶太好性兒了若是我們的主意先回了老太太太看是怎樣再收拾房子去接也不遲我聽了迅話教我要打要罵的總不言語了誰知偏不稱我的恳偏打我的嘴半空裡又跑出一個張華來告了只

书影十八
（蒙府本第六十八回 P2653）

139

我们对此种情况就不会感到惊讶。此处的"不"字应是曹公的原笔，"知"字不存，是口语省略。但也有蒙府本未保留，而其他版本保留了。如蒙府本第六十八回（P2644）："又自己问着自己说：'已后可再顾三不顾四的**混管闲事**了，已后还单听叔叔的话，不听婶婶的话了。'"该回程甲本（P1875—1876）却是："又自己问着自己说：'已后可还再顾三不顾四的不了？已后还单听叔叔的话，不听婶婶的话不了？'"这两处的"不"字是强调要"顾四"和"听婶婶的话"。蒙府本的抄手不知此两处的"不"字是何意，遂将第一处的"不"改为**混管闲事**，第二处的"不"字直接不予抄录。这一语言特点，程甲本此处保留得非常完整，应是曹公的原笔。

从上文所举的例证来看，这种容易产生歧义的"不"字现象是客观存在，也是前后并存的。后四十回与前八十回中"不"字的特殊表达如此雷同，后四十回若是他人所续，不是很奇怪吗？

小　结

抄本蒙府本是一百二十回的本子，尽管该抄本前八十回中的第五十七回至第六十二回以及后四十回据他本抄补，但其最大的特点是对曹雪芹的独特语言文字保留得比较完整，通过对比研究发现，这种独特的语言文字贯穿一百二十回文本，（具有明显的规律性），且直指要害（这并非问题的全部真相）。笔者越来越怀疑《红楼梦》后四十回是他人所续之说。"无名氏"所续的后四十回如此神奇，语言文字特色竟然与前八十回惊人相似，用南方的俗语说，除非续作者是曹雪芹肚子里的蛔虫，否则他就无法做到这一点。加之夏薇与曹立波、张锐分别撰文对蒙府本"前八十回中第五十七至第六十二回以及后四十回据程甲本抄补"进行了否定，笔者也在拙文《蒙府本后四十回并非抄自程甲本》中，对"前八十回中第五十七至第六十二回以及后四十回据程甲本抄补"之说也进行了有理有据的反驳。通过大量的论据，翔实的论证，基本证实蒙府本后四十回并非抄自程甲本，而是有其独立的底本。清人张新之在《红楼梦读法》中说得好："有谓此书只八十回，其余四十回乃出另手，吾不能知，但观其中结构，如常山蛇，首尾相应，安根伏线，有牵一发浑身动摇之妙；且词句笔气，前后略无差别，则所谓增之四十回，从中后增入耶，抑参差夹杂入耶？觉其难有甚于作者百倍者。虽重以父兄命、万金赐，使闲人增半回不能也。何以耳为目，随声附和者之多？"因此我们有理由相信程、高在程甲本序言中没有撒谎，其整理时采用的后四十回底本确系多年"铢积寸累"的曹雪芹遗稿，曹雪芹拥有《红楼梦》百二十回完整著作权应该没有疑问。

《红楼梦》百廿回应是完璧

——从文本描写的对称性谈起

目前，主流的观点是：《红楼梦》前八十回是曹雪芹所著，后四十回为无名氏所续。白先勇认为《红楼梦》前后是一人所写。著名作家王蒙在《红楼梦》慕课上也认为前后是一人所写，说别人断续不出如此接榫且精美的后四十回。笔者也持同样的看法，认为前后为同一人手笔。其中"文人八雅——琴棋书画诗酒花茶"的描写在百二十回文本中的分布就很能说明问题。本文将从对应、对称或反衬这一角度来讨论《红楼梦》是不折不扣的完璧，后四十回并非他人所续。

笔者是美学盲，更遑论对"结构美学"或"对称美学"的讨论。不过，现实的对应、对称或反衬（美学家认为是美学——笔者按）笔者还是会欣赏的。在此，笔者无意将简单的问题复杂化，论述该问题时依然遵从文本的直观表达，即感性表达。

下面举三例来讨论这一问题，其对称性主要体现在"三对"章回里。

首先，是第一回和倒数第一回（即第一二〇回）

第一回写道："满纸荒唐言，一把辛酸泪！都云作者痴，谁解其中味？"

作者在《红楼梦》开头用这一首诗，明确告诉读者这是用辛酸血泪写就的。看上去像是荒唐之言，若读者不明白作者的写作意图和用心,还以为是痴人说梦,但若了解作者的家史和创作意图,就不会感到诧异。作者希望大家记住他虔诚的告诫——佛教所谓的"福善祸淫"。

倒数第一回写道:"说到辛酸处,荒唐愈可悲。由来同一梦,休笑世人痴!"

鲁迅先生在《中国小说史略》中说《红楼梦》"悲凉之雾,遍被华林"。《红楼梦》是彻头彻尾的悲剧小说。但是这种悲剧并非到我曹雪芹这里就终结了,同样的悲剧还在不断上演。产生这一悲剧的根源就是佛教上所说的"贪嗔痴",无人能幸免。人生就如幻梦,若不戒"贪婪、痴妄",最后的悲剧都是一样的,无非是五十步笑百步。作者用这首诗作结,也是告诫世人——丧钟为谁而鸣?丧钟为你而鸣。理论上,作者在最后一回写到"兰桂齐芳,家道复初"就不应该是悲剧,但作者在结尾时依然说"说到辛酸处,荒唐愈可悲","兰桂齐芳,家道复初"只是作者的狡狯之笔,荒唐之言而已。

中南大学教授谭德晶先生在谈刀郎创作《翩翩》歌曲时结合《红楼梦》的意蕴这样写道:

> 所谓"更进一竿",即是说前面的那首绝句仅仅说明了所叙内容的辛酸悲苦,而在最后总结性的这首绝句中,我不仅要说到人间的辛酸悲苦,而且我更要对世人的这种悲苦辛酸的红尘生活表现出我的理解、同情和悲悯。具体说来,最后这首绝句的前两句,"说到辛酸处,荒唐愈可悲",是承接着前面第一回的那首绝句,再一次表达人世辛酸悲苦的意思。而后两句"由来同一梦,休笑世人痴!"就是说,普天之下所有的人,何尝又不是像贾宝玉林黛玉诸人那样痴恋着这样的花柳繁华地、温柔富贵乡呢,何尝又不是生活在"凭栏依舍""爱恨情仇"的欲求中呢?

所以，对尘世的这种生活本质，谁也没法站在高处、岸上对之加以轻蔑嘲笑，因为我们每个人，也都是其中的一分子，所有的人不都是"山川异域，风月同天"吗？我们所有的人不都是共处同一个"云摇雨散""摇篮"中欢歌悲哭吗？……曹雪芹的绝句"由来同一梦，休笑世人痴！"，两人的表现不是如出一辙吗！（摘自《刀郎〈翩翩〉歌词详解兼析其红楼意蕴》）

曹雪芹慧心独运，谭先生深得三昧。尽管谭先生是评论刀郎歌词，但他突出了《红楼梦》第一回与最后一回两首绝句的内在联系，最后一回若是他人所续，实在让人无法想象。

另第一回写的是**缘起**。石头（宝玉）在女娲炼石补天之处"大荒山无稽崖青埂峰下"由一僧一道携来下凡入世，得入红尘，在富贵场、温柔乡里受享几年。倒数第一回写的是**缘结**。由一僧一道携着了却尘缘的宝玉（石头）重归到"大荒山无稽崖青埂峰下"，将"宝玉"安放在女娲炼石补天之处。

这种对应和对称性叙述应该是作者有意设计的，续作者怎能做到如此周详？

其次，是第五回和倒数第五回（即第一一六回）

第五回（游幻境指迷十二钗 饮仙醪曲演红楼梦），宝玉跟贾母到宁国府赴宴，中午歇中觉时被秦可卿带到自己的房间，宝玉睡后，"随了仙姑，至一所在。有石牌横建，上书'太虚幻境'四个大字，两边一副对联，乃是：假作真时真亦假，无为有处有还无。转过牌坊，便是一座宫门，上面横书四个大字，道是：'孽海情天'。又有一副对联，大书云：厚地高天，堪叹古今情不尽；痴男怨女，可怜风月债难偿。"

宝玉梦游太虚幻境，看到了许多册子，册子中的图案和判词预示了诸多女子的遭际和命运。

倒数第五回（得通灵幻境悟仙缘　送慈柩故乡全孝道），宝玉魂魄出窍，重游太虚幻境。作者写道："却原来恍恍惚惚赶到前厅，见那送玉的和尚坐着，便施了礼。那知和尚站起身来，拉着宝玉就走。宝玉跟了和尚，觉得身轻如叶，飘飘摇摇，也没出大门，不知从那里走了出来。行了一程，到了个荒野地方，远远的望见一座牌楼，好像曾到过的。正要问那和尚时，只见恍恍惚惚来了一个女人。宝玉心里想道：'这样旷野地方，那得有如此的丽人，必是神仙下界了。'宝玉想着，走近前来，细细一看，竟有些认得的，只是一时想不起来。见那女人和和尚打了一个照面就不见了。宝玉一想，竟是尤三姐的样子，越发纳闷：'怎么她也在这里？'又要问时，那和尚拉着宝玉过了那牌楼，只见牌上写着'真如福地'四个大字，两边一副对联，乃是：假去真来真胜假，无原有是有非无。转过牌坊，便是一座宫门。门上横书四个大字道：'福善祸淫'。又有一副对子，大书云：过去未来，莫谓智贤能打破；前因后果，须知亲近不相逢。"

第五回有石牌坊横建，上书"太虚幻境"，此是牌坊的正面。倒数第五回，宝玉过了牌坊，见牌坊上书"真如福地"，此是牌坊的反面，与第五回的太虚幻境其实是一个地方，因为倒数第五回有"远远的望见一座牌楼，好像曾到过的"的描写，是一体两面，并且第五回的门楣与对联在倒数第五回都有对应。

1."太虚幻境"对应"真如福地"

"假作真时真亦假，无为有处有还无"对应"假去真来真胜假，无原有是有非无"。

2."孽海情天"对应"福善祸淫"

"厚地高天，堪叹古今情不尽；痴男怨女，可怜风月债难偿。"

对应"过去未来,莫谓智贤能打破;前因后果,须知亲近不相逢。"

值得注意的是,第五回是**梦游**"太虚幻境",而倒数第五回是**灵魂**出窍跟随僧道来到"真如福地",是**灵魂游**。梦游看到的当然是"幻境",灵魂游是一种升华,在不断悟道之后,体验到的当然是"真如"。这也为他最后的出家做了伏笔。

谭德晶先生说得更好。他说:

> 在小说的第五回和第一一六回中,曹雪芹还用前后照应的两副对联表现了尘世与神仙福地的本质区别,在第五回贾宝玉在"太虚幻境"看到的对联是"假作真时真亦假,无为有处有还无"。所谓"太虚幻景",实即影射尘世繁华。这副对联是说,在尘世中,人们把假当真,把虚幻当实在,反而把真正的佛家的"真"当作"假";"无为有处有还无"的意思与上一句也是一样。到了第一一六回贾宝玉重新回到了他的原初之地的"真如福地"时,对联变成了"假去真来真胜假,无原有是有非无"。意思是尘世的繁华的"假"终于隐退,佛家的"真"终于取代了尘世的"假"的位置。《红楼梦》前后的这种对应设计,完整地表现了曹雪芹对人世繁华和佛教真如世界的看法。(同前)

《红楼梦》这种前后的对应设计,以及这两回的对称性表达是不容怀疑的。无论是对应设计,还是从对称性表达,都足以让我们看出这两回应该是一人的手笔,倒数第五回不可能是他人所续。

再次,第十六回和倒数第十六回(即一〇五回)

第十六回(贾元春才选凤藻宫　秦鲸卿夭逝黄泉路)贾政过生日,家中迎来特大喜事,贾元妃才选凤藻宫尚书,加封贤德妃。此事对贾府来说可谓是"鲜花着锦,烈火烹油"。作者是这样描写的：

> 一日，正是贾政的生辰，宁荣二处人丁都齐集庆贺，闹热非常。忽有门吏忙忙进来，至席前报说："有六宫都太监夏老爷来降旨。"吓得贾赦贾政等一干人不知是何消息，忙止了戏文，撤去酒席，摆了香案，启中门跪接。早见六宫都太监夏守忠乘马而至，前后左右又有许多内监跟从。那夏守忠也并不曾负诏捧敕，至檐前下马，满面笑容，走至厅上，南面而立，口内说："特旨：立刻宣贾政入朝，在临敬殿陛见。"……听如此信至，贾母便唤进赖大来细问端的。赖大禀道："小的们只在临敬门外伺候，里头的信息一概不能得知。后来还是夏太监出来道喜，说咱们家大小姐**晋封为凤藻宫尚书，加封贤德妃**。后来老爷出来亦如此吩咐小的。如今老爷又往东宫去了，速请老太太领着太太们去谢恩。"贾母等听了方心神安定，不免又都洋洋喜气盈腮。于是都按品大妆起来。贾母带领邢夫人、王夫人、尤氏，一共四乘大轿入朝。贾赦、贾珍亦换了朝服，带领贾蓉、贾蔷奉侍贾母大轿前往。于是宁荣两处上下里外，莫不欣然踊跃，个个面上皆有得意之状，言笑鼎沸不绝。

与此回描写形成强烈对比的是倒数**第十六回**（锦衣军查抄宁国府 骢马使弹劾劲平安州），即第一〇五回。贾政从外任江西粮道回来，虽是被参（此已是不祥之兆——笔者按），但还不碍什么事。众亲朋因老爷回家，都要送戏接风。老爷再四推辞，说："唱戏不必，竟在家里备了水酒，倒请亲朋过来，大家谈谈。"于是贾府设宴请酒，不想，正在高兴时，忽遇皇上下旨抄家。让我们来看看作者的描写：

> 话说贾政正在那里设宴请酒，忽见赖大急忙走上荣禧堂来回贾政道："有锦衣府堂官赵老爷带领好几位司官说来拜

147

望。奴才要取职名来回，赵老爷说：'我们至好，不用的。'一面就下车来走进来了。请老爷同爷们快接去。"贾政听了，心想："赵老爷并无来往，怎么也来？现在有客，留他不便，不留又不好。"……

贾政正要带笑叙话，只见家人慌张报道："西平王爷到了。"贾政慌忙去接，已见王爷进来。赵堂官抢上去请了安，便说："王爷已到，随来各位老爷就该带领府役把守前后门。"众官应了出去。贾政等知事不好，连忙跪接。西平郡王用两手扶起，笑嘻嘻的说道："无事不敢轻造，有**奉旨**交办事件，要赦老接旨。如今满堂中筵席未散，想有亲友在此未便，且请众位府上亲友各散，独留本宅的人听候。"赵堂官回说："王爷虽是恩典，但东边的事，这位王爷办事认真，想是早已封门。"……

不多一回，只见进来无数番役，各门把守，本宅上下人等，一步不能乱走。赵堂官便转过一副脸来回王爷道："请爷宣旨意，就好动手。"这些番役却撩衣勒臂，专等旨意。西平王慢慢的说道："小王奉旨带领锦衣府赵全来查看贾赦家产。"贾赦等听见，俱俯伏在地。王爷便站在上头说："有旨意：'贾赦交通外官，倚势凌弱，辜负朕恩，有忝祖德，着革去世职。钦此。'"赵堂官一叠声叫："拿下贾赦，其余皆看守。"

这两回同样是皇帝的旨意，一个是贾府大小姐**晋封凤藻宫尚书，加封贤德妃**；一个是**下旨抄家**，可谓冰火两重天。倒数十六的描写是对第十六回的反衬。一般的小说家制造这样的戏剧性冲突是没有问题的，可是这样的冲突被安排的第十六回和倒数第十六回就不是一般的精妙了，巧思若此，非一人手何以能写得出？

综上所述，《红楼梦》文本结构的对称性是显而易见的，一个例子不能说明问题，两个例子问题不能说明白，三个例子问题当不言自明了。

其实,关于对称性描写脂批早已言明,一部《石头记》"用中秋诗起,用中秋诗收,又用起诗社于秋日,所叹者三春也,却用三秋作关键。"对此周汝昌先生做了这样的解释:"三春者,即指贾氏三姊妹,也指三个'春的标志'上元佳节。所谓始以'三春',终以'三秋',则是指以中秋佳节为秋的标志,这又是书中的一层'极定大章法'。质言之,一部《石头记》,一共写了三次过元宵节、三次过中秋节的正面特写的场面。这六节构成全书的重大关目,也构成了一个奇特的大对称法。"(见周汝昌《红楼梦大观——曹雪芹独特的结构学》)尽管周汝昌先生认为《红楼梦》后四十回为高鹗所写,但作者在书中采用的"对称大法"他是承认的。

就《红楼梦》的结构而言,"对峙立局,对仗构思"的描写手法,张锦池先生在《红楼梦考论》中说得更具体:"照我看来,具有对称美是《红楼梦》结构学的一大特点,但并不是它的总体特点。它的总体特点是对称中有不对称、不对称中有对称,从而形成的均衡美。"不过张先生也认为后四十回是高鹗辈续写,笔者认为他和周汝昌先生一样可能是被胡适先生误导了。

备受尊敬的红学大家周汝昌先生和张锦池先生现都已作古,当然看不到愚之拙文,不过笔者还是愿意与两位先贤的拥趸进行讨论,不知他们看了如此精美的对称作何感想?

从古代"文人八雅"说开去

——浅议《红楼梦》续书的不可能

我国古代有"文人四艺"之说,也有"文人八雅"之称。所谓"文人四艺"就是琴、棋、书、画。"文人八雅"是指琴、棋、书、画、诗、酒、花、茶。"文人八雅"包含了"文人四艺",但其内涵和外延是不同的。"四艺"倾向于技艺,而"八雅"则更多表示美学,赋予了它们更多的文化内涵。如饮酒产生了酒文化,吃茶引申出了茶道或茶文化。又说"善琴者通达从容""善书者至情至性",不一而足。《红楼梦》内容宏富,包罗万象,被誉为中国封建社会的百科全书。"文人八雅"的叙述虽然在《红楼梦》宏大叙事中只是沧海一粟,但作者巧妙地将其镶入小说中,不仅在小说的架构、故事情节的发展和转换以及叙事功能上起到了非常重要的作用,而且还提升了文本的美学情趣和意境。笔者现就小说中琴、棋、书、画、诗、酒、花、茶的细节描写分述如下。

酒

酒文化在中国可谓博大精深,酒要么与欢乐作伴,要么与愁苦结缘,故一般的宴会场合都有酒的存在。《红楼梦》中生日宴会不在少数,为烘托气氛常常喝酒,如第二十二回宝钗过十五岁的生日,老太太"便自己捐资二十两,唤了凤姐来,交与她备酒戏",晚上摆酒看戏好不热闹;故交见面,为了尽兴,也要喝酒,甚至喝高了,如第二回贾雨村与冷子兴在乡村酒肆"闲谈慢饮",冷子兴演说荣国府,贾雨村妙谈"正邪两赋论",一个是商海老手,一个是宦海沉浮,真是他乡遇故知,好不尽兴,以致"多喝了几杯",真正验了俗语"酒逢知己千杯少";酒是英雄财是胆,酒后吐真言,酒醉心明,如第七回焦大醉骂"爬灰的爬灰,养小叔子的养小叔子",如果焦大不醉,不会也不敢骂出如此恶毒的话来,但他心里还是明白,所以骂过以后他说"咱们'胳膊折了,往袖子里藏'",说明平时还是很顾及贾家的颜面的,同时也体现了忠诚的老家人对贾府未来命运的担心;风月场中,寻欢作乐,以酒助兴,如第二十八回,冯紫英请薛蟠、宝玉等纨绔子弟喝酒,席上云儿唱曲,宝玉提议喝酒行令,要"说悲、愁、喜、乐四个字,却要说出'女儿'来,还要注明这四个字的缘故。……或古诗旧对,《四书》《五经》成语",各人都有表现。读者一看就知道是冯紫英请宝玉、薛蟠他们喝"花酒"。这是一段非常重要而且十分精彩的描写。他们都是纨绔子弟,荒淫、挥霍无度,纸醉金迷。通过行酒令的描写把个不学无术的薛蟠那种低俗下流本性表现得淋漓尽致,也把酒文化的功能异化写到了极致,给读者留下了极其深刻的印象。

茶

　　中国是茶的故乡,茶文化是中国的传统文化的一部分。茶原本只是为了解渴的,但随着时间的推移,逐渐被赋予了文化内涵。西方人喜欢喝咖啡,中国人喜欢喝茶。随着丝绸之路的打通,欧洲人渐渐喜欢上茶。中国人喝茶特别讲究,讲究茶的产地、茶的品种,更讲究茶叶生产的时令——(谷)雨前还是(谷)雨后、(清)明前还是(清)明后。对冲泡茶叶的水质,包括烧水的器具无不在讲究之列。一个有趣的故事是:苏东坡被贬去湖北黄州,临行前,王安石交代苏东坡在回京城时带一些长江中峡的水回来。苏东坡回京述职,途经三峡,可是他只顾贪看两岸景色,船过了中峡,才想起取水的事,于是让船夫回头,船夫说:三峡水流如此湍急,回头谈何容易,三峡水一泻而下,下峡水不也是从中峡来的吗?苏东坡一想有理,就取了下峡水回去。到了京城,苏东坡去拜访王安石,王安石很是高兴,留下他一起试新茶,茶泡好后,给自己和苏东坡各倒一杯。王安石端起茶,喝了一口品评一番后皱起眉头说道:你这水是三峡水,但不是中峡水。苏东坡一听,吓了一跳,赶紧解释。王安石款款说道:三峡水性甘纯活泼,泡茶皆佳,上峡水失之轻浮,下峡水失之凝浊,只有中峡水中正轻灵,泡茶最佳。苏东坡如醍醐灌顶。

《红楼梦》中吃茶较为经典的有二处,第一处是第三回讲吃茶的方式及养身:"当日林家教女以惜福养身,每饭后必过片时方吃茶,不伤脾胃,今黛玉见了这里许多规矩,不似家中,亦只得随和着些。接了茶,又有人捧过漱盂来,黛玉也漱了口,又盥手毕,然后又捧上茶来,这方是吃的茶。"这段描写说明黛玉在家时,为"惜福养身",饭后不立即吃茶,林家认为饭后立即吃茶会伤脾胃。而在荣国府饭后吃茶就过于讲究了。吃饭后先用粗茶漱口,然后再喝细茶。茶一般为碱性,有助于消化。如果说前一种吃法是为了养身,那么后一种吃法更像一种仪式,从而突出了荣国府富贵气象。另外一处是第四十一回,讲茶叶的质量、泡茶的水质、喝茶的器皿,比较细致:

> ……宝玉留神看他是怎么行事,只见妙玉亲自捧了一个海棠花式雕漆填金云龙献寿的小茶盘,里面放一个成窑五彩小盖钟,捧与贾母。贾母道:"我不吃六安茶。"妙玉笑道:"知道,这是老君眉。"贾母接了,又问是什么水。妙玉笑回"是旧年蠲的雨水"。贾母便吃了半盏,便笑着递与刘姥姥说:"你尝

尝这个茶。"刘姥姥便一口吃尽,笑道:"好是好,就是淡些,再熬浓些更好了"……妙玉自向风炉上扇滚了水,另泡一壶茶。宝玉便走了进来,笑道:"偏你们吃梯己茶呢。"……又见妙玉另拿了两只杯来,一个旁边有一耳,杯上镌着"孤瓟斝"三个隶字,后有一行小真字是"晋王恺珍玩",又有"宋元丰五年四月眉山苏轼见于秘府"一行小字,妙玉便斟了一斝,递与宝钗。那一只形似钵而小,也有三个垂珠篆字,镌着"点犀盉"。妙玉斟了一盉与黛玉。仍将前番自己常日吃茶的那只绿玉斗来斟与宝玉。……黛玉因问:"这也是旧年的雨水?"妙玉冷笑道:"你这么个人,竟是大俗人,连水也尝不出来。这是五年前我在玄墓蟠香寺住着,收的梅花上的雪,共得了那一鬼脸青的花瓮一瓮,总舍不得吃,埋在地下,今年夏天才开了,我只吃过一回,这是第二回了,你怎么尝不出来?隔年蠲的雨水那有这样轻浮,如何吃得。"

这段描写中妙玉给贾母(包括刘姥姥)喝的茶是"老君眉",泡茶的水是"旧年蠲的雨水",喝茶的器具是"成窑五彩小盖钟"。妙玉给黛玉、宝钗、宝玉喝的茶是"泡了一壶",茶叶不知是不是"老君眉",抑或是更好的茶;泡茶的水是"五年前梅花上收的雪",并用"鬼脸青花瓮盛着"埋在地下;宝玉用的茶具是"绿玉斗",黛玉用的是"点犀盉",宝钗用的是"孤瓟斝"。他们喝的茶叶是上品,用的茶具是精品,泡茶用的水更是极品。黛玉、宝玉她们喝的茶所用的"五年前梅花上收的雪(水)",据妙玉所说"轻浮",与王安石所说"中峡之水中正轻灵"应该是意思相近,表明曹雪芹对茶道是很精通的。至于作者在此处着墨所表达的其他方面的含义,在此就不赘述了。此外,第八回也说到茶的品名及品茶方法。"宝玉……因问茜雪道:'早起潩了一碗枫露茶,我说过,那茶三四次后才出色的,这会子怎么又漤了这个茶来?"宝玉说的这"枫露茶"一定是茶叶之上品,须得冲泡三四回才能出色出汁。也就是说好茶要会品,不然就糟蹋了。宝玉听说这枫露茶被李嬷嬷吃了,立马摔碎手中的茶杯就是最好的诠释。因为李嬷嬷怎么会品这样的茶,她喝这茶就是糟蹋了这茶。

书与画

"文人八雅"里的书是指书法,书法是文字符号的书写法则。换言之,书法是按照文字特点及其含义,以其书体笔法、结构和章法书写,使之成为富有美感的艺术作品。《红楼梦》中描写书法的地方较多。其中有篆书(包括大篆与小篆)、恭楷(包括楷书与蝇头小楷)、草书、隶书、小真字、八分书等等,可谓面面俱到,如:

第八回:"那顽石亦曾记下他这幻相并癞僧所镌篆文,今亦按图画于后面。"通灵宝玉上的"莫失莫忘,仙寿恒昌"在脂本中大多为篆书。第四十一回妙玉给黛玉用的杯具上有"点犀盉"是**垂珠篆字**。另外该回作者还写到了书法作品的幅式斗方:"众人都笑说:'前儿在一处看见二爷写的斗方儿,越发好了,多早晚赏我们几张贴贴。'"

第二十二回:贾妃让众姐妹作灯谜,他们"各人拈一物作成一谜,**恭楷**写了挂在灯上",然后太监带回去给贾妃看。关于"恭楷",第七十回有"至次日起来梳洗了便在窗下研墨,恭楷临帖";第九十四回"贾兰恭楷誊写,呈与贾母"。

第四十一回:刘姥姥在大观园饮酒,鸳鸯找来一个木头套杯,这套杯上"一色山水树木人物,并有**草字**图印。"该回还有妙玉给宝钗用的杯具上镌刻着**隶书**"瓟斝"三个字,后面有一行**小真字**"晋王恺珍玩"。

第七十回："'明日为始，一天写一百字才好。'……谁知紫鹃走来，送了一卷东西与宝玉，拆开看时，却是一色**老油竹纸**上临的钟、王**蝇头小楷**，字迹且与自己十分相似。喜得宝玉向紫鹃作了一个揖，又亲自来道谢。"该回作者写到了初学书法者临帖的重要性。这里所临钟、王蝇头小楷，是黛玉为宝玉操刀。

第八十九回："说着，一面看见中间挂着一幅单条，上面画着一个嫦娥，带着一个侍者；又一个女仙，也有一个侍者，捧着一个长长儿的衣囊似的，二人身边略有些云护，别无点缀。全仿李龙眠白描笔意，上有'斗寒图'三字，用**八分书**写着。"除了第七十回写到了书法用纸"**老油竹纸**"，该回也写到了书法对联用纸："宝玉走到里间门口，看见新写的一副**紫墨色泥金云龙笺**的小对，上写着：'绿窗明月在，青史古人空。'"

从以上可以看出曹公的书法理论了得，但具体到书写可能不是他的擅长，正如他的好友张宜泉在《伤芹溪居士》诗序中说："其人素性放达，好饮，又善诗画，年未五旬而卒。"序中没有提到他善书。不过书画一体，况且作者在书中提到了很多书法大家，说明曹雪芹对书法也很在行，更何况古代读书人要想科举，必须得过这一关。

关于书论，淮北师范大学美术学院教授孟宝跃《〈红楼梦〉中书体名称寓意》一文给了我们很多启示。对于曹雪芹针对不同的对象采用不同的书体名称，孟先生从纯专业角度系统阐述这可能暗含的寓意，即篆书表示"古老和久远"；恭楷表示"尊重"；草书表示"（境界）美"；蝇头小楷表示"宝黛情深"；垂珠小篆表示"黛玉的性格特点——泪光点点，娇喘微微"等等。同时对"八分书"寓意进行了剖析，他说："'八分'书体的名称实是让文字学家头痛的问题，它的来源有多种解释，其中一种解释与《红楼梦》中'八分'寓意关系最大，这来源于唐代大书法家和书法理论家张怀瓘。张怀瓘在《书断》中说：'又楷隶初制，大范几同，故后人惑之，学者务之，盖其岁深，渐若'八'字分散，又名之为八分。"他接着又说："小说第八十九回此处，正是摄取其中'八字分散'之形来表明黛玉与贾府的相背之意。而在所有的书体名称中，只有'八分'能表达出这种寓意来。"因此他也得出与笔者类似的结论——后四十回似也是曹雪芹所写。不过他说得较为含蓄："'八分'出现在后四十回中，这种赋予书体名称寓意的做法同前八十回明显有暗合之意，这似乎也可为判断后四十回的优劣提供参考，因为越是细微的地方，越能显示事物的真相。"笔者掠其美意，相互加持，其意自明。

绘画方面，曹公的好友张宜泉讲得很明确，说其"善诗画"。他的另外两个好友敦敏、敦诚也都有提及。敦敏在《赠芹圃》诗中这样写道："寻诗人去留僧舍，卖画钱来付酒家。"敦诚的《寄怀曹雪芹（霑）》前四句写道："少陵昔赠曹将军，曾曰威武之子孙。君又无乃将军后，于今环堵蓬蒿屯。"北京曹雪芹学会创会会长胡德平先生在《文史交响的红楼梦》中解释说："少陵是谁？杜甫也。曹将军何人？唐代左武卫将军曹霸也。曹霸还是一位画家，其弟子韩干也是画家，擅画马。杜甫赠曹霸何物？乃是一首充满豪气又颇伤感的绝妙好诗。从敦诚这首诗来看，是否指曹霸，曹雪芹都出自魏武曹操之后，两人又都擅画？须知敦诚引用杜甫的诗乃是《丹青引赠曹将军霸》呀！"三位友人都说他擅画，所言当不虚。因此曹公关于如何作画、需要哪些工具，如何选材，材料需要多少在小说中如数家珍。作者在第四十二回这样写道：

> ……如今画这园子，非离了肚子里头有几副丘壑的才能成画。……这要看纸的地步远近，该多该少，分主分宾，该添的要添，该减的减，该藏的要藏，该露的要露，这一起了稿子，再端详斟酌，方成一幅图样。第二件，这些楼台房舍，是必要

用界划的。一点不留神，栏杆也歪了，柱子也塌了，门窗也倒竖过来，阶矶也离了缝，甚至于桌子挤到墙里去，花盆放在帘子上来，岂不倒成了一张笑"话"儿了。第三，要插人物，也要有疏密，有高低。衣折裙带，手指足步，最是要紧；一笔不细不是肿了手就是跔了腿，染脸撕发倒是小事。……宝玉道："家里有雪浪纸，又大又托墨"。宝钗冷笑道："我说你不中用？那雪浪纸写字画写意画儿，或是会山水的画南宗山水，托墨，禁得皴染。拿了画这个，又不托色，又难涫，画也不好，纸也可惜。……你们也得另炀上风炉子，预备化胶、出胶、洗笔。还得一张粉油大案，铺上毡子。……今儿替你开个单子……"宝钗说道："头号排笔四支，二号排笔四支，三号排笔四支，大染四支，中染四支，小染四支，大南蟹爪十支，小蟹爪十支，须眉十支，大著色二十支，小著色二十支，开面十支，柳条二十支，箭头朱四两，南赭四两，石黄四两，石青四两，石绿四两，管黄四两，广花八两，蛤粉四厘，胭脂十片，大赤飞金二百贴，青金二百贴，广匀胶四两，净矾四两。矾绢的胶矾在外，别管他们，你只把绢交出去叫他们矾去。这些颜色，咱们淘澄飞跌着，又顽了又使了，包你一辈子都够使了，再要顶细绢箩四个，粗绢箩四个，担笔四支，大小乳钵四个，大粗碗二十个，五寸粗碟十个，三寸粗白碟二十个，风炉两个，沙锅大小四个，新瓷罐二口，新水桶四只，一尺长白布口袋四条，桴炭二十斤，柳木炭一斤，三屉木箱一个，实地纱一丈，生姜二两，酱半斤。……那粗色碟子保不住不上火烤，不拿姜汁子和酱预先抹在底子上烤过了，一经了火是要炸的。"

虽然该段话在绘画技巧方面不一定是宝典，在绘画材料的使用和制作上也可能显得有些夸张，但作者如果没有亲历过，断写不出这样一段文字来。根据文本所列颜料石青、石绿、南赭、石黄等情况来看，并不是就大观园画一幅简单的水墨画，而是要画一幅"青绿山水画"。宋代有一个少年画家，名叫王希孟，他唯一存世现收藏在北京故宫博物院的《千里江山图》就是一幅"青绿山水画"。青绿山水画法始创于唐代，是中国画的一种技法，以矿物颜料石青、石绿为主，宜表现色泽艳丽的林泉丘壑，但要画好难度很大。清代的青绿山水画大家王石谷说："凡设青绿，体要严重，气要轻清，得力全在渲晕，余于青绿法静悟三十年始尽其妙。"青绿山水比水墨山水更胜一筹，可见曹公不仅在绘画理论上见解独到，在绘画实践上也是堪称翘楚的，只可惜我们已经很难看到他的画作了。关于贵州省博物院珍藏的《种芹人曹霑画册》是否为曹公真迹还有待进一步论证。尽管笔者相信这是曹公的真迹。

诗

《红楼梦》中诗词歌赋很多，以至于脂砚斋说曹雪芹写《红楼梦》有"传诗之意"。蔡义江先生的《〈红楼梦〉诗词曲赋全解》对《红楼梦》中诗词曲赋进行了全面的解析。从解析的情况来看，曹雪芹的诗词曲赋的功底深厚，但他除《红楼梦》中流传下来的诗词外，几乎没有留下只言片语，我们只能在《雪桥诗话续集》中找到一句："敬亭王孙尝为《琵琶行传奇》一折，曹雪芹（霑）题句有云：'白傅诗灵应喜甚，定教蛮素鬼排场'。"曹雪芹不仅诗写得好，而且诗理通达。第四十八回他借黛玉之口阐述了作诗的理论：

　　……黛玉道："什么难事，也值得去学！不过是起承转合，当中承转是两副对子，平声对仄声，虚的对实的，实的对虚的，若是果有了奇句，连平仄虚实不对都使得的。"香菱笑道："……又听说'一三五不论，二四六分明'。看古人的诗上亦有顺的,亦有二四六上错了的,所以天天疑惑。如今听你一说,原来这些格调规矩竟是末事,只要词句新奇为上。"黛玉道:"正是这个道理。词句究竟还是末事,第一立意要紧,若意趣真了,连词句不用修饰自是好的,这叫做'不以词害意'。"

随后他又阐明学诗要从有大格局的诗人的诗学起。

香菱笑道:"我只爱陆放翁的诗'重帘不卷留香久,古砚微凹聚墨多',说的真有趣!"黛玉道:"断不可看这样的诗。你们因不知诗,所以见了浅近的就爱,一入了这个格局,再学不出来的。你只听我说,你若真心要学,我这里有《王摩诘全集》,你且把他的五言律读一百首,细心揣摩透熟了,然后再读一二百首老杜的七言律,次再李青莲的七言绝句读一二百首。肚子里先有了这三个人作了底子……不愁不是诗翁了!"

以上两段黛玉与香菱论诗,充其量只能代表曹雪芹见解的一小部分,但对初学者应该有帮助。至于曹雪芹为何推崇王维而贬陆游,一方面可能是自己的切身感悟,另一方面可能受到清代诗人沈德潜的影响。张浅吟在《试论贾宝玉诗歌创作的前后变化及其意义》一文中这样写道:"林黛玉的诗学观念是推崇魏晋、初盛唐的,虽不能说否定整个宋诗,但陆游在清初作为重要的宋诗代表而受到批评,也可以看出林黛玉对宋诗的态度是基本贬斥的,这是大体的态度。细细考察,林五言律推王维,七言律推杜甫,七言绝推李白,之后又举出了魏晋名家。沈德潜在《唐诗别裁集》的凡例里也按照体裁举出了应该取法的诗人,五言律诗,'王摩诘、孟浩然之自得,分道扬镳,并推极胜';七言律,'少陵胸次阔阔,议论开辟,一时尽掩诸家';七言绝,'开元之时,龙标、供奉,允称神品',每一条都和林黛玉对应。"从这一点也可以看出曹雪芹的诗学态度。用李长之在《红楼梦批判》中的话说就是:"以创作论,他重内容，轻形式；以鉴赏论，他提出艺术的真。"

琴

第八十九回：

    宝玉指着壁上道："这张琴可就是么？怎么这么短？"黛玉笑道："这张琴不是短，因我小时学抚的时候别的琴都够不着，因此特地做起来的。虽不是焦尾枯桐，这鹤山凤尾还配得齐整；龙池雁足高下还相宜。你看这断纹，不是牛旄似的么？所以音韵也还清越。"

该段描写是讲琴的品质。琴有断纹表明这是名琴。浙江省博物馆馆藏的近代琴学大师杨宗稷鉴藏的"落霞式'彩凤鸣岐'琴"就是一把断纹琴。该琴是唐代斫琴大师雷威所制。它的断纹是"冰裂断"和"小流水断"，不似黛玉的这把"牛旄断"琴。断纹一般没有一二百年不会出现，此处"特地做起来的"的这把短琴，几年工夫就有断纹似有不妥，但这只是作者写作的艺术手法而已。断纹琴是好琴，它能使音韵更加清越，外行人不知就里，以为是琴出了问题，于是用漆漆去琴的断纹。故有诗"削圆方竹杖，漆却断纹琴"，以讽刺那些不懂琴的外行人。

第八十六回：

    ……宝玉也不答言，低着头，一经走到潇湘馆来。只见黛玉靠在桌上看书。宝玉走到跟前，笑说道："妹妹早回来了。"黛玉也笑道："你不理我，我还在那里做什么！"宝玉一面笑说："他们人多说话，我插不下嘴去，所以没有和你说话。"一面瞧着黛玉看的那本书，书上的字一个也不认得，有的像"芍"字，有的像"茫"字，也有一个"大"字旁边"九"字加上一勾，中间又添一个"五"字，也有上头"五"字"六"字又添一个

"木"字,底下又是一个"五"字,看着又奇怪,又纳闷,便说:"妹妹近日愈发进了,看起天书来了。"黛玉嗤的一声笑道:"好个念书的人,连个琴谱都没有见过。"

上段讲的是琴谱。

该回另有:

> ……黛玉道:"不用教的,一说便可以知道的。"宝玉道:"我是个糊涂人,得教我那个'大'字加一勾,中间一个'五'字的。"黛玉笑道:"这'大'字'九'字是用左手大拇指按琴上的九徽,这一勾加'五'字是右手钩五弦。并不是一字,乃是一声,是极容易的。"

本段讲的是抚琴的指法。

该回又有:

> ……黛玉道:"琴者,禁也。古人制下,原以治身,涵养性情,抑其淫荡,去其奢侈。若要抚琴,必择静室高斋,或在层楼的上头,在林石的里面,或是山巅上,或是水涯上。再遇着哪天地清和的时候,风清月朗,焚香静坐,心不外想,气血和平,才能与神合灵,与道合妙。所以古人说'知音难遇'。若无知音,宁可独对着那清风明月,苍松怪石,野猿老鹤,抚弄一番,以寄兴趣,方为不负了这琴……"

此段阐述意义更深。抚琴不仅可以"治身,涵养性情,抑其淫荡,去其奢侈",更深一层还可以达到"与神合灵,与道合妙"的境界。故高山流水,曲高和寡,知音确实难觅。竹林七贤中尊崇老庄的阮籍就非常喜好弹琴,也许这是他对知音难遇的一种排遣吧。

棋

下棋不仅是智力游戏,而且是一项高雅的活动。第八十七回:

……宝玉还未听出，只见一个人道："你在这里下了一个子儿，那里你不应么？"宝玉方知是下大棋，但只急切听不出这个人的语音是谁。底下方听见惜春道："怕什么，你这么一吃我，我这么一让，你又这么吃，我又这么应。还缓着一着儿呢，终久连得上。"那一个又道："我要这么一吃呢？"惜春道："阿嗄，还有一着'反扑'在里头呢！我倒没防备……"只见妙玉低着头向惜春道："你这个'畸角儿'不要了么？"惜春道："怎么不要。你那里头都是死子儿，我怕什么。"妙玉道："且别说满话，试试看。"惜春道："我便打了起来，看你怎么样。"妙玉却微微笑着，把边上子一接，却搭转一吃，把惜春的一个角儿都打起来了，笑着说道："这叫做'倒脱靴势'。"

该段是描写妙玉与惜春在下围棋。后文曹公继续描写惜春学习围棋理论知识。

……自己（惜春）静坐了一回，又翻开那棋谱来，把孔融王积薪等所著看了几篇。内中"荷叶包蟹势""黄莺待兔势"都不出奇，"三十六局杀角势"一时也难会难记，独看到"八龙走马"，觉得甚有意思。

孔融和王积薪二人皆善下棋。孔融是东汉时人。王积薪是唐代人，著有《围棋十诀》。《围棋十诀》相当于棋谱，是下围棋的理论书籍。曹公如此描写表明他对围棋也很有雅兴。

"文人八雅"中的琴棋书画诗酒花茶，酒文化、茶道、诗理、书画四项在《红楼梦》文本的前八十回，琴理、棋理两项在后四十回，书法理论散在一百二十回中，以"花"寓人及以"花"为题的诗也在前后多个章回出现。以"花"为题的诗如第三十七回的《白海棠和韵》，第三十八回的《忆菊》等十二首，第五十回的《赋得红梅花》以及第九十四回贾宝玉、贾环、贾兰所作的海棠诗等。但署名绪的作者在《红楼梦发微》中这样写道："曹雪芹论诗论画，每有卓见，其理论散见前八十回中。至后四十回，则荡然无存，但有谈八股，说卜卦，开药方等市俗之见而已。"（《红楼梦研究稀见资料汇编》P972）他可能没有在意"文人八雅"中的琴、棋理论在《红楼梦》后四十回中的分布，故有此成见。苏鸿昌先生在《论曹雪芹的美学思想》（P110-111）中说："我们在《红楼梦》中可以看到，曹雪芹总是非常注意通过作品中的形象来表露他的艺术理论。比如，他通过'慕雅女雅集苦吟诗'这样的情节，借黛玉和香菱对诗的研讨，来表明他的卓越的现实主义的诗论；通过'大观园试才题对额'这样的情节，……借贾政、宝玉和众清客对大观园的议论，尤其是宝玉的看法，抒发了他对园林艺术的精辟见解；他通过惜春画画、宝钗论画表明了他对绘画艺术的观点……如果说曹雪芹的如上这些属于某些方面的艺术思想、美学观念可以在作品发展的进程中通过作品中的个别情节、个别场面、个别人物以及个别人物在这些场面和情节中的言论来表现的话，那么，曹雪芹用以笼罩全书的总的美学思想、总的艺术构思，就是远非这些个别的场面、情节和人物所能负担得了的。"该段引文说明"文人八雅"虽不是全书的总的美学思想和总的艺术构思，但它是作者美学思想和艺术构思的重要组成部分，在小说中是一个有机的整体，犹如古人在论文时说"常山之蛇，击其首则尾应，击其尾则首应，击其中则首尾俱应"。

此外，作者在给元、迎、探、惜四春的丫鬟命名时采用了"文人八雅"其中的四雅——琴、棋、书、画。元春的大丫鬟是抱琴，迎春的大丫鬟是司棋，探春的大丫鬟是侍书，惜春的大丫鬟是入画。说明曹雪芹心中对"文人八雅"的着墨胸中早已有了丘壑。国学大师吴宓在《红楼梦之文学价值》一文中说："其书结构整密，意旨崇高,能以哲学理想与艺术之写实熔于一炉,使读者得窥见人生之全真与其奇美。……《石头记》全书一百二十回必为曹雪芹一人所作。纵有高鹗等人增改,亦必随处增删,前后俱略改,若谓'曹作出前八十回,而高续成后四十回',决无是理。且此说证据不完,纯为臆测。"

罗雁泽先生说得好:"任何文学作品在创作乃至阅读的过程中都不可避免地受到时代认知体系的规训与限制。《红楼梦》在有意表现某种理念的过程中,只能在认知体系的范围内对不同的文学符号进行筛选,这种筛选往往是无意识的,因此更容易受到文化史的潜在影响。只不过文学艺术的存在意义并不是完全对思想史的突围,而是在想象世界里完成对文学符号的重新演绎,完成对文化史的诗性嵌套。"因此笔者认为单从作者对古代"文人八雅"百廿回的贯穿描写来看,谋篇是严谨的,结构是完整的,美学思想是突出的。《红楼梦》后四十回是他人所续几乎是不可能的。

《红楼梦》人物序齿和时序错舛的缘由

—— 与刘世德先生商榷

刘世德先生在《薛宝钗与薛蟠序齿问题辨析》一文中，就薛蟠到底是宝钗的哥哥还是弟弟进行了辨析，并提出了一系列证据。如前八十回中的第五十七回："薛姨妈忙也笑劝，用手分开方罢。因又向宝钗道：'连邢女儿我还怕你哥哥遭踏了他，所以给你**兄弟**说了。别说这孩子，我也断不肯给他。'"

第六十二回："宝钗带了宝琴过来与薛蟠行礼，把盏毕，宝钗因嘱薛蟠：'家里的酒也不用送过那边去，这虚套竟可收了。你只请伙计们吃罢。我们和宝兄弟进去，还要待人去呢，也不能陪你了。'薛蟠忙说：'**姐姐**！兄弟只管请，只怕伙计们也就好来了。'"

针对第五十七回，刘先生说："'兄弟'二字，其他脂本以及程甲本、程乙本均同于庚辰本，这证明，薛蟠的年龄小于宝钗，乃宝钗之弟，非宝钗之兄。"

针对第六十二回，刘先生也说："'姐姐'二字，其他脂本以及程甲本、程乙本均同于庚辰本。这无疑又是一个确凿且直接的证据：'薛蟠的年龄小于宝钗，他是宝钗之弟，而非宝钗之兄。"

而后四十回的第八十六回、第九十回、第一〇〇回、第一〇九回均提到薛蟠比宝钗大，是宝钗的哥哥。这里为了说明问题的必要，笔者在刘先生所举的五例中选取二例。

第一〇〇回："宝钗虽时常过来劝解，说是：'哥哥本来没造化，承受了祖父这些家业，就该安安顿顿的守着过日子……妈妈和二哥哥也算不得不尽心的了，花了银钱不算，自己还求三拜四的谋干。无奈命里应该，也算自作自受。'"

第一〇九回："宝钗道：'妈妈只管同二哥哥商量，挑个好日子，过来和老太太、大太太说了，娶过去就完了一宗事。这里大太太也巴不得娶了去才好。'"

针对第一〇〇回，刘先生说："在上述引文中，宝钗所说的'二哥哥'一词，在他是区分得十分清楚的，'二哥哥'自然是指薛蝌无疑。"对第一〇九回，刘先生也说"这里宝钗所说的'二哥哥'仍旧指的是薛蝌。"

鉴于前八十回和后四十回薛蝌与宝钗的序齿存在明显的矛盾，故刘先生得出结论：前八十回与后四十回的作者有可能不是同一人，也即后四十回的续作者不可能是曹雪芹。

事情果真是这样的吗？笔者认为不然。

其实，对于这一问题，应该说是老调重弹。我们在读《红楼梦》时确实被很多问题困扰着。关于小说中人物序齿问题存在矛盾，笔者还能列举一些例子，如：第二回冷子兴演说荣国府时，说宝玉比元春小一岁，但到第九十五回时，却说"贾娘娘（元妃）薨逝，是年甲寅年十二月十八日立春，元妃薨月是十二月十九日，已交卯年寅月，存年四十三岁"；第一二〇回："岂知宝玉是下凡历劫的，竟哄了老太太十九年！"

后四十回贾妃薨时是四十三岁……贾母死时宝玉十九岁，与第二回有矛盾，这一矛盾并不比刘先生所说的矛盾小。但我们不能轻易据此说后四十回与前八十回不是一人所写。因为第二回与第十八回宝玉与元春的序齿也有矛盾。第十八回："宝玉元春其名分虽系姊弟，其情状有如母子！""宝玉未入学堂之先，三四岁时，已得贾妃手引口传，教授了几本书，数千字在腹内了"。结合第二回"贾元春比宝玉大一岁"的表述,贾元春怎么可能在四五岁时就能手引口传教三四岁的弟弟宝玉读书识字,贾妃(元春)若能"手引口传"宝玉,肯定比宝玉大很多。难道第二回与第十八回(这两回都在前八十回)不是一人所写?此论当然不能成立。但宝玉与元春、薛蟠与宝钗的序齿矛盾以及文本的时间顺序问题确实给人造成了很大的疑惑,必须有个合理的解释。笔者不揣浅陋,试分论如下。

首先,人物序齿的矛盾可能是作者的故意,抑或明清小说的通例

甲戌本(P262)中有这样一道眉批:"写个个皆知,全无安逸之笔,深得《金瓶》壶奥。"此批表明作者是熟读《金瓶梅》,并了解它的写作技巧和奥秘。王汝梅先生在《金瓶梅》的前言中说:"《金瓶梅》为《红楼梦》的创作提供了艺术经验,曹雪芹的创作继承和发展了《金瓶梅》艺术成就,在这种意义上讲,没有《金瓶梅》也就不可能产生《红楼梦》。《金瓶梅》作者兰陵笑笑生是曹雪芹艺术革新的先驱。"王汝梅先生的评论,使该批得到了印证。

张竹坡是批评第一奇书《金瓶梅》的第一人,其在《批评第一奇书〈金瓶梅〉读法》中说:

> 《史记》中有年表,《金瓶》中亦有时日也。开口云西门庆二十七岁,吴神仙相面则二十九,至临死则三十三岁。而官哥则生于政和四年丙申,卒于政和五年丁酉。夫西门庆二十九岁生子,则丙申年,至三十三岁,该云庚子,而西门庆卒于"戊戌"。夫李瓶儿亦该云卒于政和五年,乃云"七年"。此皆作者故为差参之处,何则?此书独与他小说不同。看其三四年间,却是一日一时推着数去,无论春秋冷热,即某人生日,某人某

日来请酒,某月某日请某人,某日是某节令,齐齐整整捱去。若再将三五年甲子次序,排得一丝不乱,是真个与西门计账簿,有如世之无目者所云者也。故特特错乱其年谱,大约三五年间,其繁华如此。则内云某日某节,皆历历生动,不是死板一串铃,可以排头数去。而偏又能使看者五色眯目,真有如捱着一日日过去也。此为神妙之笔。嘻,技至此亦化矣哉! 真千古至文,吾不敢以小说目之也。(《金瓶梅》,P40)

这说明当时的小说不必年庚顺序井然,或是作者故意错乱其年谱。明朝以前的章回小说多半是对说唱艺术的再加工。署名兴彧的作者在《我的红楼梦观》中说:

在中国,小说戏曲被人重视的时代是很晚的。明清以前正统的文学作品,或是诗、词、歌、赋,或是序、跋、碑、传。极少有人注意到小说。……唐朝社会上流行的俗讲,和宋朝流行的"评话",都是有底稿的,这些稿本或是讲史,或是些烟粉灵怪的故事。……《西游记》不但有剧本,同时在吴承恩著书以前,已经有过许多西天取经的小故事了。《水浒传》自然是以《大宋宣和遗事》做底本的。

当时的小说理论体系还没有成形,加之封建社会的文字狱,若按准确年岁描写,就很容易让人对号入座,弄不好还会惹上麻烦,招致杀身之祸。

《金瓶梅》如此,《红楼梦》也如此。其他古典名著中是否有类似的情况呢? 答案是肯定的。细读《西游记》第八回的附录:"陈光蕊赴任逢灾,江流僧复仇报本"中(P63)有:

……大唐太宗皇帝登基,改元贞观。已登极十三年,岁在己巳,天下太平,八方进贡,四海称臣。……有魏征丞相出班奏道:"方今天下太平,八方宁静,应依古法,开立选场,招取贤士,擢用人材,以资化理"。太宗道:"贤卿所奏有理"。就传招贤文榜,……此榜行至海州地方,有一人姓陈名萼,表字光蕊,见了此榜……"

这是陈光蕊见榜应试的那一年,即贞观十三年,岁在己巳。得中状元后,娶了满堂娇,光蕊被害后,满堂娇生下唐僧。

而在第十二回(P94)"玄奘秉诚建大会,观音显象化金蝉"中有:

> 贞观十三年,岁次己巳,九月甲戌,初三日,癸卯良辰,陈玄奘大阐法师,聚集一千二百名高僧,都在长安城化生寺开演诸品妙经。

这是陈玄奘(即陈光蕊的儿子)登坛讲法的那一年,也是在贞观十三年岁次己巳。同一年当中儿子陈玄奘从无到有,从小到大,竟然大到能登坛讲法了,这难道不奇怪吗?但是小说家吴承恩就是这么写的。我想说的是:无论是《西游记》还是《金瓶梅》,它们分别是一个作者所写是没有疑问的,那么拿这个问题来说《红楼梦》后四十回是他人所续,恐怕难以站得住脚!

其次,人物序齿矛盾是作者在增删过程中留下的"错误"

大家都知道,《红楼梦》作者自云"披阅十载、增删五次",有时增删修改是存在前改后未改(或未来得及改)的情况。如第一一一回有这样一段文字:

> ……刚跨过门,只见灯光惨淡,隐隐有个女人拿着汗巾子好似要上吊的样子。鸳鸯也不惊怕。心里想道:"这一个是谁?和我的心事一样,倒比我走在头里了。"便问道:"你是谁?咱们两个人是一样的心,要死一块儿死。"那个人也不答言。鸳鸯走到跟前一看,并不是这屋子的丫头,仔细一看,觉得冷

169

气侵人时就不见了。鸳鸯呆了一呆。退出在炕沿上坐下。细细一想道："哦，是了，这是东府里的小蓉大奶奶啊！他早死了的了，怎么到这里来？必是来叫我来了，**他怎么又上吊呢？**"想了一想道："是了，必是教给我死的法儿。"

这段文字是鸳鸯临死前的一个幻觉。通过鸳鸯之口说"他怎么又上吊呢"，说明秦可卿在第十三回的死是上吊而死，而不是因病而死。但我们在前文所看到的秦可卿是生病而死的。这是怎么回事呢？如果我们单看通行本《红楼梦》，就无法得知其中的玄机。其实第一一一回与前八十回中的第十三回原本是吻合的。根据曹雪芹原来的谋篇、人物的结局，秦可卿是"淫丧天香楼"，是上吊而亡，是符合《红楼梦》第五回秦可卿的画、判词和曲的。

那么前第十三回与后第一一一回为什么后来产生如此巨大的矛盾，重要人物秦可卿竟然前后死因不同？

甲戌本第 274 页有一条眉批："此回只十页，因删去天香楼一节，少却四五页也。"侧批："秦可卿淫丧天香楼，作者用史笔也，老朽因有魂托凤姐贾家后事二件，嫡是安富尊荣，坐享人能想得到处，其事虽未漏，其言其意则令人悲切感服，姑赦之，因命芹溪删去。"

秦可卿原本上吊而死，后来应批书者的要求删改了，删的原因，侧批中说了一些，但讲得不够明确。在此补充说明一下。秦可卿是宁府中贾蓉的媳妇。因贾蓉之父贾珍是淫乱之徒，焦大醉骂时有"爬灰的爬灰，养小叔子的养小叔子"之语，故有的红学家认为秦可卿与贾珍有不正当关系。有一天，贾珍与秦可卿淫乱时被下人撞见，秦可卿羞愤上吊而死。因小说带有自传性，此种写法直接暴露了曹氏家族的丑闻，故畸笏叟（吴世昌先生研究得出其是曹雪芹的叔辈）命令芹溪删去，所谓家丑不可外扬。加之封建礼教的束缚,鉴于畸笏叟是作者的叔辈尊长,因此作者接受了他的建议,改写了这一章回乃至于前两个章回,但后四十回中的第一一一回作者却忘记了(或未及修改就病故了),没有作同步修改。因而鸳鸯在死前产生幻觉时,才会有"他(秦可卿)怎么又上吊呢?"这样的慨叹之语。周绍良先生在其《红楼论集》中认为该回是曹雪芹遗稿的"铁证"。读者也可自思,若这段文字是他人所续,就不可能出现"他怎么又上吊呢"这样的文字。既然有故事情节在删改过程中出现这样的错误,那么人物序齿在增删过程中出现矛盾不是没有可能。

第三,少数时序错乱可能是人为传抄之误

通行本第十二回说:"这年冬底,林如海的书信寄来,却为身染重疾,写书特来接林黛玉回去。……于是贾母定要贾琏送他去,仍叫带回来。"至十四回中又说:"贾琏遣昭儿回来报信:'林如海于九月初三日病故;二爷同林姑娘送灵到苏州,年底赶回,要大毛衣服……'"等语。有人(自称护花主人)说若林如海于九月身故,则接黛玉应在七八月间,不应迟至冬底?况贾琏冬底自京起身,大毛衣服应当时带去,何必又着人来取?再年底才自京起程到扬州,又送灵至苏州,年底亦岂能赶回?

对此林冠夫先生在《〈红楼梦〉纵横谈》(P88)中认为"冬底"应为"五月底",是抄手误将"五月底"抄成"冬底"。但这只是推测。吴轩丞先生在《红楼梦之误字》一文中,用事实说话,说"冬底"是"八月底"的误抄。他说:"……读者以时事矛盾,颇费疑猜。宁赣乱后,余有事金陵。于四象桥下破货摊中,购得抄本《红楼梦》一册,每页行数字数,与有正书局石印本同。'冬底'之'冬'字,作'八月'二字,并写一格中(有正本亦有似此者)。余不觉恍然大悟,盖当时辗

转传抄,字渐漫灭,既误'八'为'夂',又脱去'月'字之'冂',认两小横作两点,遂并两字为一字,而成'冬'字之讹矣。甚矣!毫厘千里,不知费读者几许冥想也。"这样一来,"林如海病重""林如海死于九月初三""昭儿回来要大毛衣"三者时序就没有矛盾了。笔者认为,吴先生所言可信。这种情况在第二十七回也出现过。杨藏本第二十七回(P323)一段话的原抄文字为"凤姐……因说道:'既这么着,**上月**我还和他妈说,如今事多也不知这府里谁是谁的人……'"该句甲戌本为"凤姐……因说道:'既这么着,**肯跟**我还和他妈说,(**赖大家的**)如今事多也不知这府里谁是谁……'"它们的重点差异是:杨藏本的"上月"变成了甲戌本的"肯跟"。笔者认为"上月"应是原笔。因为古抄本行文是竖着由上往下写,竖行由左向右。这样一来,不认真的抄手在"上月"二字写得很紧密的情况下以为是"肯"字,但写完"肯"字后又觉得不通,遂自作主张加了一个"跟"字,加了后还是不太通顺,但已不会产生歧义。

不过就时序错乱而言,当属作者故意为主流,误抄是例外。因为作者在小说的开头就表明将"真事隐去,假语存焉"。

第四,文本中不仅有时序错乱,还有空间错乱

《红楼梦》有其自身精妙之意——假作真时真亦假。其中贾府是在南京还是北京就伤了很多读者的脑筋。《红楼梦研究稀见资料汇编》有这样一则资料,大致如下:

第一回:士隐不待说完,便道:"兄何不早言。……且喜明岁正当大比,兄宜作速入都,春闱一战,方不负兄之所学也。其盘费余事,弟自代为处置,亦不枉兄之谬识矣!"当下即命小童进去,速封五十两白银,并两套冬衣。又云:"十九日乃黄道之期,兄可即买舟西上,待雄飞高举,明冬再晤,岂非大快之事耶?"该回甄士隐贾雨

172

村二人谈话地点是在苏州,买舟西上而入都,则所谓京都。这里京都应该指南京,若是北京,舟行至京都下船便可入城似乎不可能(……且说黛玉自那日弃舟登岸时,便有荣国府打发了轿子并拉行李的车辆久候了。……自上了轿,进入城中——第三回)。

第二回中的一段描写又让我们感觉京都是南京(金陵):"子兴道:'正是,说来也话长。'雨村道:'去岁我到金陵地界,因欲游览六朝遗迹,那日进了石头城,从他老宅门前经过。街东是宁国府,街西是荣国府,二宅相连,竟将大半条街占了。'"只不过这里用了"老宅"二字,难不成北京还有与南京一模一样的宁荣二府?

然而第三回二处的描写表明,京都和贾府的所在就在北京:一处是:"雨村……不上两个月,金陵应天府缺出,便谋补了此缺,拜辞了贾政,择日上任去了。"另一处是:"次日起来,省过贾母,因往王夫人处来,正值王夫人与熙凤在一处拆金陵来的书信看,又有王夫人之兄嫂处遣了两个媳妇来说话的。黛玉虽不知原委,探春等却都晓得是议论金陵城中所居的薛家姨母之子、姨表兄薛蟠,倚财仗势,打死人命,现在应天府案下审理。"自此以后,凡写京都(都中)和宁荣二府都趋向在北京了,但有时也让人感觉是南京(金陵)。如第四回:"这门子道:'老爷既荣任到这一省,难道就没抄一张本省'护官符'来不成?'雨村忙问:'何为护官符?我竟不知。'门子道:'这还了得!连这个不知,怎能作得长远!如今凡作地方官者,皆有一个私单,上面写的是本省最有权有势、极富极贵的大乡绅名姓,各省皆然;倘若不知,一时触犯了这样的人家,不但官爵,只怕连性命还保不成呢!所以绰号叫作护官符。方才所说的这薛家,老爷如何惹得他!他这件官司并无难断之处,皆因都碍着情分脸面,所以如此。'一面说,一面从顺袋中取出一张抄写的护官符来,递与雨村,看时,上面皆是本地大族名宦之家的谚俗口碑。其口碑排写得明白，下面所皆注着始祖官爵并房次。石头亦曾照样抄写了一张，今据石上所抄云：贾不假，白玉为堂金作马。阿房宫，三百里，住不下金陵一个史。东海缺少白玉床，龙王来请金陵王。丰年好大雪，珍珠如土金如铁。"所有这些，笔者认为都是作者有意为之的，大可不必大惊小怪。

最后，《红楼梦》小说一开始就带有浓厚的神话色彩，大荒山无稽崖，女娲补天剩下顽石以及太虚幻境等等。大观园中的一干人，大都是下凡历劫的，读者没有必要把"神仙似"的人物的序齿以及时序、空间条分缕析出来，纠缠丁卯。脂砚斋在第十二回关于风月宝鉴有这样一条批语："观者记之，不要看这书的正面方是会看。"（蒙府本P441)，其大旨应该是很明了的了。也就是说，如果我们囿于文本的直观感受，而忘记了作者所要表达的真正含义，就会中曹公的圈套而难以逃离。正如著名学者、作家杨照所说："（文本）细读背后还有另外一个前提，我尊重在我眼前的文本。我的态度是除非我有特别的证据，不然我尊重文本，相信作者这么写一本书，一定有他的道理。如果我看不出这个道理，是我的问题。所以我努力去把这个道理整理出来。"

此外，甄道元先生在《由薛姑妈的春夏两个不同生日引发的思考》一文中详细解读了《红楼梦》前八十回一个人有两个生日的问题。薛姨妈有两个生日，一个是春天，一个是夏天。第三十六回讲薛姨妈的生日在夏天，而第五十七回又讲薛姨妈的生日是微寒的春天。如果按照刘先生的说法，那么前八十回也不应该是一人所写。

关于时序错舛在一个章回中也有体现。

通行本第七十回"校记二"这样说："'正是初春'原系'正时初春'点改，各本均作'正是初春'，从。又上文谓'如今仲春天气'，此处又曰：'正是初春'，下文又有'明日乃三月初二'语，已是暮春三月了，时序混乱，因无别本可依，仍之。"之所以做此校记，是因为在通行本第964页倒数第四行说"如今仲春天气"，到了第966页顺数第四行又说"如今正是初春时节"，到了第967页倒数第三行又说"明日乃三月初二日"，已是暮春了。相隔不到两三天，出现了"仲春""初春""暮春"，时序相当错乱。其他抄本也大致如此。难道短短的这一段文字也不是一人所写？

综上所述，笔者愚见，明清小说人物序齿、时序、空间错舛是正常的事，拿《红楼梦》中人物序齿和时序错舛这一现象来证明百廿回《红楼梦》不是曹雪芹一人所写，是难以让人信服的。

《红楼梦》人物命名的艺术特色

《红楼梦》中的许多人名和地名仔细推敲大有深意,尽管曹雪芹在人物和地方命名时参照了《金瓶梅》的写法,但作者的巧思可谓青出于蓝而胜于蓝。他在行文时大量运用谐音、反喻、隐喻、暗示等方法,揭示人物性格特点或预示故事情节的发展。细细品味,颇有意趣。

谐音是作者运用最多的也是读者最为熟悉的一种命名方式,撇开地名不说,单说人名就有很多类别,有揭示主旨的,有概括个性的,有预示情节的。揭示主旨的有如甄士隐(真事隐)、贾雨村(假语存);概括个性的如清客詹光(沾光)、单聘仁(善骗人),买办钱华(钱花的如流水或花钱的祖宗),贾芸娘舅卜世仁(不是人),孙绍祖(孙杀祖——大逆不道),晴雯的表兄吴贵(乌龟);预示情节的如霍启(祸起)、冯渊(逢冤)等等,不一而足。

除谐音外,有没有其他的表现形式呢? 根据笔者的研究,《红楼梦》中至少还有四种。一是用原型人物的性格和命运命名,表达人物原型活动的客观性;二是用歇后语命名,表现语意与人物身份的契合性;三是用地支命名,表现达官贵人的同类(动物)属性;四是用俗语(包括方言)命名,用于调侃。但谐音在人物命名中是贯穿始终的。

一、用原型人物的性格或命运命名

藏头诗的艺术表现手法在中国文学史上早已有之。《水浒传》

智多星吴用巧作藏头诗,将河北俊杰卢俊义逼上梁山。当时吴用扮成一个算命先生,悄悄来到卢俊义的庄上,利用卢俊义正为躲避"血光之灾"的惶恐心理,口占四句卦歌,并让他端书在家宅的墙壁上。这四句卦歌是:

芦花丛中一扁舟,俊杰俄从此处游。

义士若能知此理,反躬难逃可无忧。

吴用巧妙地运用了藏头诗,把"卢俊义反"四个字暗藏于四句之首。果然,这四句诗写出后,官府拿到了证据,兴师问罪,到处捉拿卢俊义,终于把他逼上梁山。

庐剧《无双缘》中也有一首藏头诗。该剧写的是合肥知县刘震有一女叫无双,自小与表兄王仙客青梅竹马,两小无猜,相亲相爱。两人长大后,刘震便为他们订下了婚约。一年王仙客赴京赶考,科场得意,万岁钦点头名状元,封授翰林学士,并赐宫花金印回庐州完婚。王仙客一路吹吹打打,好不威风。不想,人马行至双峰山下,被绿林好汉古氏兄妹夺去行囊,失落文书金印,变成一名乞丐来到刘家。刘震问明前后情况,即刻变脸赖婚,把女儿无双另许豪门公子曹进。王仙客与舅舅刘震论理,刘震也觉得理亏,便把责任推到女儿无双身上。无双知道爹爹势利无赖,非常气愤,但苦于见不到表兄王仙客,只得写诗一首,速派丫鬟把诗送给王仙客。诗曰:

早妆未罢暗凝眉,迎户愁看紫燕飞。

无力回天春已老,双栖画栋不如归。

精明的无双在这里采用了藏头诗,让表兄王仙客"早迎无双",并非自己变心。最终他们俩喜结良缘。

曹雪芹作为诗词大家,对藏头诗的艺术表现手法应该是熟烂于胸的。不仅如此,而且还有所超越。

《红楼梦》中十六字诀就深藏这一艺术手法。**"因空见色,由色生情,传情入色,自色悟空。"**这十六字诀,每句第一个字的组合是"因由传自",逆读就是"自传由(有)因"。当年胡适、周汝昌先生也考证《红楼梦》是自传体小说。曹雪芹在小说的开篇就用藏头诗加逆读的方式开宗明义地说明了这部小说就是他或家族的传记,可谓苦心孤诣。

《红楼梦》中相关的人名若用逆读的方式进行解读,再结合作者惯用谐音、暗示等方法,会让我们看清很多真相。现探讨一下第九十三回的包勇、甄应嘉以及第九十九回书办詹会、第一〇五回锦衣府的赵全,究竟有何深意。

包勇

包勇是谁?他是江南甄家最可信赖的仆人,甄家在家道败落(甄应嘉自称"菲材获遣")时甄应嘉将其托付给贾家,希望贾家给予照顾。原文如下:

> 世交凤好,气谊素敦。遥仰襜帷,不胜依切。弟因菲材获遣,自分万死难偿。幸邀宽宥,待罪边隅。迄今门户凋零,家人星散。所有奴子包勇,向曾使用,虽无奇技,人尚悫实。倘使得备奔走,糊口有资,屋乌之爱,感佩无涯矣!专此奉达,余容再叙,不宣。年家眷弟甄应嘉顿首。(程乙本)

实际上江南甄家就是影射曹家的。若想搞懂这个名字的深意,首先要知道曹家的历史。曹寅的太祖是曹锡远,根据清朝的《八旗满洲氏族通谱》记载:"曹锡远,正白旗包衣人,来归年分无考。"包衣是什么?周汝昌在《红楼梦新证》引用了《辞海》里的"包衣"条:清代旗籍名。《清会典》:"内务府,掌包衣上三旗之政。"按:包衣,满洲语奴仆之义。清未入关前,凡所获各部俘虏,均编为包

178

衣,分属八旗,属上三旗者隶内务府,充骁骑、护军、前锋等营兵卒。属下五旗者分隶王府。皆世仆也。史景迁在《曹寅与康熙》一书中说:"汉字'包衣'译自满语 booi,意指'家里的'。(出自《满语辞典》)"

曹家是正白旗,属上三旗。太祖骁勇善战,后被加官封爵,但曹家世代包衣的性质没有改变也不会改变。

包勇到贾府的表现可谓不同凡响,他那忠肝义胆、疾恶如仇的个性,很多人都不待见他,但当贾府绝大多数男人不在家晚上遭遇强盗的时候,他却奋不顾身誓死保卫贾府。作者将甄家的奴仆取名包勇,只是想表达他们家尽管是包衣,却是"勇敢的包衣"。曹家曾经为清廷的建立立下了汗马功劳,但因为封建制度和家族自身的原因,几世的繁荣毁于一旦,留给他的只是深深的遗憾和悲鸣。

此论在第一一二回也可得到印证:"众人说道:'我们妙师父昨晚不知去向,所以来找。求你**老人家**叫开腰门,问一问来了没有就是了。'……众人陪笑央告道:'求**爷**叫开门我们瞧瞧,若没有,再不敢惊动你**太爷**了。'"众人在求包勇开门的时候连续用了三个不同的词称呼他——老人家、爷、太爷,层层递进。叫"老人家"、"爷"也就算了,怎么称呼起包勇为"太爷"来了?反观第七回我们就能找到答案。焦大醉骂时说"要往祠堂里哭**太爷**去"。曹雪芹对低级仆人用"太爷"一词就是想用包勇影射他的祖先。

甄应嘉

甄家的主人,甄宝玉的父亲。作者对其取名甄应嘉真正想表达的含义是:"柳应真(嘉应甄的谐音)"。1715 年,江宁织造曹颙去世,曹頫继任江宁织造。雍正上台后对曹家的历年的亏空甚为不满，但没有立即采取行动，直到雍正五年，曹頫因陆路运输皇家织品，骚扰驿站被人奏了一本，雍正震怒，遂下旨抄家，曹頫遭到被"枷号"的处罚。关于曹頫被"枷号"，据雍正七年（1729）五月初七日内务府咨文："查曹頫因骚扰驿站获罪，现今枷号。曹頫之京城家产人口及江省家产人口俱奉旨赏给隋赫德。……"（《新发现的有关曹雪芹家世的档案》）蔡义江先生在《红楼梦是怎样写成的》中也写（引）道："黄进德《曹頫考论》一文开头就说：'曹頫自己扛上了六十斤重的木枷，戴罪在京'"。尽管"《皇朝通典·刑·刑制》谓：'枷，以干木为之，长三尺，经二尺九寸，重二十五斤'"（同上）。木枷的重量究竟是二十五斤还是六十斤，这里不做计较，但枷号这种惩处手段还是相当严酷的。作者在此想强调的是曹頫的枷号是真的不是假的。曹頫在《红楼梦》中是贾政或甄应嘉的原型，故作者将江南甄家的主人命名为甄应嘉意即在此。

笔名"遍地佛声"在《读红楼札记》中这样写道："《红楼梦》之真谛，作者不敢直标，犹恐当局知其褒讥，身受其祸，故幻之以太虚之境，玄之以大荒之山，隐之以无稽之崖，能使后人直斥为荒诞不经，无所稽考，则作者之意在是矣。"（《红楼梦研究稀见资料汇编》P10）可见作者对包勇和甄应嘉命名饱含着无尽的辛酸血泪。至于茅靡先生释"甄应嘉者"为"真应假也"（同上，P1088），实在没有什么新意，笔者认为应该不是作者的本意。

赵全

赵全是谁？文本第一〇五回，西平王奉旨查抄宁国府时所带锦衣府的老赵——赵堂官是也。作者在这里取"赵全"是表达"全抄"的意思。赵全是一个落井下石、唯恐天下不乱的人，在"番役家人摩拳擦掌，就要往各处动手"时，西平王说"闻得赦老与政老同房各爨的,理应遵旨查看贾赦的家资,其余且按房封锁,我们复旨去再候定夺",说明西平王对查抄贾府还是存有恻隐之心,然而赵全却说"贾赦贾政并未分家,闻得他侄儿贾琏现在承总管家,不能不尽行查抄"。同时说西平王是"酸王"。西平王带领赵全他们去查抄宁国府后,紧接着主上又特命北静王到贾府上宣旨。赵全以为这下可好了,北静王来了他更好"施威",没想到北静王宣旨后,他更加难以遂愿,因旨意是"着锦衣官惟提贾赦质审,余交西平王遵旨查办",无法实现他"全抄"之目的。当众番役抄出东跨"两箱房地契又一箱借票"时,赵全便说:"好个重利盘剥!很该**全抄**!请王爷就此坐下,叫奴才去**全抄**来再候定夺罢。"赵堂官短短的一句话"**全抄**"一词竟然出现两次,表明赵全是一个极其恶毒之人,西平王与北静王谈话时也说:"我正与老赵生气。幸得王爷到来降旨,不然这里很吃大亏。"北静王说:"我在朝内听见王爷奉旨查抄贾宅,我甚放心,谅这里不致荼毒,不料老赵这么混账……"这就是作者命名锦衣官老赵为"赵全"深意之所在。

此外,第九十九回的江西粮道衙门的书办"詹会",曹雪芹将其命名为"詹会",意思是"会钻"——会投机钻营的人。"詹会"自称他家三代都在这衙门里供职,外面也有些体面,无须"等米下锅",表明他确实是个会钻营的人。笔者以为其意甚明,不再赘述。

二、用歇后语命名

《红楼梦》中歇后语的使用是非常频繁并恰到好处。洛阳师范学院文学院教授马春华对全书的歇后语进行了统计,提出明确可辨的有 51 例,并对歇后语的不同体式进行了分类,详细阐明了各类体式的篇章功能,以及它对提升文本的语言效力所发挥的巨大作用(见《红楼梦学刊》2017 年第 5 期)。笔者据此推论:作者在文本中还用了歇后语为刘姥姥的两个外孙命名。第六回刘姥姥初进荣国府之前有这样一段描写：

> 按荣府中一宅人合算起来，人口虽不多，从上至下也有三四百丁；事虽不多，一天也有一二十件事，竟如乱麻一般，并无个头绪可作纲领。正寻思从那一件事自那一个人写起方妙，恰好忽从千里之外，芥豆之微，小小一个人家，因与荣府略有些瓜葛，这日正往荣府中来，因此便就这一家说来，倒还是头绪。你道这一家姓甚名谁，又与荣府有甚瓜葛？且听细讲。方才所说的这小小之家，乃本地人氏，姓王，祖上曾作过小小的一个京官，昔年与凤姐之祖王夫人之父认识。因贪王家的势利，便连了宗认作侄儿。那时只有王夫人之大兄凤姐之父与王夫人随在京中的，知有此一门连宗之族，余者皆不认识。目今其祖已故，只有一个儿子，名唤王成，因家业萧条，仍搬出城外原乡中住去了。王成新近亦因病故，只有其子，小名狗儿，狗儿亦生一子，小名板儿，嫡妻刘氏，又生一女，名唤青儿；一家四口，仍以务农为业。因狗儿白日间自作些生计，刘氏又操井臼等事，青板姊弟两个无人看管，狗儿遂将岳母刘姥姥接来一处过活。这刘姥姥乃是个积年的老寡妇，膝下又无儿女，只靠两亩薄田度日。今者女婿接来养活，岂不愿意，遂一心一计，帮趁着女儿女婿过活起来。

该段文字中刘姥姥两个外孙青儿和板儿的命名就是用歇后语进行联合命名的，青儿和板儿意即：青石板掼乌龟——硬靠（或碰）硬。这一歇后语在江淮官话和吴方言所覆盖的区域很流行。它表达的意思是社会底层人物没有社会资源，只能在土里刨食，刨一点吃一点，刨不到就饿肚子，没有额外的收益，也难以得到别人的帮助，只能靠自己。用狗儿的话说就是"我又没有收税的亲戚，做官的朋友"。狗儿生在没落小官宦的家庭里,父亲王成病故后,家业逐渐萧条,以致在城中待不下去了,遂搬回原乡中去住,过着日出而作日落而息的生活。但是在"普天之下,莫非王土;率土之滨,莫非王臣"的封建社会里,社会底层的人即使再勤劳,也难以温饱。不像那些官宦之家,不仅有官家的俸禄,还行敲诈勒索之能事,残酷剥削和压榨农民和小市民,过着骄奢淫逸的生活。这是当时社会生活的真实写照。作者塑造了刘姥姥及狗儿一家,同时塑造了贾母与宁荣二府,使之形成极其鲜明的对比。一个含辛茹苦,一个极度奢华。作者作为江宁织造曹氏家族的后代,特别是他本人生活经历了冰火两重天的洗礼,更加深了他对弱者的深切同情。

青儿和板儿命名的解读,读者可能认为是牵强附会,但只要略知脂批的人就不会怀疑。因为脂本"元春,迎春,探春,惜春"的旁边有脂批:"原应叹惜",它不仅是谐音,而且是四个名字连起来表达一层意思。

《红楼梦》的作者在命名时,有时是一个名字表达一个意思,有时两个名字表达一个意思,有时是几个名字放在一起表达一层意思。青儿和板儿就是两个名字放到一起表达一个意思。事实上除元、迎、探、惜四春四个名字连起来表达一层意思外,多个名字连在一起表达一种意思也是存在的。用地支命名的方式即是。

三、用地支命名

己卯本第十四回第 288 页有这样一段文字:

……那时官客送殡的有镇国公牛清之孙,现袭一等伯牛继宗;理国公柳彪之孙,现袭一等子柳芳;齐国公陈翼之孙,世袭三品威镇将军陈瑞文;治国公马魁之孙,世袭三品威镇将军马尚；修国公侯晓明之孙，世袭一等子侯孝康；缮国公诰命亡故，其孙石光珠守孝不曾来得。这六家与荣宁二家当日所称"八公"的便是。

该页和下一页有一段赤色眉批："牛，丑也；清属水，子也。柳拆卯字；彪拆虎字，寅字寓焉。陈即辰，翼火为蛇，巳字寓焉。马，午也；魁拆鬼字，鬼金羊，未字寓焉。侯猴同音，申也；晓鸣鸡也，酉字寓焉。石即豕，亥字寓焉；其祖曰守业，即守镇也，犬字寓焉。所谓十二支寓焉。"（见书影十九）。脂批已经明确了这六公世袭子孙的名字是用十二地支来命名的。脂批中的"犬"是代表"戌"。即子、丑、寅、卯、辰、巳、午、未、申、酉、戌、亥，一个人名用两个地支指代，并且不是"子丑""寅卯"……，而是"丑子""卯寅"……。十二地支都是动物，六公世袭子孙都是达官显贵，作者用地支（动物）给他们命名，意在表明他们就是行尸走肉，表达了作者对无功受禄一类人的极度蔑视。这是《红楼梦》人物命名的又一艺术特色。对此林冠夫先生在其著作《红楼梦纵横谈》中早有提及。一般的读者只看通行本，而通行本没有脂批。即使读脂评本没有这一脂批也发现不了这一点，因为有的脂评本就没有这一脂批。至于缮国公石守业这个名字为何只出现在脂批中，而文本中没有，不是本文讨论的范畴。

四、用俗语（或方言）命名

第七十六回"凸碧堂"的"凸"与"凹晶馆"的"凹"，作者这样描述："只是这两个字俗念'洼''拱'二音，便用俗了，不大见用。"其实"凸""凹"两字在吴方言或江淮官话中就发"洼""拱"音，说明作者这里所说的俗语就是我们所说的方言。

作者在第九十八回写了一个住在城外破寺里的穷医。该医姓

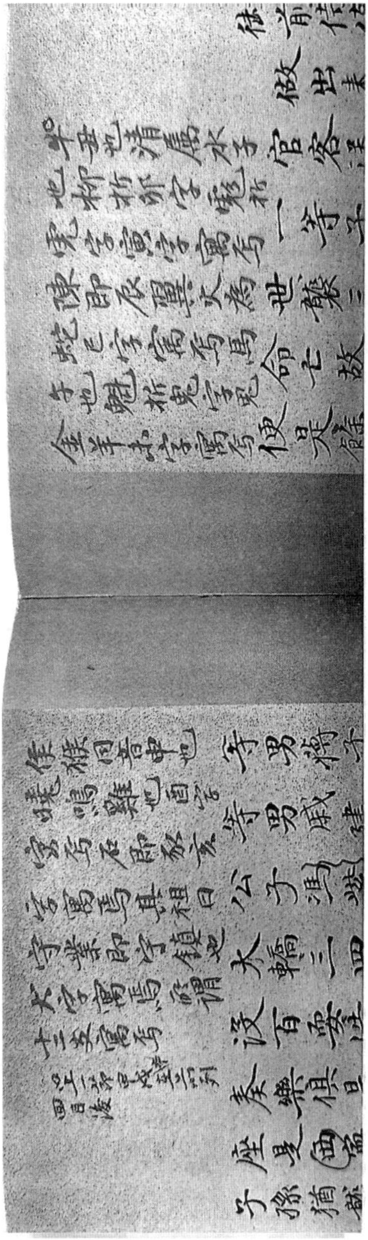

书影十九
（己卯本 P288）

毕,别号知庵。笔名"遍地佛声"在《读红楼札记》中说:"毕知庵者,必知俺也。"当然曹公命名惯用谐音不假,但在此处可能并非此意。笔者认为若作者的本意若是"必知俺",那它又有什么意义呢?第八十四回中有一个名叫王尔调的,是贾政新来的门客,最善下大棋。曹雪芹在这里给他命名王尔调,应该说有点调侃和谩骂的意思。南京市高淳区以前常给小男孩取"来屌(与'调'同音,屌即男性外生殖器)"、"福屌"这样的小名。取"来屌"是希望家中再添男丁,取"福屌"是希望他以后福星相伴。著名作家高尔泰(原南京高淳人)在散文《清道士》中写到他的一位同班同学小名叫"富屌",说明当地取这样一类名字是具有普遍性的。因此这里的"毕"为"毴"(毴即女性的外生殖器,南京高淳区方言读 Pie 音)的可能性最大。试想一下,对于如此名门望族的独子宝玉,怎么能请破寺里的一个贫医进行医治? 即使不请太医,起码要请一个有来路的医生,尽管是病急乱投医。因此作者在这里想表达的意思是这个贫医是"毴医生",贾府请这样一个医生给宝玉看病是在瞎胡闹,故起了一个侮辱性的名字。高淳区居民称"不好的东西或人"为"屌东西(人)"或"毴东西(人)",讲某人不知道什么一般表述为"他知道个屌或他知道个毴"。笔者认为它的真正意思可能是"毴知安","安"表示疑问,意即"(他)知道个毴! 或毴医生知道什么?"。读者可能会问:"毕"就不能是"屁"吗? 笔者认为也可以这样理解,但作者的原意"毴"的可能性更大。因为在通行本《红楼梦》第二十八回(P380)有:"那婆子说:'放你娘的屁倒好! 宝二爷如今在园里住着……'"。而在甲戌本(P465)中却是:"那婆子道:'你妈的毴倒好! 宝二爷如今在园里住着……'";俄藏本(P1077)中是:"那婆子道:'你娘的毴倒好!宝二爷如今在园里住着……'"。甲戌本与俄藏本这两句只有"妈"和"娘"的区别,其他的则一致。说明曹雪芹在这里的原笔是"毴"而不是"屄",抄手或整理者认为"毴"字不雅,改成"屄"字。其实"屄"字也不见得雅。故作者的"毕知庵"中的"毕"字的真正用意,笔者还是倾向前者。

用方言命名在第九十九回中还有一例。作者在写贾政放外任,出任江西粮道时,突出描写了一个门子"李十儿"。由于贾政是个廉洁的官员,不愿接受他人的礼品和贿赂,对跟来的人也严格要求,手下的人捞不到好处,致使手下人(长随)怨声载道而去。剩下的家人里面有一个叫"李十儿"的,书办詹会称他为"二太爷",可见这李十儿是贾政的管家,握有重权。但李十儿却是一个家贼,他不好好帮助贾政,尽出馊主意,骗取贾政信任后,擅作威福,内外勾连,捞取好处,最终败坏了贾政清名。作者在此依然是用谐音命名,使用的是南京市高淳区方言的谐音,高淳人称贼、小偷为"十或实或石(音)",称坏人为"十皮或实皮或石皮"。"李"即"里","李十儿"即"里贼儿或家贼儿"。这在时国金先生《此心安处是圩乡》中可以得到证明。他在《圩乡耕事》一文中这样写道:"一打铁,二放血,三做强盗四做石(贼)。"时先生的家乡与南京的高淳区仅一河之隔,部分乡音相同。此虽仍为谐音命名,但它是方言谐音,艺术特色更显。

回到文章开头的谐音命名。其中的一例是晴雯的表兄"多浑虫",他名叫吴贵,在程甲本的前八十回和后四十回均有表述。而在绝大多数脂本中,前八十回没有吴贵这个名字,脂本前八十回晴雯的表兄叫"多浑虫",又名"多官"。林冠夫先生认为,后四十回续书的作者将晴雯的表兄改成"吴贵"实在荒唐,系"乱点鸳鸯谱",晴雯的表兄姓"多"不姓"吴"。笔者认为其实不然。在前八十回晴雯的表兄虽被称为"多浑虫"或"多官",但"多浑虫"是他的诨名,多官是他的小名,不是他的真实姓名(《百家姓》中没有"多"字姓)，就如"琪官"的名字叫蒋玉菡一样。前八十回作者对他的老婆多姑娘做了细致的描写，说贾府"上上下下竟有一半是她考试过的"（见第七十七回），很多人与她有一腿。社会上有一说法，已婚的女人与其他男人有染，她的丈夫会被戴上绿帽子，就被称作是缩头乌龟。因此后四十回晴雯表兄的名字使用"吴贵（谐音乌龟）"而没再用"多浑虫"或"多官"（见第二十一回）是恰到好处的，符合作者谐音命名的艺术特色。至于程甲本在前八十回就告知"多浑虫"的名字叫吴贵，并且将本不相干的多浑虫与鲍二搅在一起，特别是写了鲍二老婆、多姑娘的丈夫（脂评本中没有写多浑虫因酒痨而死）死后，鲍二又娶了多姑娘，那是程伟元和高鹗的妄改，损害了名著的艺术魅力。

综上所述，《红楼梦》里人物命名的艺术特色正验证了蒋勋先生的话——《红楼梦》文本应细读。在此笔者想补充一句：《红楼梦》不仅要细读，而且有条件还要读脂评本（影印古抄本）。不细读或不读脂评本就发现不了一些细节。同时，这种贯穿百二十回《红楼梦》人物命名的艺术特色，更加使笔者坚信《红楼梦》后四十回依然是曹雪芹的手稿（不排除程、高整理时的"截长补短"），因为包勇、甄应嘉、赵全、詹会以及王尔调、李十儿等名字都出现在《红楼梦》文本的后四十回。

从《红楼梦》后四十回的"败笔"说起

—— 与蔡义江先生商榷

　　著名红学家蔡义江先生在《论红楼梦——追踪石头》一书中说《红楼梦》八十回后宝玉完全变了个人,什么文思才情都没有了,并认为后四十回的败笔很多,甚至说《红楼梦》"后四十回没有曹雪芹一个字"(P123)。他举的第一个例子是第九十四回中宝玉为讨老太太喜欢,便立成了四句诗:"海棠何事忽摧隤?今日繁花为底开?应是北堂增寿考,一阳旋复占先梅。"蔡先生说:"此诗像三家村里混饭吃的胡子一大把的老学究硬挤出来的句子,遣词造句拙劣俗气,没有一点点'空灵娟逸'的诗意才情可言。"

　　笔者不太赞成蔡义江先生的说法。

　　其实这首诗是应景之作,通俗易懂,用在这里恰到好处。怡红院里的海棠在晴雯死时枯萎了,忽然冬天开花,贾赦、贾政说是花妖作怪,而贾母说是喜兆。为了迎合贾母,宝玉随口说出通俗易懂的四句诗,笔者认为是妥当的。首先,贾母虽是精通世故的人,但《红楼梦》中贾母没有作过诗,也不大懂诗,若宝玉说出"宝鼎茶闲烟尚绿,幽窗棋罢指犹凉"这样一类古奥精美的诗句,贾母未必高兴。此观点第五十回可以验证:暖香坞雅制春灯谜。纹儿的谜底是打一古人的名字,"水向石边流出冷",谁呀,"石涛"。宝钗就提议"太雅深不合老太太的意思,要作些浅近的,大家雅俗共赏才好"。其次,通俗易懂的诗是作诗高手所追求的。唐代大诗人白居易每写完一首诗都拿给底层的老妪看。"白乐天每作诗,令老妪解之,问曰:解否?妪曰解,则录之。不解,则易之"(惠洪《冷斋夜话》)。故而作者如此写应在情理之中。贾母说是喜兆,宝玉有必要告诉疼他的祖母喜兆是什么。再次,宝玉尽管是"古今不肖无双"的封建逆子,但对祖母从来没有过逆反心理,贾母视他为心头肉,因此宝玉取悦贾母是太正常不过的了,怎么能说是"拍贾母的马屁"呢?

蔡义江先生在该书中说:"明清时,小说中套用、移用古人现成诗词作为散文叙述的点缀或充作小说人物所作诗词的现象是相当普遍的。《红楼梦》续书也如法炮制本算不了什么问题,只是曹雪芹没有这种写作习惯,《红楼梦》前八十回也不用此套(行酒令用的'花名签'之类戏具上多刻《千家诗》中句,非此例)。"(P156)不仅如此,蔡先生还举了如下例子:

第八十七回:"失意人逢失意事,新啼痕间旧啼痕"(黛玉见旧时宝玉送的手帕有感而作),该句套用的是秦观《鹧鸪天》词"枝上流莺和泪闻,新啼痕间旧啼痕"。

第八十九回:"绿窗明月在,青史古人空"(黛玉所写的对联)语出唐代著名诗人崔颢的《沈隐侯八咏楼》;"瘦影正临春水照,卿须怜我我怜卿"语出冯小青《焚余草》。

第九十回:"心病终须心药治,解铃还须系铃人"语出明代瞿汝稷《指月录》。

第九十一回:"禅心已作沾泥絮,莫向春风舞鹧鸪",其中"禅心已作沾泥絮"句出自苏轼的好友诗僧参廖。

第一〇〇回:"蜂采百花成蜜后,为谁辛苦为谁甜?"出自唐代罗隐《蜂》。

蔡义江先生说像这样的例子在前八十回是一个也找不到。事实果真如此吗?蔡先生可能忘了,他在《〈红楼梦〉诗词曲赋全解》中写到的,宝玉说的行酒令(并非"花名签")"女儿愁,悔教夫婿觅封侯"是引用诗人王昌龄《闺怨》"忽见陌头杨柳色,悔教夫婿觅封侯"的第二句。薛宝琴的《梅花观怀古》的诗"不在梅边在柳边,个中谁拾画婵娟?团圆莫忆春香到,一别西风又一年"中"不在梅边在柳边"语出明代汤显祖戏曲《牡丹亭》,汤显祖写杜丽娘死前曾自画肖像,并在画上题诗一首:"近睹分明似俨然,远观自在若飞仙。他年得傍蟾宫客,不在梅边在柳边"。宝玉说的行酒令是在第二十八回,《梅花观怀古》是在第五十一回,均在《红楼梦》的前八十回。此外,第二十七回《葬花诗》里的"一年三百六十日,风刀霜剑严相逼"与明代著名大画家唐寅(唐伯虎)的《一年歌》的开头一句完全一样,唐诗的开头两句是:"一年三百六十日,春夏秋冬各九十。"对此,蔡先生不知作何解释?

对于蔡先生在《论红楼梦——追踪石头》书里所说的"绿窗明月在,青史古人空"是抄自古人现成的诗句,笔者也有自己的看法。该句是黛玉"写"的对联,而不是说黛玉"作"的对联,对联套用古人的诗句,应该没有什么不妥;"心病终须心药治,解铃还须系铃人"是作者行文至此用前人切合故事情节及寓意的诗句,有感而发亦属正常;而"蜂采百花成蜜后,为谁辛苦为谁甜",是凤姐在散花寺取的签,寺庙里的签大都是参照前人诗句编写的,能表达意象即可,这没有什么好奇怪的。

其实古代名家在作诗词时因袭前人的佳句并不稀奇。曹操是三国时著名的政治家、文学家,他的《短歌行》中"呦呦鹿鸣,食野之苹。我有嘉宾,鼓瑟吹笙"就是引自《诗经·小雅·鹿鸣》。清词三大家之一的纳兰性德,他的《金缕曲·赠梁汾》中的"有酒惟浇赵州土",也是引自唐李贺《浩歌》诗里的句子。我们总不能说因他们借用了别人的诗句就说他们的文学功底差吧。

蔡义江先生在《论红楼梦——追踪石头》中讲这么多,无非是想说明一个问题,就是《红楼梦》后四十回不是曹雪芹写的。事实上根据笔者研究,《红楼梦》后四十回依然是曹雪芹的遗稿。既然这篇文章是从诗词说起,那么笔者就用文本中诗词、信函及禅语来说明这个问题。

一、《红楼梦》第一回有一绝句:"满纸荒唐言,一把辛酸泪,都云作者痴,谁解其中味。"为了呼应,在第一二○回的结尾有"后人见了这本奇传,亦曾题过四句为作者缘起之言更转一竿头云:'说到辛酸处,荒唐愈可悲,由来同一梦,休笑世人痴'"。第一回的绝句应该是曹雪芹写的,第一二○回结尾的绝句,与第一回显然没有什么差异,用周绍良先生的话说"前后照应周到,诗也纯朴有真情,两首显然同出一手"(《周绍良论红楼梦》)。

二、第八十七回宝钗写给黛玉的书信,特别是骚体式的"四解",文学造诣非常深厚,丝毫也不比第三十七回探春写给宝玉的花笺差。现摘录如下:

> 妹生辰不偶,家运多艰,姊妹伶仃,萱亲衰迈。兼之猇声狺语,旦暮无休。更遭惨祸飞灾,不啻惊风密雨。夜深辗侧,愁绪何堪。属在同心,能不为之恻恻乎?回忆海棠诗社,序属清秋,对菊持螯,同盟欢洽。犹记"孤标傲世偕谁隐,一样花开为底迟"之句,未尝不叹冷节遗芳,如吾两人也,感怀触绪,聊赋四章,匪曰无故呻吟,亦长歌当哭之意耳。

> 悲时序之递嬗兮,又属清秋。感遭家之不造兮,独处离愁。北堂有萱兮何以忘忧?无以解忧兮,我心咻咻。一解。

> 云凭凭入秋风酸兮,步中庭兮霜叶干。何去何从兮,失我故欢。静言思之兮恻肺肝!二解。

> 惟鲔有潭兮,惟鹤有梁。鳞甲潜伏兮,羽毛何长!搔首问兮茫茫,高天厚地兮,谁知余之永伤。三解。

银河耿耿兮寒气侵,月色横斜兮玉漏沉。忧心炳炳兮发我哀吟,吟复吟兮寄我知音。四解。

骚体四解,引经据典,情真意切,感人肺腑,以至于"黛玉看了不胜伤感",这里就不再举本回中林妹妹抚琴时"风萧萧兮秋气深,美人千里兮独沉吟"之吟唱了。

让我们回过头来看看第三十七回探春写给宝玉的花笺,以便比较:

娣探谨奉。

二兄文几:前夕新霁,月色如洗,因惜清景难逢,讵忍就卧,时漏已三转,犹徘徊于桐槛之下,未防风露所欺,致获采薪之患。昨蒙亲劳抚嘱,复又数遣侍儿问切,兼以鲜荔并真卿墨迹见赐,何痌瘝惠受之深哉!今因伏几凭床处默之时,因思及历来古人中处名攻利敌之场,犹置一些山滴水之区,远招近揖,投辖攀辕,务结二三同志盘桓于其中,或竖词坛,或开吟社,虽一时之偶兴,遂成千古之佳谈。娣虽不才,窃同叨栖处于泉石之间,而兼慕薛林之技。风庭月榭,惜未宴集诗人;帘杏溪桃,或可醉飞吟盏。孰谓莲社之雄才,独许须眉;直以东山之雅会,让馀脂粉,若蒙棹雪而来,娣则扫花以待。此谨奉

此两份信函从古诗文的造诣上来讲应该是难分伯仲的。要想否定第八十七回的骚体"四解"恐怕有点难。

三、蔡义江先生认为第九十一回宝玉与黛玉参禅表心迹,不宜说"禅心已作沾泥絮,莫向春风舞鹧鸪"。他说"这次拼凑古人诗就不免出丑了,'禅心'句虽然是和尚写的,却是对妓女说的。苏轼在酒席上想跟好友诗僧参廖开开玩笑,便叫一个妓女向他讨诗,参廖当时就口占一绝相赠:'多谢樽前窈窕娘,好将幽梦恼襄王,禅心已作沾泥絮,肯逐东风上下狂?'怎么可以用宋人答复娼妓的

话来答复黛玉呢？不怕唐突佳人？黛玉从前听宝玉引出《西厢记》中的话来说她，又哭又恼，说是宝玉欺侮了她，怎么现在反而不闹了，想必是黛玉书读少了，连《东坡集》及《苕溪渔隐丛话》之类的书也没有看过，所以不知道。”

其实，该段描写并没有出丑，而且写得相当好。黛玉从前听宝玉引出《西厢记》中的话来又哭又恼不假，但这不是真正的恼，而是撒娇，谈过恋爱的人应该都有这一经历，在恋人跟前不撒娇在何处撒娇？李希凡先生在《传神文笔足千秋——〈红楼梦〉人物论》中说得好：“黛玉也并非真生气，只是恼贾宝玉用的这种方式太过直白，作为‘大家闺秀’，黛玉所受的教育让她有猝不及防时只能选择‘怒嗔’回应那‘妙词’！”笔者这样说也许大家还不信，那就请看第四十二回的一段描写，黛玉本人也提《牡丹亭》和《西厢记》里面的句子，若他那么敏感，就不可能有这一出。“……宝钗便叫黛玉道：‘颦儿，跟我来。有一句话问你’，黛玉便笑着跟了来，至蘅芜院中。进了房，宝钗便坐下，笑道：‘你还不给我跪下？我要审你呢。’黛玉不解何故，因笑道：‘你瞧宝丫头疯了！审我什么？’宝钗冷笑道：‘好个千金小姐，好个不出屋门的女孩儿！满嘴里说的是什么！你只实说罢。’黛玉不解，只管发笑，心里不免疑惑，口里只说：‘我何曾说什么？你不过要捏我的错儿罢咧，你倒说出来我听听。’宝钗笑道：‘你还装憨儿呢，昨儿行酒令儿，你说的是什么？我竟不知是那里来的。’黛玉一想，方想起昨儿失于检点，把那《牡丹亭》《西厢记》说了两句，不觉红了脸……”表明黛玉有时也不经意说出在当时认为不合时宜的话。宝玉说“禅心只作沾泥絮”虽出自宋代诗僧释道潜《赠妓诗》，但用在这里只是表明宝玉对黛玉爱情的坚贞不渝。就是说如果黛玉你死了，我的禅定之心就会像被泥黏住的飞絮一样不会再动，对爱情不会再有渴望了，不会再像春风中撒欢的鹧鸪了。宝玉如此表明心迹,如果黛玉恼的话,那她真是白痴。黛玉是禅宗大师,比宝玉还禅。宝玉在该段的前文对黛玉说:"我虽丈六金身,还借你一茎所化。"就是说如果用宗教术语讲宝玉是准释迦、准基督(刘再复语),那么黛玉则更进一层,即更无分别相。这让笔者想起了《圣经》里的一个故事:有人向妓女身上扔石头,上帝对那些扔石头的人说:"谁敢说自己没有犯过错误,并保证今后永不犯错。"再者,第二十七回回目"滴翠亭杨妃戏彩蝶,埋香冢飞燕泣残红",曹雪芹在这里将薛宝钗比作杨贵妃,将林黛玉比作赵飞燕,而赵飞燕是汉代非常貌美且有名的淫乱歌妓,入宫后为了得宠,与妹妹赵合德密谋陷害班婕妤,致使班才女被打入冷宫。作者竟然做了如此不同寻常的比拟。如果作者在后面的行文中出现如此"严重"的问题,那么前文的比拟叫人情何以堪?所以笔者认为后四十回中的第九十一回宝玉和黛玉参禅时说的"禅心已作沾泥絮,莫向春风舞鹧鸪"不能作为后四十回不是曹雪芹写的证据。

如果笔者的这种解释还不能说明问题的话,那么,请看第九十一回这段黛玉和宝玉的完整的对话:"黛玉道:'宝姐姐和你好你怎么样?宝姐姐不和你好你怎么样?宝姐姐前儿和你好,如今不和你好你怎么样?今儿和你好,后来不和你好怎么样?你和他好他偏不和你好你怎么样?你不和他好他偏要和你好你怎么样?'宝玉呆了半晌,忽然大笑道:'任凭弱水三千,我只取一瓢饮。'黛玉道:'瓢之漂水奈何?'宝玉道:'非瓢漂水,水自流,瓢自漂耳!'黛玉道:'水止珠沉,奈何?'宝玉道:'禅心已作沾泥絮,莫向春风舞鹧鸪。'"这么精彩的对话,三家村的老学究能写得出来吗?以笔者看,这里一点也不比第二十二回的宝玉的"你证我证,心证意证,是无有证,斯可云证,无可云证,是立足境,〔无立足境,是方干净——(黛玉语)]，"这一偈语差。关于这段"谈禅"，周绍良先生在《红楼论集——周绍良论红楼梦》中这样说道："'谈禅'一段，和第二十二回《听曲文宝玉话禅机》遥遥相对，而彼此问答，尤为精彩，借机锋说出各人的心事，这只有曹雪芹才能写出，它不是别人可以模仿来的。"可见该段是曹雪芹的笔墨无疑。

四，第八十九回宝玉写的一首《望江南·吊晴雯》(该词牌名引自张浅吟《试论贾宝玉诗歌创作的前后变化及其意义》)：

> 随身伴，独自意绸缪。谁料风波平地起，顿教躯命即时休。孰与话轻柔？
>
> 东逝水，无复向西流。想象更无怀梦草，添衣还见翠云裘。脉脉使人愁。

该回作者写此词吊晴雯，确实是情致所至有感而发，不但写得好，而且还间接说明该词是曹雪芹写的，若是他人所续，应该不会再写，因为《芙蓉女儿诔》已"大肆妄诞"写到绝妙处，再写就是自取其辱。但曹雪芹自己写，就另当别论了。其实曹雪芹写此词是有深意的。白先勇先生认为《芙蓉女儿诔》从真正意义上讲是宝玉写给黛玉的。因为宝玉要黛玉修改时，改来改去，宝玉说不如将"红绡帐里，公子情深。黄土垄中，女儿命薄"改成"茜纱窗下，我本无缘；黄土垄中，卿何薄命"。宝玉在祭晴雯时正好被黛玉听到了，实在是太巧了。如果《芙蓉女儿诔》真如白先生所说是宝玉为黛玉所作，那么宝玉就应该对晴雯有一篇寄托哀思的文章，所以就出现该段小令。可见作者构思精巧之一斑。小说家张爱玲在《红楼梦魇》中引证：靖本第七十九回批《芙蓉女儿诔》有一条眉批："观此知虽诔晴雯实乃诔黛玉也。试观'证前缘'回黛玉逝后诸文便知。"红学家李希凡在与其女儿合著的《传神文笔足千秋——〈红楼梦〉人物论》中，对黛玉在听了宝玉对《芙蓉女儿诔》修改后"怔然变色"句下引证庚辰本脂批:"慧心人可为一哭,观此句便知诔文实不为晴雯而作也"。无论是张爱玲靖本脂批的引证,还是李希凡先生所说的庚辰本脂批的印证,都证明了白先勇先生的这一观点。

除诗词、信函及禅语的例子外,相关学者对后四十回文本也有自己的看法。学者唐弢在《小说话》里有这样一段话:"写专制朝廷威严,莫过《红楼》,而贾政由江西粮道陛见一回,尤为出色。"该回是第一〇四回,贾政由江西粮道任上,以"失察属员,重征粮米"的罪名,被节度使参劾,革职回京。一天,贾政上朝谢罪,碰到贾雨村,引出一段精彩的对话(该段对话手抄本与程高本有所出入——笔者按)。红学家舒芜先生为了说明这个问题,在《红楼说梦》中以《专制朝廷的威严》为题详细论述了有关细节描写的精到之处。他说:"第一〇四回里面,贾政是以革职戴罪之身,第一次来向皇帝谢罪请罪,那么他自己的惶恐,别人的关心,有牵连的人的紧张还是当然的。而在第十六回里面,夏太监明明是'满面笑容'地来宣圣旨,按常理应该暗示着喜庆之事,却弄得贾政他们全家那么紧张,是不是有点不合情理呢?完全不是。贾母他们平日百闻日见甚多,深知皇帝总是有不测的恩威,无常的喜怒。贾家有女儿在宫中,固然可以成为全家荣华富贵的靠山,同样可以成为破门灭族的祸首。……所以皇帝的突然召见,不是有从天而降的大喜,就是有天外飞来的横祸,叫贾母他们怎能不'心神不定'呢?……第一〇五回锦衣府赵全奉旨来抄家,刚到时也是'满面笑容'还'拉着贾政的手笑着说了几句寒温的话',这是后四十回写得好的细节之一。"他结合前八十回的第十六回以及后四十回的第一〇五回的描写,说第一〇四回的这段描写是神来之笔。

其实后四十回中的"神来之笔"很多,不胜枚举。白先勇先生认为黛玉之死写得特好,刘再复先生称最后一回无人能敌。

当然后四十回并非处处都是神来之笔，长篇小说跌宕起伏，有高潮有平淡才是正常的，前八十回也是如此。不仅如此，有时还会出现莫名其妙的文字。舒芜先生在《红楼说梦》中就提到一个例子，认为作者的表述问题多多。他在《凤姐算账》这篇文章中说："第五十五回，凤姐和平儿谈论探春理家的才干和家庭财政情况。平儿提起还有几件婚丧大事是大宗开支，引起凤姐说了一长篇话，长达八九百字，开头一段是算账。她说：'我也虑到这里，倒也够了。宝玉和林妹妹，他两个一娶一嫁，可以使不着官中钱，老太太自有体己拿出来。二姑娘是大老爷那边的，也不算。剩了三四个，满破着每人花上七八千银子。环哥娶亲有限，花上三千银子；若那里省一抿子也够了。老太太的事出来，一应都是全了的，不过零星杂项使费些，满破三五千两，如今再俭省些，陆续就够了。只怕如今凭空再生出一两件事来，可就了不得了。'这篇账目有许多问题：例如，迎春是贾赦之女，贾赦是荣国府的长房，迎春出嫁为何可以不算在荣国府的预算之内？该不算的，应是宁国府的惜春，为何反而不除？即使只除去迎春，那么待嫁的姑娘也只有探春、惜春二人，何况惜春（是宁国府那边的）断无不除之理，那么剩下的只有探春一人，又怎么说得上'剩了三四个'？这些账究竟是怎么算的？为什么错的？……"这是舒先生提出的疑问。如果这段文字出现在后四十回，那么很多人一定会认为它不是出自曹雪芹的手笔，而是他人的续笔，且是"败笔"。无独有偶，通行本《红楼梦》第六十八回凤姐与尤二姐一段对话：

> 凤姐儿忙下座以礼相还，口内忙说："皆因奴家妇人之见，一味劝夫慎重，不可在外眠花卧柳，恐惹父母担忧。此皆是你我之痴心，怎奈二爷错会奴意。眠花宿柳之事瞒奴或可；今娶姐姐二房之大事亦人家大礼，亦不曾对奴说。奴亦曾劝

二爷早行此礼，以备生育。不想二爷反以奴为那等嫉妒之妇，私自行此大事，并不说知。使奴有冤难诉，惟天地可表。前于十日之先奴已风闻，恐二爷不乐，遂不敢先说。今可巧远行在外，故奴家亲自拜见过，还求姐姐下体奴心，起动大驾，挪至家中。你我姊妹同居同处，彼此合心谏劝二爷，慎重世务，保养身体，方是大礼。若姐姐在外，奴在内，虽愚贱不堪相伴，奴心又何安。再者，使外人闻知，亦甚不雅观。二爷之名也要紧，倒是谈论奴家，奴亦不怨。所以今生今世奴之名节全在姐姐身上。那起下人小人之言，未免见我素日持家太严，背后加减些言语，自是常情。姐姐乃何等样人物，岂可信真。若我实有不好之处，上头三层公婆，中有无数姊妹妯娌，况贾府世代名家，岂容我到今日。今日二爷私娶姐姐在外，若别人则怒，我则以为幸。正是天地神佛不忍我被小人们诽谤，故生此事。我今来求姐姐进去和我一样同居同处，同分同例，同侍公婆，同谏丈夫。喜则同喜，悲则同悲；情似亲妹，和比骨肉。不但那起小人见了，自悔从前错认了我；就是二爷来家一见，他作丈夫之人，心中也未免暗悔。所以姐姐竟是我的大恩人，使我从前之名一洗无馀了。若姐姐不随奴去，奴亦情愿在此相陪。奴愿作妹子，每日服侍姐姐梳头洗面。只求姐姐在二爷跟前替我好言方便方便，容我一席之地安身，奴死也愿意。"

通行本的这段对话是录自庚辰本。这段对话中的凤姐说的话是半文言，程伟元与高鹗在整理时不知出于何故，将凤姐的这一段话几乎改成了白话文。程甲本中的改文如下：

凤姐忙下坐还礼，口内忙说："皆因我也年轻，向来总是妇人的见识，一味的只劝二爷保重，别在外边眠花宿柳，恐怕叫太爷太太担心。这都是你我的痴心，谁知二爷倒错会我的意。若是外头包占人家姐妹，瞒着家里也罢了，如今娶了妹妹作二房，这样正经大事也是人家大礼，却不曾合我说。我也劝过二爷早办这件事，果然生个一男半女，连我后来都有靠。不想二爷反以我为那等妒忌不堪的人，私自办了，真真叫我有冤没处诉，我的这个心惟有天地可表。头十天头里我就风闻着知道了，只怕二爷又错想了，遂不敢先说。目今可巧二爷走了，所以我亲自过来拜见，还求妹妹体谅我的苦心，起动大驾，挪到家中。你我姐妹同居同处，彼此合心合意的谏劝二爷，谨慎世务，保养身子，这才是大礼呢！要是姐姐在外头，我在里头，妹妹白想想，我心里怎么过得去呢？再者，叫外人听着不但我的名声不好听，就是妹妹的名儿也不雅。况且二爷的名声更是要紧的，倒是谈论咱们姐儿们还是小事，至于那起下人小人之言，未免见我素昔持家太严，背地里加减些话也是常情。妹妹想自古说的当家人恶水缸，我要真有不容人的地方儿，上头三层公婆，当中有好几位姐姐妹妹妯娌们怎么容的我到今儿，就是今儿二爷私娶妹妹在外头住着，我自然不愿意见妹妹，我如何还肯来呢？拿着我们平儿说起，我还劝着二爷收他呢，这都是天地神佛不忍我叫这些小人们糟蹋，所以才叫我知道了。我如今来求妹妹进去，和我一样儿，住的、使的、穿的、带的你我总是一样儿。妹妹这样伶透人，若肯真心帮我，我也得个膀臂，不但那起小人堵了他们的嘴，就是二爷回来一见，他也从今后悔，我并不是那种吃醋调歪的人，你我三人更加和气。所以妹妹还是我的大恩人呢。要是妹妹不合我去，我也愿意搬出来陪着妹妹住，只求妹妹在二爷跟前替我好言方便方便，留我个站脚的地方儿，就叫我服侍妹妹梳头洗脸我也是愿意的。"

关于以上这一段改文，胡适先生在《跋乾隆庚辰本脂砚斋重评石头记抄本》中这样说道："……这可见雪芹原本有意把这段演说写作半文言的客套话，表示凤姐的虚伪。高鹗续书时觉得那不识字的凤姐不应该说这种文绉绉的话，所以全给改成了白话。"这段话，除程甲本外，蒙府本、俄藏本、戚序本均与庚辰本同，都是半文言的表述，应该是曹雪芹的原笔。曹雪芹之所以要将其写成半文言，而不是纯粹的文言，笔者以为：一、凤姐不识字确实讲不出纯粹的文言。二、凤姐是在大家族书香门第成长起来的，家中的文人墨客来往频繁不说，她身边姊妹、妯娌个个都有不凡的文采，见识多了，自然也能说上一二。三、凤姐是女强人，她去会见尤二姐时是做了精心准备的，她的那番话是事先打了腹稿的。她是贾琏的正室，又是名门望族，不能让尤二姐看低了。曹雪芹的这种半文言的描写，实在是太精妙了。但是高鹗认为曹雪芹写得不好，不识字的凤姐不应该讲文言，所以把它改了。高鹗是乾隆朝的进士，不能说他没有水平。既然高鹗能这样理解，那么这段话如果在后四十回出现，肯定又有人会拿它说事，甚至说它是"败笔"。

通行本第九回作者也有一段让人费解的描写："先是秦钟，当不得宝玉不依，只叫他'兄弟'，或叫他的表字'鲸卿'，秦钟也只得混着乱叫起来。"秦钟入贾家私塾时与宝玉差不多大小，十二三岁左右，不知哪里来的表字。古人有名、字、号，字（或表字）一般是男子二十岁举行冠礼时自己给自己取的，有一定的含义。秦钟十二三岁作者就说他有"表字"，显然不符合常理。但《红楼梦》手抄本上均是这样表述的，应是曹雪芹的原笔，如果有人硬要说这是败笔那也是在前八十回。

在本文的结尾，笔者想引用两个名人对《红楼梦》后四十回评价。一是清代批评大家张新之，其在《红楼梦读法》中这样写道：

"通体结构,如常山蛇首尾相应,安根伏线,有牵一发全身动之妙,且词句笔气,前后全无差别,则所增之四十回,从中后增入耶?抑参差夹杂增入耶?觉其难有甚于作书百倍者。"二是牟宗三,其在《红楼梦悲剧之演成》中这样写道:"人们喜欢看《红楼梦》的前八十回,我则喜欢看后四十回。人们若有成见,以为曹雪芹的技术高,我则以为高鹗的见解高,技术也不低。前八十回固然是一条活龙,铺排得面面俱到,天衣无缝,然后四十回的点睛,却一点成功,顿时首尾活跃起来。我因为喜欢后四十回的点睛,所以随着也把前八十回高抬起来。不然则前八十回却只是一个大龙身子,呆呆地在那里铺设着。虽然是活,却活得不灵。"这两段批评,笔者认为还是非常中肯的。

当然,纵观百二十回《红楼梦》,有些地方可能读者(包括笔者在内)无法体会其深意,有些地方可能由于某些原因确实存在一些问题,但也不至于如蔡先生言及的后四十回有那么多的所谓"败笔"。如果存在,那也是前后并存。

岐黄之术贯红楼

——兼论八十三回王太医的诊疗有神韵

1984年《红楼梦学刊》第一辑刊载了张曼城先生的一篇文章，题目是《从〈红楼梦〉后四十回的医药描写论续书的不足》。该文从四个方面论述了他的观点：一是后四十回的医药描写是前八十回的简单重复和模仿；二是后四十回的医药描写毫无神韵，变成了浅薄的病与药的陈述；三是后四十回中医药描写的错误；四是后四十回的医药描写是对曹雪芹医药描写的歪曲。张文认为"曹雪芹笔下的医药描写，前后首尾相连，病因脉证和理法方药皆言之成理，论之有据"。"然而，在后四十回中，由于续作者医药知识的贫乏，原著中关于医药描写的神韵消失殆尽"。笔者看后很不以为然，相反认为第八十三回王太医给林黛玉诊疗的医案，更加能说明该回是曹雪芹的手笔。现撇开第一论，就其他三论谈谈自己的看法，因为一论中说"后四十回的医药描写是前八十回的简单重复和模仿"实在不值一驳。

一、关于"后四十回的医药描写毫无神韵，变成了浅薄的病与药的陈述"的问题

在前八十回中，没有提到宝玉、贾母和薛姨妈三人有什么具体的病症，因而后四十回在他们没有产生重大疾病的情况下，对他们三人的这种"亚健康"状态进行简单的描述和处理是恰当的。宝玉作为小儿女，在青春期有心病，本身就没有什么大不了的事，

但他毕竟是贾府的嫡孙，贾母的命根子，不能不管，为寻求心理安慰，宝玉生病必须吃药。宝玉的这个心病原本不需要吃药，既然是心病，"把定心丸给他吃了"还需再赘述吗？贾母一直是豁达享福之人，身体一直很健康。其豁达表现在：前八十回中贾琏在王熙凤生日当天与鲍二家的鬼混，被王熙凤发现后，到贾母跟前告状，贾母笑道："什么要紧的事！小孩子们年轻，馋嘴猫儿似的，那里保得住不这么着。从小儿世人都打这么过的。都是我的不是，叫你多吃了两口酒，又吃起醋来。"同时前八十回也很少见贾母生病吃药（补药除外），尽管"也叫风吹病了，躺着嚷不舒服"，也没见她吃药。第四十二回贾母身体欠安，请王太医来诊，王太医脉诊后说："太夫人并无别症，偶感一点风凉，究竟不用吃药，不过略清淡些，暖着一点儿，就好了。如今写个方子在这里，若老人家爱吃便按方煎一剂吃，若懒待吃，也就罢了。"从贾母病了可以不用吃药这一点可看出老太太身体很硬朗。因此第一〇六回对贾母患了"惊吓气逆"则"即用疏气安神的丸药服了"就不能将其说成是"浅薄的陈述"，因为惊吓气逆本身就是一个简单的病症。薛姨妈也是如此。她的病只是一时受了金桂气至"肝气上逆"。中药钩藤的性、味、功效是：性味甘、凉，归肝、心包经，具有息风定惊、清热平肝的功效。能治疗"肝气上逆"病症，因而"买了几钱钩藤来，浓浓的煎了一碗"，吃了完全有可能"略觉得安顿些"。此处寥寥几笔恰到好处。

张文又说："元妃是皇帝的贵妃，续书关于元春患病和死亡的描写中，只说'因前日侍宴回宫，偶感风寒，勾起旧病。不料此回甚属利害，竟自痰气壅塞，四肢厥冷'，'太医院已经奏明痰厥，不能医治'，就让元妃死去。这里，姑且不论'痰厥'是否'不能医治'，即令'痰厥'不能医治，痰厥由'痰气壅塞'也说不通，因为中医理论实无'痰气'可'壅塞'致'厥'一说。堂堂太医院对皇帝宠爱的贵妃如此草率从事,在情理上是说不通的。可能续作者也考虑到了这一层,所以写了元妃'偶感寒气',有明知'偶感寒气'不能致人死命,只好写上'勾起旧疾'。然而,由于原著中无元妃有旧疾之说,续作者又找不出合适的'旧疾'加在元妃身上,只好如此这般。这除了说明续作者医药知识贫乏,描写力绌之外,实无法得出别的解释。"

"痰厥"是中医术语,指痰气壅塞,骤然昏倒的症状。因此"痰气壅塞"可致"中风痰厥",并非如张先生所说"痰气壅塞"致"痰厥"无中医理论依据。况且"元妃自选了凤藻宫后,圣眷隆重,身体发福,未免举动费力",说明元妃的旧疾很可能就是现在通常所说的高血压、高血脂。因而元妃"感寒气,勾旧病"致中风"痰塞口涎、不能言语"是很正常的事。至于上文所说"堂堂太医院对皇帝宠爱的贵妃如此草率从事,在情理上是说不通的"更是无稽之谈。常言道"伴君如伴虎"。皇帝有三宫六院七十二妃,今天的宠妃,明天就有可能失宠被打入冷宫。元妃省亲时说:"当日既送我到那不得见人的去处。"更何况曹雪芹的本意读者难以猜透,即真里有假,假里有真,真真假假,假假真真。元妃之死未必就是生病而死,就如秦可卿之死一样(秦可卿原本是上吊而死,后改成生病而亡)。但有一点可以肯定,即他的内心世界里是痛恨当朝最高统治者的。即使此段描写有什么不妥也不能成为续作者医药知识贫乏的说辞,更不能依此判断此处非曹雪芹所作。

二、关于"后四十回中医药描写的错误"问题

张先生认为第八十三回王大夫给林黛玉看病这一段写得太差,不符合医理。张文说:"(第五十一回)有关晴雯病情的描写,简直就是一份完整的医案。然而,还是这个王大夫,在续书中却被丑化成一个不学无术的庸医,使人啼笑皆非。"紧接着他又说:"(第

八十三回）续书先是让王大夫给林黛玉的病写了一份'六脉迟缓（实际文本上是"弦迟"——笔者按）、素由积郁。左寸无力,心气已衰。关脉独洪,肝邪偏旺,木气不能疏达,势必上侵脾土,饮食无味,甚至胜所不胜,肺金定受其殃。气不流精,凝而为痰;血随气涌,自然咳吐。理宜疏肝保肺,涵养心脾。虽有补剂,未可骤施。姑拟黑逍遥以开其先,复用归肺固金以继其后,不揣固陋,俟高明裁服'医案。接着又让王大夫发了一通'通因通用,塞因塞用',柴胡用鳖血拌抄,正是'假周勃以安刘'的法子的议论。……原著中一个医术高明、医德不错的太医院六品太医,到了后四十回就变成了一个靠耍嘴皮哗众取宠的江湖郎中,大放厥词。如果不是出于续作者医药知识的浅薄,定是续作者基于'医巫百工之人,天下不耻'的士大夫的阶级偏见对医生的丑化。"

　　事实真的是这样的吗?笔者认为不然。先就文学而言,王太医（其实是作者）说出"假周勃以安刘"这样典故就不一般了。周勃,汉初功臣,封绛侯。惠帝和吕后死后,吕后家族中吕产、吕禄等人谋夺汉室,周勃和陈平一起定计诛诸吕,迎立刘邦中子刘恒为文帝,保住了汉家的天下。"柴胡用鳖血拌抄,正是'假周勃以安刘'的法子"的议论于理有据,于法有方。其实第五十一回晴雯病情的诊断和遣方用药描写并非一份完整的医案。让我们看看曹雪芹的描写:"一时茗烟果请了王太医来,诊了脉后,说的病症与前相仿,只是方子上果有枳实、麻黄等药,倒有当归、陈皮、白芍等,药之分量较先也减了些。"王大夫说的病症"与前相仿",那么前面请的那个新大夫是怎么说的呢?他说:"小姐的症是外感内滞,近日时气不好,竟算是个小伤寒。幸亏是小姐素日饮食有限,风寒也不大,不过是血气原弱,偶然沾带了些,吃两剂药疏散疏散就好了。"张先生说他本人是一名医生,不知是西医还是中医,若是西医另当别论,若是中医笔者实在不敢恭维,因为一份完整的医案仅仅有上面这一点内容是不够的。一个完整的医案一般应有四诊(望、闻、问、切)的记录,并通过四诊合参分析患者的病因、病机(辨证),然后对症遣方用药。相比较而言,第八十三回的这段描写更接近规范的医案。该医案中有重要的脉诊,有病因、病机分析(运用了相生相克理论),有遣方(姑拟黑逍遥以开其先,复用归肺固金以继其后),有用药(文本中提示"又将七味药与引子写了"),先治本,后治标,标本兼治。最后王太医还嘱咐"先请服两剂,再加减或再换方子罢"。先服黑逍遥散两剂(可临时加减变通)治本,后换归肺(百合)固金汤,可谓标本兼治。正所谓"药对方,一口汤",无须吃得很多,即可痊愈。这是王太医胸有成竹的表现。而张先生说:"林黛玉的病前八十回中曾反复描述,据病因脉症分析,当属'阴虚''痨瘵'。这类疾病随着时间的推移,必然是'阴虚生内热',出现脉细数而不是'弦迟',因其病机系气血虚弱,阴虚火旺,故治疗宜滋阴降火,潜阳安神。"此说是因症推脉,违反了中医诊断"因脉推症"的逻辑顺序,张先生直接推断林黛玉为"痨瘵"似有不妥,因为前八十回从来没有说黛玉是"痨瘵"。假设张先生的推断正确,那么第三回林黛玉自云"会吃饭时便会吃药",难道林黛玉会吃饭时就得了"肺结核"?痨病在古代本是中医认为最严重的病症之一,现代医学将"痨瘵"定名为肺结核,由结核分枝杆菌引起,将其定为乙类传染病。若她真是肺结核,贾母还会将黛玉与自己的命根子宝玉同吃同睡,就不怕"过了病气"?晴雯生病被说成是"痨病"被立马逐出。尤二姐死后,贾琏想把丧事办得体面一些,王熙凤在贾母面前谎称尤二姐是痨病死的,贾母即说:"……谁家的痨病死的孩子不烧了,也认真开丧破土起来。既是二房一场,也是夫妻情分,停五七日,抬出来,或一烧,或乱葬埂上埋了完事。"说明贾府上下对痨病是非常忌讳的。希望张先生的拥趸不要说黛玉是贾母的亲外孙女可以例外。王太医的叔祖王君效"好脉息"（第四十二回），前文突出这一点很好，说明王太医有家学渊源，故此处有王太医诊了脉说"六脉皆弦，因平日郁结所致"，又向紫鹃道："这病时常应头晕，减饮食，多梦，每到五更必醒几次。即日间听见不干自己的事，也必要动气，且多疑多惧。不知者疑为性情乖诞，其实因肝阴亏损，心气衰耗，都是这个病在那里作怪。不知是否？"紫鹃点点头，表示王太医说得对。王太医由"弦迟"脉推知她的本症是"肝阴亏损，心气衰耗"，故开了这样的处方。关于黛玉心气衰耗与第二十八回的描写是有对应的："宝玉道：'太太不知道，林妹妹是内症，先天生的弱，所以禁不住一点风寒，不过吃两剂煎药就好了，散了风寒，还是吃丸药的好。'……宝钗抿着嘴笑道：'想是天王补心丹。'王夫人笑道：'是这个名儿，如今我也胡涂了。'"天王补心丹出自《世医得效方》，是多味药配制而成的丸药，功效是补养心神。王太医是贾府的常客，应该知道林黛玉不仅有肝阴亏损心气衰耗之症，还有相应的肺疾，不然的话，他就不会写成"姑拟黑逍遥以开其先，复用归肺固金以继其后"，肝郁、肺疾（可能是肺炎、肺气肿、支气管哮喘等）一并治。其"柴胡用鳖血拌抄"的妙用以及采用"通因通用，塞因塞用"的反治治则正说明了王太医的医术精湛，是艺高人胆大的典型表现，怎么能说续作者的医药知识贫乏甚至描写错误呢？让我们来看看通行本第三十二回描写黛玉的一段话："况近日每觉神思恍惚，病已渐成，医者更云气弱血亏，恐致劳怯之症。"该处文下对"劳怯之症"的解释是：劳，即痨，中医称肺结核为痨；怯：虚弱。笔者认为此解释有待商榷。"劳"不能解释为"痨"，"劳"是"劳神费力"的"劳"，是消耗的意思。如果解释为"痨"，那就有先入为主的嫌疑，这也许是张先生认为黛玉得的是痨病的原因。

关于黛玉的病，作者在第三十四回也有描写。宝玉叫晴雯送两个旧帕子给黛玉，慧心的黛玉明白了帕子的意思，遂向案上研墨蘸笔，立成题帕三绝句。书中写道："林黛玉还要往下写时，觉得浑身火热，面上作烧，走至镜台揭起锦袱一照，只见腮上通红，自羡压倒桃花，却不知病由此萌。"这里的病正如厦门大学李菁教授所言："它不是前文所说的'劳怯之症'，也不是简单的'相思病'，而是与宝玉一样的'痴病'。"因此，若我们把黛玉的病定性为某种病，那就太狭隘了，违背了曹雪芹人物艺术化表现的初衷。

曹雪芹对医药的描写其实是很高明的。《红楼梦》中相对完整的处方有两个，一是在第十回，二是在上文讨论的第八十三回，这两个处方各有特点，差别明显。第十回中，张友士（曹雪芹戏称他为"太医"，其实就是一个游医）给秦氏诊病，开的方子是：

益气养荣补脾和肝汤

人参（二钱）、白术（二钱、土炒）、云苓（三钱）、熟地（四钱）、归身（二钱、酒洗）、白芍（二钱、土炒）、川芎（钱半）、黄芪（三钱）、香附米（二钱、制）、醋紫胡（八分）、山药（二钱、炒），真阿胶（二钱、蛤粉炒）、延胡索（钱半、酒炒）、炙甘草（八分）。
引用建莲子十粒去心、红枣二枚。

该处方张友士直接写了自拟的处方名——益气养荣补脾和肝汤。

而第八十三回，王太医给黛玉诊病，开的处方却没有在前面直接写处方名。

为什么曹雪芹前后两个处方的写法不一样？为什么张太医只写汤名（自拟）并罗列中药名，而王太医的处方是另一种写法？这显然排除了张先生在一论中所说的"简单的重复和模仿"。其实我们从张友士和王太医的处方之间的区别就能看出这样描写的合理性，正是这种合理性可以初步断定第八十三回也是曹雪芹的遗稿，何以见得？

如前文所述，曹雪芹在王太医为黛玉诊病的这一段描写非常细致，王太医的这个处方是比较完整的。古代名医的处方都十分规范。科班出身的大夫包括太医是不能在自己开出的处方笺上直接写上自拟的方剂名，因为直接写自拟的方剂名是不谦虚的表现，只有"医圣"张仲景、金元四大家的典籍以及朝廷正规医学出版物（如宋代的《太平惠民和剂局方》等）上的固定的方剂（处方）才是后世医家的遵循。所以才有王太医的"姑拟黑逍遥以开其先，复用归肺固金"这种表述。一般来讲太医的处方是非常规范的，四诊都要写在处方上，特别是脉症。《伤寒论》中有一条重要原则就是"观其脉证，知犯何逆，随证治之"。即便是太医也不能保证病人吃了汤药马上就好，完整的处方（医案）可以与复诊时的"四诊"进行比较，以便知患者治疗后病之进退，并为复诊后辨证论治遣方用药提供依据。如已故皖南著名老中医陈召浦先生的处方（书影一）。陈先生师承晚清宫廷游散太医，退休前供职于安徽芜湖中医院。他的处方大都与王太医的类似，相对规范。他给某患者所开的处方是这样写的：

腹痛泄泻，迁延二三年，屡治未见厥功；胸闷气促，惴惴不安；脉濡，舌淡苔白；情志不适即发，食饮不适亦发，且以理中汤以分理阴阳，佐以健脾理气立法。

潞党参 12g、炮姜炭 5g、炒积壳 10g、炙甘草 6g、藿香梗 10g、石昌蒲 10g、薏米 30g、白术炭 12g、茯苓 10g、大贝母 10g

该医案望、闻、问、切，理法方药，辨证施治一应俱全。

又如网络上一份溥仪皇帝的随从御医佟阔泉（1890—1962）的处方（书影二）。佟阔泉是中医世家，其父佟文斌为清太医院统吏。

张　　　女　48　已婚　　咳喘俟辛

腰酸以卄亭，迁延两三年，屡治少见颇功，
胸闷不怪，唞入心为脉痹，去法豆如，其定心
走印长，食欲入足和发，姑以旭中汤以分理阴
阳，佐以健脾阳之立法

炒党参　　地姜荒　　炒松壳

灸甘艸　　麦瓜敦　　沉玄苏

山术荒　　苟米　　茯苓

大田勺

×4

签名：陈召浦　　95　6　21

书影一

北京市积水潭医院中医门诊

有疾据调中舒化湿
香附末　乌药　檀香末
青皮子　厚朴　枳壳末
大栝楼　前胡　杏仁末
生白芍　　　广木香末
柳李　不一个
服二剂
继续再服二剂
一九五〇
二月　日

（1）

书影二

姓名　田

（2）

北京市積水潭醫院中醫科診療方

（3）

北京市積水潭醫院中醫科診療方

（4）

1959年他给患者所开的处方如下：

> 脉渐缓，肝阳较开郁，手足凉亦减，腹胀，有痰。拟调中舒化(立)法。
>
> 香附米(四钱)乌药(四钱)檀香(二钱)青皮子(四钱)厚朴(三钱)
>
> 枳壳(三钱)大瓜蒌(四钱)前胡(三钱)杏仁(三钱)生白芍(三钱)
>
> 当归(三钱)广木香(三钱)郁李仁(一钱)

以上两例处方中均有四诊合参、辨证施治的描写。可见太医(或高明的医家)的处方不是随便开的。有趣的是，佟太医的处方是开一次用二次。患者复诊的时间是1959年2月27日(因患者病有进退，此诊不是初诊)，佟医生盖了一次自己的印章。患者再复诊时佟医生没有重新开处方，只是在原来的处方上写了"继续再服四剂"，这叫效不更方，落款时间是3月30日，又加盖了自己的印章。由此可见笔者前述不虚。

根据小说的描述，张友士这个人不是科班出身，尽管冯紫英在向贾珍推荐时说他"学问最渊博，更兼医理极深"，此处蒙府本有脂批"举荐人的通套多是如此说"，说明张友士徒有虚名，是典型的游方郎中。当问及可卿的病与性命终究有没有妨碍时，他又说了一通套话："人病到这个地位，非一朝一夕的症候，吃了这药也要看缘了。"尽管张友士脉诊辨证在前文中也有交代，其他三诊却没有交代，脉诊辨证也没有写在处方上，处方上只是写了自拟的"益气养荣补脾和肝汤"，并罗列中药名，该方剂名没有出处，因而它是一个不规范的处方。固定的方剂必须有出处，如白虎汤、小承气汤是出自张仲景的《伤寒论》，四君子汤出自《太平惠民和剂局方》，黑逍遥散出自《医略六书·女科指要》卷二十六方，归肺(百合)固金汤出自《医方集解》。曹雪芹这样写是对的,若他将张友士的处方写得像王太医一样规范,就不正常了,这正是曹雪芹医药描写神韵之所在。

三、关于"后四十回的医药描写是对曹雪芹的医药描写的歪曲"的问题

此论中张先生共列举了四个人的病情。一是林黛玉,二是薛宝钗,三是王熙凤,四是贾赦。林黛玉的病理和证治笔者在第二论中已详述,这里只就薛宝钗、王熙凤、贾赦做一略论。薛宝钗是"冷美人",同时也是一个较为健康的女子,除了从胎里带的"热毒"以外,几乎没有什么病。作者如此写只是想表明宝钗太热衷于世俗功名,并非"冷香丸"只治"不过只喘咳些"的病。第九十一回中作者对宝钗这样描写:"到底富家女子娇养惯的心上又急,又苦劳了一会,晚上就发烧。到了明日,汤水都吃不下。……只见宝钗满面通红,身如燔灼,话都不说。……宝钗不能说话,手也不能摇动,眼干鼻塞。叫人请医调治,渐渐苏醒回来。……先是凤姐打发人送十香返魂丹来,随后王夫人又送至宝丹来。……一连治了七八天,终不见效,还是他自己想起冷香丸,吃了三丸,才得病好。"宝钗因劳累过度身上发热,加上胎里带的热毒,可谓雪上加霜。在前期已"请医调治,渐渐苏醒回来"的情况下,因劳发热并勾起旧疾,尽管有凤姐打发人送来的十香返魂丹、王夫人又送至宝丹,体内激发起的"热毒"终不能除。故有"还是他自己想起冷香丸,吃了三丸,才得病好"。肯定了"冷香丸"对薛宝钗这一典型人物的独特作用,并非是对曹雪芹医药描写的歪曲。张先生明明知道"冷香丸"在书中的作用绝不仅仅是丸药,却在这里说"冷香丸治的病'不过只喘咳些'与续书中所述病情风马牛不相及",从而否定了作者这样写

只是一种艺术手法而已。马涛先生在《热毒·冷药·雪中高士——释、道哲学光照下的"冷香丸"及其文化寓意》一文中说:"'冷香丸'的配方原本即为和尚所赠,故此药的佛禅'因缘',颇堪寻味。释典中常将佛喻为'大医王',《杂阿含经》云:'世尊告诸比丘,有四法成就,名曰大医王者,一者善知病,二者善知病源,三者善知病对治,四者善知治病已,当来更不动发。……药方的'冷香幽韵'与佛教的'清凉境界'之间的潜通默应,确实可以触发起我们对小说文本内蕴的多重联想,如果我们忽视了那个缥缈恍惚置身五云之端的'赠药和尚',便极易遮蔽作者通过'冷香丸'而营构出的'形而上'空间及超验的宗教性关怀。"如果我们知道这一层,我们还仅仅把"冷香丸"当作普通的治疗生理疾病的药来体认吗?当然不能。其实,小说中的有些医药描写只是用来渲染某一事件,强化小说人物的情感纠葛,从而增强艺术感染力,并非真正意义上的写实。如第十三回:"宝玉从梦中听说秦氏死了,连忙翻身爬起来,只觉心中似戳了一刀的不忍,哇的一声,直喷出一口血来。"按照小说的描写,秦可卿死时,宝玉不过十二三岁,还是一不太懂事的少年,怎么可能"直喷出一口血来"?如果是利害相关的老年人得到这个消息,因年老体弱"直喷出一口血来"还可以理解。宝玉除了有痴病,平时可没有生过其他什么病,他得知这一消息"直喷出一口血来",是不是也是医学的错误描写呢?尽管甲戌本侧批在此写"宝玉早已看定可继家务事者可卿也,今闻死了,大失所望。急火攻心,焉得不有此血?为玉一叹!",那也只是批者的一厢情愿,毕竟宝玉此时年纪太小。

张先生认为王熙凤在前八十回有"血山崩"一病的描写,后四十回她的病"一忽儿这样,一忽儿那样,直到吐血而亡,再未见到'血山崩'这个痼疾的影子",有悖常理。按照张先生的逻辑,"血山崩"应是不治之症,王熙凤的死一定要与"血山崩"有关,或是直接死于"血山崩"。也就是说一个人年轻时得过"肝病",除意外死亡外,该人一定要死于"肝病",否则就不合理。其实"血山崩"在古代也非不治之症。笔者认为这样的奇谈怪论有悖常识,不能将其作为对"曹雪芹的医药描写的歪曲"的论据。

第一一九回叙述贾赦得病"是感冒风寒引起的,如今竟成了痨病了",等到贾琏"赶到配所,父子相见,痛哭一场,**渐渐的好起来**",张先生认为痨病渐渐好起来使人无法接受。他说:"痨病本是中医认为最严重的病症之一,怎么可能'父子相见,痛哭一场'就好了呢?这类违背医学客观规律的错误描写,续书中并非少数,不能不说是续书的败笔。"痨病在古代是严重的慢性病不假,但作者在此说"渐渐好起来"并非指西医上所说的治愈,只是中医讲的"病之进退"之"退"的意思。其实作者并没有说贾赦的痨病好了,只是说他的病好了一些。该段描写作者的原笔是"且说贾琏先前知道贾赦病重,赶到配所,父子相见,痛哭了一场,渐渐的好起。"(见蒙府本、程甲本)。这里的"好起"在方言中是好些或好一些的意思。父子相见,情绪好转,病情因而有所好转实属正常。程甲本的表述与蒙府本相同,但程乙本则是"……父子相见,痛哭了一场,渐渐的好起来"。"好起"的"起"字是"些"之意,在前八十回的多个章回出现过。如第二十五回:"……见了他老子,就像个避猫鼠儿一样读,都不是你们**这起**小妇调唆的?"第三十六回:"凤姐听了笑道:'是了,是了;倒是你想的不错,只是**这起**人也太不知足。'"庚辰本第八回的"别跟着那些不长进的东西们学"中的"那些"二字,在下藏本、舒序本中均为"那起",似乎也能说明这一问题。一般的读者不知"好起"是什么意思,以为是"好了"或"好起来了"。这就难怪程乙本在重新整理时把它改为"好起来"。张先生也不例外,认为是贾赦的痨病"好了"，遂做出上述错误判断。

综上所述，笔者认为《红楼梦》后四十回的医药描写既不是前八十回的"简单重复和模仿"，也不是"浅薄的病与药的陈述"和"医药描写的错误"，更不是"对曹雪芹的医药描写的歪曲"，而是具有与前八十回同样的神韵。张先生如此说只是想向世人表明《红楼梦》后四十回是他人所续，且是"狗尾续貂"（张爱玲语）。然而在笔者看来，后四十回的描写丝毫不逊色于前八十回。就医药描写而论，如果说有什么不妥那也是前后并存的，毕竟曹雪芹不是科班出身的医生，他能有如此的手笔已经超出了我们的想象，正如有的红学家所言"小说不是医书，不必苛求"。

妙玉原型再探析

　　余英时在《红楼梦的两个世界》这本书的一篇题为《眼前无路想回头》文章中说:妙玉能进入金陵十二钗是因为她与小说主人公贾宝玉有着特殊的情感,不太赞成所谓的"原型说"。著名作家刘心武在《百家讲坛》中就妙玉的身世和原型讲了很多,并通过贾母与妙玉在栊翠庵短短的两次对话就基本判定她的身世与原型——苏州管理茶政的官员家的女儿。网络上一篇题为《〈红楼梦〉中的妙玉究竟是什么身份?》的博文,认为妙玉是康熙朝废太子的女儿,秦可卿这个表面上废太子的女儿只是她的替身。笔者认为此三论太差强人意,难以令人信服。

　　正如刘心武所言,金陵十二钗正册上有十一钗是四大家族的人,或小姐,或媳妇,或孙女、外孙女,唯独妙玉不是贾家的任何亲戚,也与四大家族的另外三家没有任何关系,但她却跻身金陵十二钗正册,且排名第六,其中定有玄机。刘心武这一见解非常独到,对秦可卿身世的解读也十分精彩,然而对妙玉的解读却过于简单,因而也就不能很好地说明他自己的观点。如果妙玉仅仅是苏州管理茶政官员的女儿,那她有什么资格超越薛宝琴而进入金陵十二钗正册呢? 这岂不是自己在否定自己吗?

　　博文中说妙玉是康熙朝废太子的女儿,看上去似乎有道理,若她是废太子的女儿,至少有资格入选金陵十二钗。此论若仔细推敲也是站不住脚的。假设妙玉是废太子的女儿,秦可卿是她的替身,似在秦可卿死后第十四回就该登场,为什么一定要在第十七回元妃省亲前出场？《世难容》曲中"又何须王孙公子叹无缘？"又作何解释？难道废太子的女儿不能嫁"王子王孙"还有必要说明吗？

曹雪芹对妙玉的着墨不是很多，分析起来确实有些难度，如果不细读细究文本，就难以发现其中的奥秘。王希廉在《新评绣像红楼梦全传》（P741）中也质疑过妙玉的身份背景："妙玉父母双亡，不知何姓，其师亦不知姓氏籍贯，又已圆寂。不知其平日用度及珍贵器皿、老嬷丫头，从何得来？实令人可疑。"

不过笔者认为通过文本细读，妙玉的原型是可以确定的，尽管不能明确是某人，但可以确定其类型，最大的可能应是康熙南巡驻跸江宁织造府时曹家敬献的才貌双全的绝色美女。下面就这一观点的理由提出来和大家进行探讨。仁者见仁，智者见智。

一、妙玉首次出场在第十七回至第十八回，是暗出。原文如下：

> 又有林之孝家的来回："采访聘买得十个小尼姑、小道姑都有了，连新做的二十分道袍也有了。外有一个带发修行的，本是苏州人氏，祖上也是读书仕宦之家。因生了这位姑娘自小多病，买了许多替身儿皆不中用，足的这位姑娘亲自入了空门，方才好了，所以带发修行，今年才十八岁，法名妙玉。如今父母俱已亡故，身边只有两个老嬷嬷、一个小丫头服侍。文墨也极通，经文也不用学了，模样儿又极好。因听见'长安'都中有观音遗迹并贝叶遗文，去岁随了师父上来，现在西门外牟尼院住着。他师父极精演先天神数，于去冬圆寂了。妙玉本欲扶灵回乡的，他师父临寂遗言，说他'衣食起居不宜回乡，在此静居，后来自然有你的结果'。所以他竟未回乡"。王夫人不等回完，便说："既这样，我们何不接了他来。"林之孝家的

回道:"接他,他说'侯门公府,必以贵势压人,我再不去的!'"

王夫人笑道:"他既是官宦小姐,自然骄傲些,就下个帖子请他何妨。"林之孝家的答应了出去,命书启相公写帖子去请妙玉。次日遣人备车轿去接等后话,暂且搁过,此时不能表白。

这段描写很值得玩味。首先,妙玉的背景与秦可卿相类似,秦可卿是秦业抱养的,来历不明,如果秦可卿是废太子的女儿,当然不能讲明。妙玉也是如此,如果她是康熙宫外的侍寝女宠,当然也不能明写,只说是苏州人氏,父母双亡。其次,妙玉"带发修行"身边还有两个老嬷嬷及一个小丫头服侍,实在不简单。当年李隆基因喜欢儿子寿王的妃子杨玉环,由高力士安排其到庙里带发修行,然后还俗,李隆基再迎娶她,并封为贵妃,这样就避免了父亲夺儿子宠妾的不道德行为。笔者认为,当时的高力士肯定会安排下人服侍杨贵妃的。同样的道理,妙玉作为康熙的侍寝女宠在庙里有人服侍就不奇怪了。"带发修行"就是取其典故,并切合此事要义。再次,该侍寝女宠是曹家精心安排给康熙的,应该是女人中的极品。故有"文墨也极好,经典也不用学了,模样也极好"。第四,王夫人向来是"一慢,二看,三通过",从不随便表态,可是,这件事林之孝家的还没回完,她就发表意见了,而且还要下请帖备车去请,可见这个人一定是事先安排好的,并能给曹家带来好处。曹寅的母亲是康熙的奶妈,故曹家得了那么多年的荣宠,前后任江宁织造这块肥缺达六十年之久。妙玉进贾府应是贾家(曹家)精心安排的,也是曹寅会来事的一个典型的例子。第五,作者还担心读者不明白,特意说"长安都中有观音遗迹并贝页遗文"。要知道"贝页遗文"不是一般人能看到的,"贝页经文"素有"佛教熊猫"之称。皇家搞到"贝页遗文"提供给她是不奇怪的。第六,引用该段文字的庚辰本第十七回和第十八回没有分开,有的抄本该段是第十七回的结尾。这里却是"暂且搁过,此时不能表白"也很奇怪。一般的章回小说用"暂且不表"或"按下不表",而不用"暂且搁过,此时不能表白",这种语气让人看上去好像有难言之隐,不能明说。作者可谓苦心孤诣。

此外,妙玉在第十七回出场不是偶然的。元妃省亲实际上就是康熙南巡曹家接驾的影射(脂批已言明元妃省亲实圣祖南巡事),故作者安排妙玉在元妃省亲时出场,切合康熙南巡时曹寅安排美女取悦康熙这一封建社会士大夫的传统做法。

二,第四十一回妙玉再次出场,是明出。原文如下:

当下贾母等吃过了茶,又带了刘姥姥至栊翠庵来。妙玉忙接了进去。至院中见花木繁盛,贾母笑道:"到底是她们修行的人,没事常常修理,比别处越发好看。"一面说,一面便往东禅堂来。妙玉笑往里让,贾母道:"我们才都吃了酒肉,你这里头有菩萨,冲了罪过。我们这里坐坐,把你的好茶拿来,我们吃一杯就去了。"妙玉听了,忙去烹了茶来。

宝玉留神看他是怎么行事。只见妙玉自捧了一个海棠花式雕漆填金云龙献寿的小茶盘,里面放一个成窑五彩小盖钟,捧与贾母。贾母道:"我不吃六安茶。"妙玉笑说:"知道。这是'老君眉'。"贾母接了,又问是什么水。妙玉道:"是旧年蠲的雨水。"贾母便吃了半盏,便笑着递与刘姥姥说:"你尝尝这个茶。"刘姥姥便一口吃尽,笑道:"好是好,就是淡些,再熬浓些更好了。"贾母众人都笑起来。然后众人都是一色的官窑脱胎填白盖碗。

那妙玉便把宝钗和黛玉的衣襟一拉,二人随他出去。宝玉悄悄的随后跟了来。只见妙玉让他二人在耳房内,宝钗便坐在榻上,黛玉便坐在妙玉的蒲团上。妙玉自向风炉上煽滚了水,另泡了一壶茶。宝玉便走了进来,笑道:"偏你们吃梯己茶呢。"二人都笑道:"你又赶来饮茶吃。这里并没有你的。"妙玉刚要去取杯,只见道婆收了上面茶盏来。妙玉忙命:"将那成窑的茶杯别收了,搁在外头去罢。"宝玉会意,知为刘姥姥吃了,他嫌脏不要了。

又见妙玉另拿出两只杯来。一个旁边有一耳,杯上镌着"瓟瓟斝"三个隶字,后有一行小真字是"晋王恺珍玩";又有"宋元丰五年四月眉山苏轼见于秘府"一行小字。妙玉便斟了一斝,递与宝钗。那一只形似钵而小,也有三个垂珠篆字,镌着"点犀盉"。妙玉斟了一盉与黛玉,仍将前番自己常日吃茶的那只绿玉斗来斟与宝玉。

宝玉笑道:"常言'世法平等',他两个就用那样的古玩奇珍,我就是个俗器了。"妙玉道:"这是俗器?不是我说狂话,只怕你家里未必找的出这么一个俗器来呢。"宝玉笑道:"俗语说'随乡入乡',到了你这里,自然把那金玉珠宝一概贬为俗器了。"妙玉听如此说,十分欢喜,遂又寻出一只九曲十环一百二十节蟠虬整雕竹根的一个大盉(hai 音)出来,笑道:"就剩了这一个,你可吃的了这一海?"宝玉喜的忙道:"吃的了!"妙玉笑道:"你虽吃的了,也没这些茶糟蹋。岂不闻'一杯为品,二杯即是解渴的蠢物,三杯便是饮牛饮骡了'。你吃这一海便成什么?"说的宝钗、黛玉、宝玉都笑了。妙玉执壶,只向海内斟了约有一杯。宝玉细细吃了,果觉轻浮无比,赏赞不绝。妙玉正色道:"你这遭吃茶是托他两个的福,独你来了我是不能给你吃的。"宝玉笑道:"我深知道的,我也不领你的情,只谢他二人便是了。"妙玉听了,方说:"这话明白。"

黛玉因问:"这也是旧年的雨水?"妙玉冷笑道:"你这么

个人，竟是大俗人，连水也尝不出来！这是五年前我在玄墓蟠香寺住着，收的梅花上的雪，共得了那一鬼脸青的花瓮一瓮，总舍不得吃，埋在地下，今年夏天才开了。我只吃过一回，这是第二回了。你怎么尝不出来？隔年蠲的雨水那有这样轻浮，如何吃得。"黛玉知他天性怪癖，不好多话，亦不好多坐，吃完茶，便约着宝钗走出来。

这一段也值得细细推敲。首先，妙玉带发修行，有那么多的古玩奇珍在栊翠庵，诸如"瓠瓟斝"（又有二行小真字）"点犀盉""绿玉斗""成窑五彩小盖盅""官窑脱胎填白盖碗""鬼脸青"。这一点非常奇怪。特别是在宝玉讲妙玉给他绿玉斗是个俗物时，妙玉的表现让人震惊，妙玉说："不是我说狂话，只怕你家里未必找得出这么一个俗器来呢。"贾府是什么人家？"贾不假，白玉为堂金作马。"真正是鲜花着锦、烈火烹油，仅次于皇室，他家都拿不出"这么一个俗器"，表明她的来历和身份非同一般，应是准皇室的人，只有这些珍奇古玩才能和她的身份地位相称。其次，玄墓山是苏州的一座山，康熙南巡时曾两次驻跸在此，作者写妙玉曾在"玄墓蟠香寺"修行是有深意的，是在提醒读者妙玉原型与康熙不一般的关系。第三，"蟠香寺"在苏州玄墓山，事实上玄墓山上没有蟠香寺，蟠香寺是作者虚构的。"蟠"是形容龙盘伏状态。"蟠虬整雕竹根"是雕龙盘伏在竹根上的意思，还有"雕漆填金云龙献寿的小茶盘"，在我国古代，除皇帝外，龙是禁忌，任何人逾制使用是要灭九族的。龙是天子的象征，有龙纹的这些东西要么是皇宫里用的，要么是皇上赐给特别亲近的人。贾府就有皇家赐的"赤金九龙青地大匾"，一般人是不能用也得不到这些东西。上海的豫园有五处龙墙，分别是卧龙、穿龙、二龙戏珠和睡龙。据说当年由于这几处龙墙，潘家险些招致杀身之祸。由于豫园建得太奢华了，招致别人的嫉妒,于是有人就跑到皇帝那里去打小报告。皇帝听后龙颜大怒,于是就决定派专人去调查。好在潘恩和潘允端在朝当官时结交了一些好朋友,他的朋友派人快马加鞭赶在调查人员之前先到了潘家。潘允端闻讯大惊失色、惊恐万分,不过他还是急中生智,马上派人把龙墙上龙爪去掉了两个,等调查人员来到,去现场勘查时,潘允端说我建的根本就不是龙,而是三爪的蟒。调查人员在豫园内转了一圈,看到的确实都是三爪的蟒,于是就回京复命去了,潘家为此逃过了一劫。这个故事说明,在我国古代龙的图案是不能随便使用的。由此可见妙玉可不是一般的人。

如果妙玉是一般的出家人,她就不会在宝玉幽默(宝玉接了,又道:"等我们出去了,我叫几个小幺儿来河里打几桶水来洗地如何?")之后讲出有分别相的话——这更好了。只是你嘱咐他们,抬了水,只搁在山门外头墙根下,别进门来。一个修行尼姑竟说出这样的话,岂有此理。

三、第六十三回妙玉第三次出场,又是暗出。原文如下:

> 想罢,袖了贴儿,径来寻黛玉。刚过了沁芳亭,忽见岫烟颤颤巍巍的迎面走来。宝玉忙问:"姐姐那里去?"岫烟笑道:"我找妙玉说话。"宝玉听了诧异,说道:"他为人孤癖,不合时宜,万人不入他目,原来他推重姐姐,竟知姐姐不是我们一流俗人。"岫烟笑道:"他也未必真心重我,但我和他做过十年的邻居,只一墙之隔。他在蟠香寺修炼,我家原寒素,赁房居住,就赁的是他庙里的房子,住了十年,无事到他庙里去作伴。我所认得的字都是承他所授。我和他又是贫贱之交又有半师之分。因我们投亲去了,闻得他因不合时宜,权贵不容,竟投到这里来。如今又天缘凑合,我们得遇,旧情竟未易。承他青目,更胜当日。"

宝玉听了,恍如听了焦雷一般,喜的笑道:"怪道姐姐举止言谈,超然如野鹤闲云,原来有本而来……"

此段中"宝玉听了,恍如听了焦雷一般"很奇特。类似这样的情况在第十三回、第二十六回、第五十七回有出现:

第十三回:"宝玉从梦中听说秦氏死了,连忙翻身爬起来,只觉心中似戳了一刀似的,不觉的哇的一声,直喷出一口血来。"

第二十六回:"袭人来说:'老爷叫你,'宝玉不觉打了焦雷一般。"

第五十七回:"紫娟骗宝玉(黛玉)要回苏州,宝玉听了,便如头顶上响了一个焦雷一般。"

第十三回有这样的表现可能有两层意思,一是秦氏与宝玉有不一般的情感;二是如刘心武先生所言,秦氏原型是废太子的女儿,她的死对贾(曹)家有重要的影响。第二十六回如此,是因为贾政是儒家正统的代表,宝玉对仕途经济非常反感,同时宝玉最怕父亲,故有此反应。第五十七回如此,是因为宝玉与黛玉有前世的姻缘(仙缘),他们俩已经心心相印,听说她要回苏州,故有此反应不足为怪。回到第六十三回,该段中的表现说明妙玉不是一般的人。如果妙玉原型身份真如笔者所言,岫烟知道是不妥当的。为保密起见,这种事知道的人越少越好,所以宝玉感到特别的惊讶。如果岫烟与妙玉(康熙的女人)的关系确如岫烟所言,贾家之前对岫烟的安排就非常的不妥,对跟类似于皇妃的妙玉有如此关系的人没有做出适当的安排和照顾,宝玉也感到十分的不安。这就是岫烟尽管寒素后来能成为薛蝌的妻室,而李绮、李纹则不能的重要原因。薛宝钗最后要掌管这个家,她必须有世俗的考量,尽管她不能挽狂澜于既倒。

此段中的宝玉还说:"……不合时宜,万人不入他的目。"孤傲应该有资本,如果他是康熙的侍寝女宠,当然"万人不入他的目"。又因妙玉是宫外的侍寝女宠,在世俗看来是"不合时宜"的,你要么在社会上嫁人,要么进宫为妃,在宫外当侍寝女宠算哪门子道理,权贵是世俗秩序的代表,故"权贵不容",尽管她"气质美如兰,才华馥比仙"。

四、第一一三回有这样一段描写:"且说栊翠庵原是贾府的地址,因盖省亲园子,将那庵圈在里头,向来食用香火并不动贾府的钱粮。"

妙玉是贾府下帖子请来的,为何不动用贾府的钱粮?为迎接元妃省亲,贾家花钱采买了小戏子,贾芹每月还要给水月庵的尼僧去送月例。妙玉是贾家请来的,却不用贾家的使费,说明她的生活用度早有安排,抑或是皇上的亲信将这一项经费按照惯例事先给了贾家(曹家),故"不动用贾府的钱粮"。

五、第七十二回,妙玉在中秋夜与黛玉、湘云联诗,三十五韵中,黛玉和湘云总共联了二十二韵,妙玉一人连续联了十三韵,表明她的"文墨极通"。常山之蛇,呼应前文。

该十三韵中有如下二韵:"石奇神鬼搏,木怪虎狼蹲。赑屃朝光透,罘罳晓露屯。"虽说前一韵表面上看是写大观园奇石怪树,实际上很可能是写朝廷的内部斗争,又因为"赑屃"是龙之子,龙子(象征先皇之子)一般在皇宫内,同时"罘罳"(是宫殿城墙四角上的小楼)也暗示皇宫。这些都与笔者的推测紧密相关,妙玉的诗有这样的格局表明她非同一般。

六、宁荣两府许多的淫乱之徒对妙玉敬而远之,除了不知天高地厚的盗匪外,无人敢染指。

贾珍与贾蓉和尤二姐有聚麀之诮,贾珍与贾蓉的老婆乱伦(俗称"爬灰");贾琏与多姑娘、鲍二家的,包括和父亲贾赦的小妾乱搞;贾赦逼娶鸳鸯不成,花钱在外买了一个小丫头做妾,是个老色鬼;贾瑞垂涎王熙凤,虽是癞蛤蟆想吃天鹅肉,但他毕竟迈出了一步,他不仅有贼心还有贼胆。读者可能会说妙玉是出家人,他们不便做这样的事。但读者若知道贾芹在水月庵干了什么,就不会有这样的疑问。秦钟在铁槛寺与智能儿就更不用说了。第九十三回有"'西贝草斤'年纪轻,水月庵里管尼僧,一个男人多少女,窝娼聚赌是陶情,不肖子弟来办事,荣国府内好声名"。荣府里的一个小蛤蜊(贾芹)都敢干这样的事,贾珍、贾琏对栊翠庵中绝色的妙玉焉有不垂涎的?可是他们就是不敢碰,因为妙玉原型是皇上的女人。尽管后来皇上不能(或无法)娶她,她也不能再嫁,即便是"王孙公子"也不能嫁。所以才有《世难容》曲中的"又何须王孙公子叹无缘"的深深哀叹。

七、妙玉在金陵十二钗正册中排名第六有深意。作者曹雪芹没有将元妃排在第一,而是排在第三,若说林薛是小说的女主人公排在前面也就罢了,但王熙凤与迎、惜二春却屈居妙玉之后,这着实让人难以理解。但如果我们知道作者隐含的深意,就会茅塞顿开。《易·系辞》以奇偶分天数、地数,其中一、三、五、七、九,五个奇数为天数;二、四、六、八、十,五个偶数为地数。同时《易经》中又称九为老阳之数,六为老阴之数。而五与六两数在《河图》《洛书》中又占有重要的位置。张景岳在《类经图翼·气数统论中》引用邵雍的话说:"天地之本起于中,夫数之中者,五与六也。五居一三七九之中,故曰五居天中,为生数之主。"张景岳又说:"六居二四八十中,故曰六居地中,为成数之主。"(参见《周易与中药学》)皇帝是天子,九五之尊。妙玉排在金陵十二钗第六,六居地中,天为尊,地为母。这样一来作者的用意就非常明确了。它隐含妙玉是曹家在江南为康熙提供的女宠原型。妙玉排第六是作者有意为之。

八、耶稣会士白晋在《康熙帝传》中说:"几年前,皇帝到南京巡视该省,人们以**惯例**进献了七个美女。他连看都不看一眼,拒不接受。"白晋这样写,是为了勾勒康熙"圣君"形象,但康熙私下的生活,我们能从康熙皇帝的有关御批中看出一些端倪。

1707 年,康熙帝南巡至苏州时,尝命近臣王鸿绪调查骗买苏州女子一事,在三月十七日的密封御批中这样写道:"前岁南巡,有许多不肖之人骗苏州女子,朕到家里方知。今年又恐有如此行者,尔细细打听,凡有这等事,亲手密密写来奏闻,此事再不可令人知道,尔即不便矣。"(援引黄一农《二重奏:红学与清史的对话》)康熙朝当权阶层广纳江南美女的风气乃以皇帝为始作俑者,以致康熙南巡时地方官向其进献美女成了"惯例"。其实我们从康熙帝南巡的频次也能看出一些玄机。康熙帝南巡共六次:第一次南巡 1684 年;第二次南巡 1689 年;第三次南巡 1699 年;第四次南巡 1702 年,行至德州,因太子患病,中途回銮,1703 年成行并驻跸江宁织造;第五次南巡 1705 年;第六次南巡 1707 年驻跸江宁织造署四天。康熙帝南巡,前两次相隔五或十年,后四次每隔二至三年就一次,也太频繁了,不能不激起人们的想象,因为爱江山更爱美人是古代帝王的共同特征。

《红楼梦》中人物的原型说向来为红学家所诟病,笔者在此讨论妙玉的原型,也算是冒天下之大不韪了。但小说作为艺术作品是有现实背景的,原型说总不能一棍子打死。正如洪涛先生在《幻笔的艺术:〈红楼梦〉"金陵省"与"所指优势"释出的要旨》中所说:"小说家写作时当然可以参照'原型'来运笔,但是,小说家表达的信息更具广泛意义。"至于此处的"更广泛的意义"只能有俟高明。

综上所述,妙玉尽管不是贾家亲戚,但仍能进入金陵十二钗,这是由她的原型身份和地位所决定的。另"1684 年孙氏(曹寅的母

229

亲)的丈夫辞世,康熙亲自登门吊慰。1699 年,康熙第三次南巡,也特别召见孙氏。孙氏觐见康熙时,康熙脱口说出:'此吾家老人也。'"(援引《曹寅与康熙》),更说明康熙与曹家非同一般。曹寅家虽是奴才,但康熙视他们为一家人。康熙的女人列入金陵十二钗应该没有疑问,足见曹雪芹之良苦用心。

试释"奈邦"为"那般"

通行本《红楼梦》第三十七回有这样一句话："宝钗道：'我平生最不喜限韵的，分明有好诗，何苦为韵所缚。咱们别学那小家派，只出题不拘韵。原为大家偶得了好句取乐，并不为此而难人。'"但是文本在"为此而难人"处做了校记："为此而难人"，原作"为**奈邦**难人"，己卯本、杨藏本、蒙府本同。戚序本作"为那些难人"，舒本作"奈那难人"。从甲辰本改。

也就是说，庚辰本原来的"不为**奈邦**难人"被通行本的整理者参照甲辰本改成了"不为此而难人"。到底是"不为此而难人"是曹公的原笔，还是"不为**奈邦**难人"是曹公的原笔？这里有必要做一讨论。

《红楼梦》文本中有吴语（方言）。对照《吴方言词典》，我们可以举很多例子。如：早起（早晨）、猴（向上爬）、旧年（去年）、对过（对面）、不犯着（犯不着）、不受用（不舒服或生病）等等。

北京大学教授陈熙中在《"割聘"试释——读红零札》一文中就庚辰本第十六回"下姑苏割聘教习"中的"割聘"一词进行了辨析。通行本（同上。该本以庚辰本为底本整理）后文的校记——"下姑苏聘请教习"，原作"下姑苏割聘教习"，"割"字点去，"请"为旁添，从底本改文。陈先生从吴语的角度，运用了大量的例证，论述了"割聘"才是曹公的原笔。笔者的原籍（安徽无为）及现工作地（安徽宣城）很多人（包括笔者本人）依然将"合伙"说成"割伙"。陈先生的论述有理有据。

231

顺着这一思路,对照吴语,笔者认为通行本第三十七回的这句话,庚辰本的原文就是曹公的原笔,无须从甲辰本改动,只需在文本下方注明"奈邦"即"那般"即可。"不为**奈邦**难人"中的"奈邦"是经典的吴语(方言)表达。"奈邦"是"那般"的近音字,"不为**奈邦**难人"即是"不为**那般**难人"的意思。方言中"那"字常常读"奈"或"耐"字音。《吴方言词典》中"倪子(同'伲子')"词条有《海上花列传》第六回:"雪香也笑道:'耐是我倪子哂!,阿是要管耐个嘎?'"该句的意思是"那是我的孩子,你要帮我多管着点。""奈"和"耐"是同音字。蒙府本第五十八回(P2246)有"不好叫他,恐人盘诘,只得**奈着**"(程甲本同,P1580)。应该说这里的"奈"字表达是不准确的,庚辰本中"耐着"才是准确的,说明"耐"常常因曹公的书写习惯被同音字"奈"字代替。吴语地区类似的表达有:耐(奈)个东西!他嘴上讲得好听,其实不是好东西;耐(奈)邦人不是好人。因此通行本据甲辰本将原来的"为**奈邦**难人"改成"并不为此而难人"是有待商榷的。

　　其实,方言一开始是有音无字的。如方言"一陡"(音),在《吴方言词典》中有"伊笃"条,不知此"伊笃"与彼"一陡"是不是同一个吴方言词汇,如果是,词典的解释就有待商榷。《吴方言词典》"伊笃"条中把它解释为"他们",同时举了两个例子。一是长篇叙事吴歌《五姑娘》第五章四:"要说到徐阿天和五姑娘,**伊笃**在那洞庭西山日脚过得蜜样甜。"二是《垦春泥》(1982年第7期):"当年刘备多亏关公、张飞来帮衬,**伊笃**舍了身家性命,一心保牢阿哥早日登基做皇帝。"从这两例来看,它们应该是一个方言词汇。但是把他解释为"他们"却较为不妥。方言"**伊笃**"或"**一陡**"应该是一起或全部的意思,而不是"他们"的意思。如:你有号召力,他们**伊笃**(或"一陡")来了;今天下雨,他们一陡都不在。因为前两例都出现了具体的"关公张飞""徐阿天和五姑娘"人物,所以作者省略了"他们",词典的编著者以为"伊笃"是"他们"的意思,其实不然。

方言辨识和解释确实有一些难度,因为一个区域方言的语音就有很多种。崔盈科在《山西闻喜县之方言》一文中写道:

> 山西峻岭重迭,交通极难,故在方言上,真是县与县殊;即在一县之内,岭上岭下,亦形为种种之不同。就大体区分:河东雁门区域,虽南北千余里,语言尚觉相近。惟太原潞安两属方言,差别特甚。闻喜县即春秋时曲沃之一部分,旧为平阳府绛州属县之一,现为河东道之属县。县境北为原地,南界中条山山脉,涑水东来,稷山西峙。涑水河一带,水井深度,仅十余尺,愈北愈深,有深度一百几十尺至二百余尺者,故闻喜一县之语音,至少也须区分为东西南北中五种。(1929年《国立中山大学语言历史研究所周刊》,第9集第106期)

从这一段话来看,方言的复杂性可想而知。要想准确把握方言的意思,除了语音以外,还要考虑语境,不同的语境表达的意思是不一样的。如《吴方言词典中》中"死"字条是这样解释的:"走(骂人的话)。胡考《上海滩》:'你到还会死进我的门的?'又如:一日到夜死出去,勿晓得勒做啥。"其实在方言中"死"就是骂人的话,不一定就是走的意思。如:你死在这里干什么?你个死东西!这两例句中"死"字不用完全能讲得通,哪里有走的意思。这样的例子在《红楼梦》文本中也能找到。如己卯本第六十一回(P1009)"司棋又打发人来催莲花儿,说他死在这里,怎么就不回去"。因而《吴方言词典》只能在研究中做参考,不能奉为圭臬,因为《红楼梦》中很多吴方言在词典中都找不到。如"几早起"(几天的意思。参看杨藏本第四十回,P468)。研究吴方言还是要多接地气,多多开展实地调查,不能仅仅从书本中找例证。

曹雪芹大约在十三四岁离开金陵的，他的乡音已经形成，因此，研究《红楼梦》一定要重视明清时代江南省的区域文化，更要重视接地气的吴方言，包括江淮方言。这样，可以更多还原曹雪芹的原笔，感受活泼灵动的语言魅力。

通行本第六十回一处文字重新校勘须谨慎

——与石问之先生商榷

石问之先生在 2021 年《曹雪芹研究》第 3 期上发表了《〈红楼梦〉第六十回中一处有待重新校勘的文字》一文。他认为以庚辰本为底本校勘的通行本《红楼梦》第六十回有一段文字存在较大的问题。

石先生列举的一段文字如下：

前言少述，且说当下芳官回至怡红院中，回复了宝玉。宝玉正在听见赵姨娘厮吵，心中自是不悦，说又不是，不说又不是，只得等吵完了，打听着探春劝了他去后方从蘅芜苑回来，劝了芳官一阵，方大家安妥。今见他回来，又说还要些玫瑰露与柳五儿吃去。

石先生认为这段文字存在三个方面的问题：一是文字转承突兀；二是语句不通；三是交代不清。鉴于此，他提出了自己的校勘方案。兹录如下：

前言少述，且说当下芳官回至怡红院中，回复了宝玉。却说宝玉正在<u>与宝钗、黛玉说闲话</u>听见赵姨娘厮吵，心中自是不悦，说又不是，不说又不是，只得等吵完了，打听着探春劝了他去后方从蘅芜苑回来，劝了芳官一阵，方大家安妥，<u>因使他到厨房说话去</u>。

笔者认为石先生所列举的一段话以及校勘方案是有待商榷的。

首先,列举的这段话有问题。因为"今见他回来,又说还要些玫瑰露与柳五儿吃去"这句话与前一段话是两层意思。如果将"今见他回来,又说还要些玫瑰露与柳五儿吃去"列进去,就应该将后面的一段话,即"宝玉忙道:'有的,我又不大吃,你都给他去罢!'说着,命袭人取了出来,见瓶中也不多,便连瓶与了他"也应该列进去,这样读者理解起来,可能更容易一些。如果后一段话不列入的话,那石先生的校勘加上去的"因使他到厨房说话去"让人感觉是对"今见他回来,又说还要些玫瑰露与柳五儿吃去"的勘误。其实不是这么回事。尽管他在论文中列举甲辰本、戚序本、程高本文字时,未将"今见他回来,又说还要些玫瑰露与柳五儿吃去"列入。但无论是戚序本、甲辰本、俄藏本、杨藏本还是程高本,后面的"今见他回来,又说还要些玫瑰露与柳五儿吃去。宝玉忙道:'有的,我又不大吃,你都给他去罢!'说着,命袭人取了出来,见瓶中也不多,便连瓶与了他"都是存在的。石先生的本意应该不是用"因使他到厨房说话去"对"今见他回来,又说还要些玫瑰露与柳五儿吃去"进行勘误。正如石先生所言,本来这段话就较难理解,这样一来会造成新的误会。

其次,列举的杨藏本文字似乎有些草率。文中列举的文字是:

> 前言少述,且说当下芳官回至怡红院中,回复了宝玉。宝玉正为听见赵姨娘厮吵,心中自是不悦,说又不是,不说又不是,只得等吵完了,打听着探春劝了他去后方回来,劝了芳官一阵,大家安妥。

笔者认为既然是讨论,哪怕是一个字都要深究。其实杨藏本的这段话原抄是:

> 前言少述,且说当下芳官回至怡红院中,回复了宝玉。宝玉正**在**听见赵姨娘**厮**吵,心中**自**是不悦,说又不是,不说又不

236

是，只得等吵完了，打听着探春劝了他去后方回来，劝了芳官一阵，大家安妥。

抄手或收藏者或借阅者或整理者认为不妥，遂将该段话中的"在"字改成"为"字，并将"听见""自是"圈掉，同时将"厮吵"改为"吵闹"；"回"字作常规的点改，改"回"为"又"；"大家安妥"四字被竖线画掉，旁改为"因使他到厨房说话去"。（见书影）

再次，根据石先生的校勘，该段话中的"宝玉正在"仅被理解为"正在与宝钗、黛玉等说闲话"，宝玉在蘅芜苑"与宝钗、黛玉等说闲话"，这只是一种可能性，给人想象的空间太小。若理解为"宝玉正在蘅芜苑"，只交代地点，不提干什么，那让人想象的空间就更大了。宝玉在蘅芜苑可以是"与宝钗、黛玉说闲话"，也可以是"与宝钗、黛玉对诗文"等。总之校勘为"宝玉正在**与宝钗、黛玉等说闲话**"实在辞难达意。这里省去"蘅芜苑"，是汉语中的蒙后省略。句尾"因使他到厨房说话去"当是受了程高本的影响，因为加上这句话根本解决不了其所提出的三个问题。从大概率上讲，多数有八十回的脂本，该段文字都没有这句话，可见"因使他到厨房说话去"是后人的妄加。

第四，交代不清也是无稽之谈。石先生认为芳官与柳家媳妇之间的内容，从行文方式上看，属于倒叙内容。然细读后当知此处不是倒叙内容，是正常的叙事。倒是"赵姨娘大闹怡红院，探春衡情揆理说服了赵姨娘回家去了"是插叙内容。如果没有"赵姨娘大闹怡红院，探春衡情揆理说服了赵姨娘回家去了"这一出，它的叙事顺序就是：

宝玉得知黛玉在蘅芜苑，他去了蘅芜苑。宝玉临走前嘱咐芳官到厨房要柳嫂子为其准备晚饭的素菜。芳官到了厨房后说明来意，同时关心地问了柳五儿吃了玫瑰露是否好些，当柳家的说"可

杨藏本第六十回（P708—709）

不都吃了。他爱的什么似的,又不好问你再要的"。芳官主动说:
"不值什么,等我再要些来给他就是了。"然后宝玉从蘅芜苑回,芳
官从厨房回。芳官回复宝玉晚饭的素菜安排好了,同时想为柳五
儿要一点玫瑰露,因为他吃了玫瑰露好多了。(没有插叙内容宝玉
与芳官谁先回、谁后回不得而知)

　　有上面一段"赵姨娘大闹怡红院,探春衡情揆理说服了赵姨
娘回家去了"的插叙内容,再加上"宝玉正在听见赵姨娘厮吵,心
中自是不悦,说又不是,不说又不是,只得等吵完了,打听着探春
劝了他去后方从蘅芜苑回来"追叙内容,它的叙事顺序就变为:

　　宝玉得知黛玉在蘅芜苑,他去了蘅芜苑。宝玉临走前嘱咐芳
官到厨房要柳嫂子为其准备晚饭的素菜。(<u>赵姨娘来到怡红院,因
蔷薇硝之事与芳官吵闹,探春等得知后,来劝赵姨娘,衡情揆理说
服了赵姨娘回家去了。芳官虽受委屈,但没有忘记宝玉临走时的
嘱咐,去了厨房。</u>)芳官到了厨房后说明来意,同时关心的问了柳
五儿吃了玫瑰露是否好些(<u>顺便也把和那"赵不死的闹了一场"的
事告诉了柳家的</u>),当柳家的说"可不都吃了。他爱的什么似的,又
不好问你再要的。"芳官主动说:"不值什么,等我再要些来给他就
是了。"(<u>宝玉原本早回,但听见赵姨娘在怡红院吵闹,不便回,得
知探春等劝了赵姨娘走后才决定回</u>)然后宝玉从蘅芜苑回,芳官
从厨房回。芳官回复宝玉晚饭的素菜安排好了,同时想为柳五儿
要一点玫瑰露,因为他吃了玫瑰露好多了。(<u>也一并报告了今天所
受的委屈。宝玉等劝慰芳官,大家安妥。</u>)

　　有了这一插叙,芳官事后再到厨房去办事,同时与柳家的说了
一回话,宝玉得知赵姨娘离开怡红院,就回来了,可能比芳官早回。

　　由此看来石先生所说的正常叙事顺序是有待商榷的。

　　顺着笔者所讲的叙事顺序,这段文字应不难理解,有关细节

前文都有照应。笔者认为此段话应是曹雪芹的原笔。石先生认为这一段话有问题，可能是没有太多在意曹雪芹的语言特色，如果他知道曹雪芹的语言特色，就不会如此辩难。通行本在校勘过程中保留了原貌，实属难能可贵。因为该通行本前八十回就是以庚辰本为底稿的，忠实原稿是校勘的基本原则，不能因为一时难以理解就妄改一气，更不能用现代汉语的标准来衡量。

笔者在阅读《红楼梦》时，发现曹雪芹有词（语）序颠倒和口语化省略等语言特色。如果我们用这两个语言特色对这一段话进行观照，那么问题就迎刃而解了。

先让我们举几个词（语）序颠倒的例子。

第六十八回（P946）："你又没才干，**又没口齿，锯了嘴的葫芦**，就只会一味瞎小心图贤良的名儿。"

这里的"**又没口齿，锯了嘴的葫芦**"是倒置式歇后语（《红楼梦学刊》2017年5期，《〈红楼梦〉歇后语体式的篇章功能解析》，马春华，P297），在书面语中应是"**锯了嘴的葫芦——没口齿**"。

第七十一回（P985）："**求太太——我那亲家娘也是七八十岁的老婆子——和二奶奶说声**，饶他这一次吧。"

这句话的本来意思是："**求太太和二奶奶说声，我那亲家娘也是七八十岁的老婆子，饶他这一次吧。**"因为是口语的缘故，语序颠倒了。

第八十八回（P1240）：那秋桐本来不顺凤姐，后来贾琏因尤二姐之事，不大爱惜她了，凤姐又笼络她，如今倒也安静，只是心里比平儿差多了，**外面情儿**。今见凤姐不受用，只得端上茶来。凤姐喝了一口，道："难为你，睡去罢，只留平儿在这里就够了。"

这里的"**外面情儿**"应在"不受用"后面，是语序颠倒。"**外面情儿**"即南方的俗语"外面场要顾"，此语与"家丑不可外扬"相近。因而"外面情儿"后的句号应在该词的前面。意即:今见凤姐不受用,(秋桐)为了顾及外面场,只得端上茶来。

第九十七回(P1339—1340):"李纨正在那里给贾兰改诗,**冒冒失失的见一个丫头**进来回说:'大奶奶,只怕林姑娘好不了,那里都哭呢。'"

这个冒冒失失的人是特指的那个丫头,而不是李纨。因此这里的"**冒冒失失的见一个丫头**"在书面语言中应是"**见一个丫头冒冒失失的**"或"**见一个冒冒失失的丫头**"。

其实口语化词(语)序颠倒在现代作家的小说中也常见。如贾平凹先生的小说《废都》:"……她比我鲜嫩,你怕以后就不需要我了!""**你怕以后就不需要我了!**"这一句正常的表达语序应是"**怕(是)以后你就不需要我了!**"

很明显,根据语序颠倒这一语言特色,第六十回的这段话,第一步可以这么看:

前言少述,**且说**——当下芳官回至怡红院中,回复了宝玉——宝玉正在听见赵姨娘厮吵,心中自是不悦,说又不是,不说又不是,只得等吵完了,打听着探春劝了他去后方从蘅芜苑回来。劝了芳官一阵,方大家安妥。

用双破折号将这句话分开,很像通行本第七十一回"**求太太**——我那亲家娘也是七八十岁的老婆子——**和二奶奶说声**,饶他这一次吧"的表述情形。

再让我们举几个口语化省略的句子。

一、蒙府本第八十三回(P3260):"凤姐点头儿,因叫平儿称了几两银子,递给周瑞家的接道,():'你先拿去交给紫鹃……'"

该句括号处是对话省略方式,省略了括号处的"并说或说道"。大家普遍认为"接道"的"道"是说的意思,蒙府本文本中也将

"接"字做了点笔处理,(见本书P93书影)其实这样处理是错误的。"接道"是"接着"的意思。此处的"道"并非说的意思。"道"有时也写成同音字"到"。因口语省略(对话省略),"你先拿去交给紫鹃……"前没有"说"和"道"作为转接的词,故后人认为这里的"道"就是说的意思,所以将"接"字点去。该句的正常表达是"凤姐点头儿,因叫平儿称了几两银子,递给周瑞家的**接着**,(并说:)'你先拿去交给紫鹃……'"该词在《吴方言词典》《例释》虽均没有例证,但《红楼梦》中吴方言和江淮方言的广泛使用,说明曹公有毋庸置疑的南方方言基础,因而此处的地方语言应该引起高度重视。关于口语省略"道"字,蒙府本中多处可见。如第八回(P315):"李嬷嬷因吩咐小丫头们:'你们在这里小心着,我家去换了衣服就来。'"该例已卯本、庚辰本均在"小丫头们"后添加"道"。其实不用加,也如蒙府本第八十三回例子中"接道"后省略"道或说"一样。

由于方言"接道"的"道"具有代表性,文本前后多次出现,并因不被理解而多有被点改的现象,故有必要对此重点申说,如:

蒙府本第五十一回(P1968):"麝月慌慌张张的笑道进来说道:'吓我一跳好的……'"该句中"笑道"的"道"字被圈掉了。其实这里的"笑道"是笑着的意思;第七十三回(P2847):"邢夫人听了,冷笑道命人出去说:'请他自去养病,我这里不用他伺候。'"很幸运,该句的"道"字没有被点改或圈掉,得以保留;第七十六回(P2978):"贾母笑道:'果然好听么?'众(人)**笑道道**:'实在可听,我们也想不到这样……'""众(人)笑道道"就是"众(人)笑着道",后人或收藏者不知"道道"为何意,将此处的第二个"道"字点掉了。

以上例证表明,笔者所说的蒙府本第八十三回中"道"字是着的意思之言不谬。因而此处的口语省略是成立的。

242

二、庚辰本第八回："贾府上上下下都是一双富贵眼睛。容易拿不出来。儿子的终身大事,说不得东拼西凑的恭恭敬敬的封了二十四两贽见礼,亲身带了秦钟代儒家拜见了。"己卯本的表述与庚辰本同。

该句乍一看好像讲不通。但我们若考虑口语化省略（蒙后省）,就不难理解。只要在"容易拿不出来"前加上后来出现的"**贽见礼**"就可以了。蒙府本的抄手注意到了上述问题,遂在抄录时改抄成："贾府上上下下都是一双富贵眼睛,**贽见礼**必须丰厚,一时又不能拿出。为儿子的终身大事,说不得东拼西凑的恭恭的封了二十四两礼,亲身带了秦钟来代儒家拜见。"

抄手将"**贽见礼**"三个字提到了前头。这样一来,虽然语句通顺了,但改变了曹公的语言特色。

三、通行本第十九回（P257）："袭人……又把些钱与他买花炮放,教他'不可告诉人,连你也有不是'。"该句在"不可告诉人"与"连你也有不是"之间省略了"若告诉人"。

四、蒙府本第四十五回："命人给他几百钱,**打些酒**吃避雨气。那婆子笑道:'又破费了姑娘赏钱吃。'"该句中的"吃"字后面承前省略了"酒"字。意即"又破费了姑娘赏钱（打些酒）吃。庚辰本抄手认为"赏钱吃"讲不通遂抄成"赏酒吃"。

其实口语省略在现代小说中也是常见的。如贾平凹先生的《废都》："我还能怎样呢,就是把那姓王的罢了官,**抓了牢**,还能把我和阿兰的损失补回来吗?"这里的"**抓了牢**",就是"**抓了去做牢**"的省略。

根据汉语承前省、蒙后省、对话省等口语式省略的特点,我们就可以对通行本第六十回这段话做进一步的解读:

前言少述,且说——当下芳官回至怡红院中,回复了宝玉——宝玉正在（蘅芜苑）听见赵姨娘厮吵，心中自是不悦，说又不是，不说又不是，只得等吵完了，打听着探春劝了他去后方从蘅芜苑回来。（宝玉等）劝了芳官一阵，方大家安妥。

该段话加上"蘅芜苑"，宝玉正在什么地方就有了着落，此处很像庚辰本第八回的"赍见礼"蒙后省；加上"宝玉等"，谁劝了"芳官"也有了着落，此处很像蒙府本第四十五回的"赏钱吃"承前省。行文至此，石先生所谓的"'正在'与'听见'不匹配，不符合汉语使用习惯"之"语句不通"之说也是不成立的。

通行本这段话本身是没有任何问题的。如果非得要校勘，便于读者理解也应如是：

前言少述，且说宝玉正在（蘅芜苑）听见赵姨娘厮吵，心中自是不悦，说又不是，不说又不是，只得等吵完了，打听着（得知）探春劝了他去后方从蘅芜苑回来。当下芳官回至怡红院中，回复了宝玉。（宝玉等）劝了芳官一阵，方大家安妥。

这种校勘，没有增加任何新的内容，只是将文字顺序做了调整，把省略的内容加上去，并做一说明罢了。程高本中"因使他到厨房说话去"纯粹是蛇足。这段文字与后文"今见他回来，又说还要些玫瑰露与柳五儿吃去。宝玉忙道：'有的，我又不大吃，你都给他去罢！'说着，命袭人取了出来，见瓶中也不多，便连瓶与了他"是符合正常的叙事顺序的。只不过石先生和有的抄手一样理解上出现了偏差。

关于小说中的文法问题，老舍先生在《我的"话"》中一针见血地表示："在当代的名著中，英国写家们时常利用方言；按照正规的英文法程来判断这些方言，它们的文法是不对的，可是这些语言放在文艺作品中，自有它们的不可忽视的力量，绝对不是任何其他语言可以代替的。是的，它们的确与正规文法不合，可是它们原本有自己的文法啊,你要用它,就得承认它的独立与自由,因为它有它自己的生命。"同样,《红楼梦》中有悖于正规文法的方言与口语的独特表达比比皆是,其语言的自然流露,远过于文法的完整。读者须细细品味方得其妙。

综上所述,石先生所指的通行本第六十回中的一处文字是没有任何问题的,不存在"文字转承突兀""语句不通""交代不清"之三大问题,只是文本中的口语不符合现代汉语文法而已,根本无须重新校勘。相反,通行本校改时保留了底本的原貌,善莫大焉。

附录相关书影：

见事多尚未說得前言必述且說芳官當

下回至怡紅院中回覆寶玉∵正在听見

趙姨娘厮吵心中不悦説又不是不説又

不是只待吵完了打听探春勸了他去後

方没嬌燕院回来劝了芳官一陣大家安

芳官去與寶玉説宝玉雖是依允只是近日病着又見事多尚未説得前言少

述且説當下芳官回至怡紅院中回復了寶玉宝玉正在听見趙姨娘厮吵心

中自是不悦説又不是不説又不是只浮等吵完了打听着探春勸了他去後

方従衡燕院回来勸了芳官一陣方大家安委今見他囬来又説還要些玫瑰

246

事尚未得說前言必述且說當下芳官回至怡紅院中

回後了寶玉寶玉正聽見趙姨娘廝吵心中自是不悅

說又不是不說又不是只等吵完了打聽着探春勸了

他去後方從他處回來勸了芳官一陣方大家安妥今

見他回來又說還要些玫瑰露與柳五兒吃去寶玉忙

使他到廚房說話去今見他回來又說還要些玟瑰露與柳五

只等吵完了打聽着探春勸了他去後方又勸了芳官一陣因

這裡寶玉正爲趙姨娘吵鬧心中不悅說又不是不說又不是

未得說前言少逑且說當下芳官回至怡紅院中間復了寶玉

程甲本书影 P1628

程甲本红楼梦

求待說前言少述且說當下芳官回至怡紅院中回復了寶玉
這裡寶玉正為趙姨娘吵鬧心中不悅說又不是不說又不是
只等吵完了打聽着探春勸了他去後方又勸了芳官一陣因
使他到厨房說話去今見他同來又說還要些玫瑰露給柳五
只吃去寶玉忙道有着呢我又不大吃你都給他吃去罷說着
命嬤嬤人取出來見瓶中也不多了遂連瓶給了芳官芳官便自

程乙本书影 P396

事多尚未說得前言少述且說當下芳官回至怡紅院回覆了寶玉却說寶玉前在正廳見趙姨娘厮吵心中自是不悦說又不是不說又不是只得等他吵完了打聽著探春勸了他去後方後蘅蕪院回来勸了芳官一陣方大家安妥令見他回来又說還要些

试论杨藏本并非庚辰本为代表的早期抄本系统与程刊本系统之间的过渡稿本

　　庚辰本一直以来被认为是比较早的一个抄本,甚至被认为是最接近曹雪芹原笔的一个抄本,人民文学出版社整理出版的《红楼梦》前八十回就是以庚辰本为底本校注而成。2023 年 8 月 19 日,河南省红楼梦学会在其公众号上发表了杨锦辉先生的署名文章《从〈红楼梦〉礼仪细节的版本异文论杨藏本的过渡稿性质》,该文的最后结论有一条是"杨藏本是庚辰本为代表的早期抄本系统与程刊本系统之间的过渡稿本"。然而经过笔者的比勘,从《红楼梦》的版本其他异文来看,杨藏本的原抄文字可能比庚辰本更接近曹公的原笔,或者说杨藏本原抄文字是曹公更原始的笔墨,并非庚辰本为代表的早期抄本系统与程刊本系统之间的过渡稿本。现试论如下。

一、特殊方言的保留

　　前文已述,《红楼梦》文本中使用了大量的江淮官话和吴语。在早期抄本中,这类词语在传抄过程中有的保留了,有的没有保留。如:卞藏本第七回:"他女儿笑道:'妈一向身体好,我来家里等了这半日。'"(P191)该句的"来"字在庚辰本中是"在"字。其实"来"字是吴方言词汇。如明朝冯梦龙《山歌·吃樱桃》:"打子四九三十六个樱桃安来红篮里,耍郎君摸奶吃樱桃。"(《吴方言词典》,P211)因此笔者认为"来"字应是曹雪芹的原笔,而庚辰本的"在"字是改笔。早期抄本杨藏本也有这一方言特点,有些特别古老的吴语——高淳方言在杨藏本中得以保留。

这里举一例高淳方言，此方言在杨藏本中出现了四次，分别在四个不同的章回中。现分述如下：

杨藏本第三回（P45）原笔是："宝玉听了登时作起痴狂病来，摘下那玉就狠命的摔去，骂道：'什么罕物，连人之高低不择，还说通灵不通灵呢！我也不要**这劳东西**。'"（书影一a）

该句中的"这劳东西"是南京市高淳区的独特方言，有时也读写成"这劳子东西"，因为南方有些词后喜欢带"子"。如"哪一年不放几个子"（庚辰本，P1685）；"小孩"常读写成"小孩子"。此处"这"的读音为"ge"音，对应的是"那劳（子）东西"。然而在庚辰本中却不是这样表达的。庚辰本（P69）表述为："宝玉听了登时作起痴狂病来，摘下那玉就狠命的摔去，骂道：'什么罕物，连人之高低不择，还说通灵不通灵呢！我也不要**这劳什子**了。'"显然是改笔。

杨藏本第二十九回（P353）原笔是："如今只说他们外面的形容。那宝玉又听说他'好姻缘'三个字，越发逆了己意，心里干噎，口里说不出话来。便赌气向头上摘下通灵玉来，咬牙恨命，往地下一摔（道）：'什么**捞子东西**，我砸了你完事。'"（书影一b）该句的"**什么捞子东西**"在庚辰本中是"**什么捞什骨子**"（P678），南方语言变成了北方语言。很显然庚辰本是改笔。

杨藏本第三十四回（P407）原笔是："从先妈和我说过，你这金要拣有玉的才是好姻缘，你留了心儿，见宝玉有**那劳子玉**，你自然行动护他。"（书影一c）该句中的"**那劳子**"在庚辰本（P785）中变成了"**那捞什骨子**"，"玉"字也不见了。与第二十九回一样，庚辰本也是改笔。

杨藏本第六十二回（P734）原笔是："我先在家里吃二三斤好惠泉酒呢，如今学了**什么这劳子**。"（书影一d）该句中的"**什么这劳子**"在庚辰本中变成"**这劳什子**"（P1472）。与上几回对照谁是改

书影一

笔,也就不用笔者多啰唆了。

　　高淳方言只是南京市高淳区本土居民所使用的语言（周边少部分地区受其影响），据考证有四千多年的历史,较完整地保留了中古汉语的发音。从专业上讲,西部属于吴语—宣州片—太高小片,东部部分乡镇属于吴语—太湖片—毗陵小片,属于古吴语,在中国方言里独此一家。故高淳方言有"古韵方言活化石"的美称。高淳方言很难懂,外地人听高淳话如坠云雾之中。笔者母亲是南京高淳人,加之本人又在高淳读了四年书,所以笔者对其语言较为熟悉。《红楼梦》中高淳方言除上述外还有多例。如舒序本:"……容我入社,扫地焚香,我也**寻愿**(是'情愿'的方言读音)。"蒙府本:"奶奶**作什么急**(是'着什么急'的方言表达)？"杨藏本:"不如借势儿,弄些大家吃。托赖着连我也**上个俊**(疑为'后'的繁体字'後'之误)。""上个后"是俏皮话,正字反用,也即"上个先",转换成普通话就是"尝个鲜"。等等。所有这些最原始的存在都表明了抄本的独特性。

二、独特的古汉语"将"的保留

　　杨藏本第三十四回(P407)原笔是:"林黛玉见他无精打采的去了,又见脸上似有哭泣之状,大非往日可比。便在后面笑道:'姐姐自己保重些儿,就是哭出两缸眼泪来,也**将**不好棒疮。'"抄本该处将"将"字圈改为繁体的"医"字。(见书影二)此处的"将"在庚辰本中是"医"字,其他抄本中也都无一例外是"医"字。这就是杨藏本的独特性之所在。"将"在古汉语中有"护理"或"调养"之意,如果知道该字的古意,那么杨藏本此处就无须改易,因为在杨藏本和其他抄本中也有类似的表述。如庚辰本第三十六回有"一则打重了,得着实**将养**几个月才走得"(杨藏本也如是)。此处"将养"的"将"就是"调养"的意思。再如庚辰本第四十五回(P1039)、第四十

254

说有便只管走黛玉见他无精打彩的去了～又见他上（有）有哭泣之状大非

宝兄就是哭出两缸眼泪也渐不好撞骞不知薛宝钗如何答对且

七回（P1098）有"将养"表述，第五十五回（P1284）有"将息"表述。俄藏本也有"将息"例子，如第五十一回（P2162）有"又要叫你搬了家去**将息**。"这些所有的"将"都是"调理"和"调养"的意思。

关于"将"有"调养"之意，在东汉张仲景《伤寒论》以及金元四大家李东垣的医学专著《脾胃论》中也都有见到。《伤寒论讲义》中的桂枝加葛根汤方服后护理"温服一升，覆取微似汗，不须歠粥。余如桂枝汤**将息**及禁忌"。"将息"在讲义中解释为"调养、休息、护理之意。"《〈脾胃论〉注释》中有一论是"脾胃**将理**法"。此处的"将理"在该书中的注释就是"调养"的意思。

综上所述，笔者认为，杨藏本的抄手没有将原本的"医"改抄成"将"的必要，应该是原底本就是"将"。这种古汉语的保留与蒙府本后四十回古汉语的保留一样（参看《蒙府本后四十回并非抄自程甲本》），最大限度保留了文本的原貌，"将"似应是曹公的原笔。

三、杨藏本与庚辰本在第二十七回两段文字上的差异

《红楼梦》曾五易其稿，不同改稿可能均有传抄，因而不同的抄本会有异文，但是一般情况下，改易文字的先后还是基本上能够判断出来的。现试举两例，比较一下杨藏本与庚辰本在第二十七回中的异文，看看到底哪个在先哪个为后。

例一：

杨藏本（P323—324）："林黛玉便回头叫紫鹃道：'把屋子收拾了，看那大燕子回来，把帘子**卷起来**，拿（狮）子倚住门，烧了香就把炉罩上。"（俄藏本同杨藏本。杨藏本见书影三，俄藏本见书影四）

庚辰本与杨藏本差异很大，庚辰本（P619）的表述为："林黛玉便回头叫紫鹃道：'把屋子收拾了，**撂下一扇纱屉**，看那大燕子回

256

一面說一面又往外走寶玉見他這樣還
起来拿獅子倚住門燒了香就把炉罩上
屋子收什了看那大燕子回来把簾子捲
罷了一夜心林懷玉便回頭叫紫鵑道把

书影四
（俄藏本第二十七回 P1089）

紫鵑道把屋子收拾了看那大燕子回来把簾子
捲起来拿獅子倚住門燒了香就把烤罩上院
往外走宝玉見他这模还说昨日晌的事那里知道晚間的又不能久紫还打恭作揖的代玉正眼

书影三
（杨藏本第二十七回 P324）

257

来,把帘子**放下来**,拿狮子倚住,烧了香就把炉罩上。"(甲戌本、己卯本、舒序本、甲辰本文意均同庚辰本)

笔者认为杨藏本这段文字是作者的原笔。燕子是迁徙的候鸟,燕子垒窝如在正梁上,其出入大多从大门,很少从后(或腰)门,更不会从窗户出入,因为如果燕子未养成从窗户出入习惯的话,即使偶然下一扇纱屉子,打开窗户,燕子也断不会从窗户出入。有人在家时,门帘子可以不卷起来,因为可以随时卷起来,让其出入;但没有人时,如果不卷起来,倘若时间长了,人不回来,雏燕会饿坏的。所以门帘子要卷起来,并且还得拿东西倚住门,不然门被风吹关起来了,照样起不到效果。庚辰本恰恰相反,是"把帘子**放下来**",并把"拿狮子倚住门"的"门"字也删改了,给人的感觉是用狮子倚住放下来的帘子。"把帘子放下来"与"看那大燕子回来"怎么呼应,是不让大燕子回屋吗?这是不符合常理的。大观园中闲杂人员极少,小姐公子出门在园子里玩耍,是不需要关门闭户的,刘姥姥进大观园跑到宝玉的床上睡觉就是明显的例子。抄手以为小姐出门,门一定要关上,所以出现了这种情况。因此笔者认为,杨藏本是写实,庚辰本一定是他人(或后人)的改笔。

例二:

杨藏本(P323):"因说道:既这么着,上月我还和他妈说,如今事多,也不知这府里谁是谁的人,你替我好好的挑两个丫头我使,他一般的答应着。他饶不挑,倒把这女孩儿送往别处去。难道跟我必定不好?"(见书影五,俄藏本同)

庚辰本(P618)表述为:"因说道:既这么着,**肯跟**,我还和他妈说,**赖大家的**如今事多,也不知这府里谁是谁,你替我好好的挑两个丫头我使,他一般答应着。他饶不挑,倒把这女孩子送了别处

（书影五）

道原咩紅玉因為重了室二爺如今只叫濃了鳳姐听說惱眉一皺把頭一回說讨人嫌
玉因說道既這麼着肯跟我和他媽說賴大家的不知這府裡誰是誰你替我好的挑
我使他十般爲省起自他饒不挑倒把他的女孩兒送別處去難道跟我必定不好李氏道你可是

书影五
（杨藏本 P323）

紅兒了鳳姐听說将眉一皺把頭一回說道討人嫌的很得了玉的依仗你
也玉我也玉因說道既這麼着肯跟我還和他媽說賴大家的如今事多也不
知這府裡誰是誰你替我好～的挑兩ケ了頭我使他一般誰應有他饒不挑
到把這女孩子送了別處去難道跟我必定不好李氏笑道你可是文多心了

书影六
（庚辰本第二十七回 P618）

259

去。难道跟我必定不好？"（见书影六）

这里暂不说庚辰本为何凭空在"如今事多"之前出现了"赖大家的"。杨藏本的表述文从字顺，语意明晰，没有一点瑕疵，不知为何，杨藏本的"上月"在庚辰本变成了"肯跟"。可能的情况是：古抄本行文是竖着由上往下写，竖行由右向左。这样一来，不认真的抄手在"上月"二字写得很紧密的情况下以为是"肯"字，但写完"肯"字后又觉得不通，遂自作主张加了一个"跟"字，加了后还是不太通顺，但已不会产生歧义。其实这种误抄在其他抄本中也出现过。如蒙府本第八十八回（P3393）："鸳鸯道：'我哪里跟得上这个分儿。'……又拿起**不束儿**藏香道：'这是叫写经时点着的'。"该句的"不束儿"是"一小束儿"的误抄，"不"字看上去似是上"一"下"小"，所以出现这样的错误。又如庚辰本七十三回（P1745）："殊不知，夜间既要就保不住不吃酒。既吃酒就免不得门户任意开锁，或买东西，**寻张觅李**。"该句中的"寻张觅李"被抄成"寻张不见李"，"觅"分成"不见"两个字抄录。出错的原因同上。此处的"上月"俄藏本与杨藏本同，不缺版本依据。所以"上月"应是原笔。另"如今事多"承前省略了"我"，意即：我（而不是赖大家的）如今事多，需要人手，也不知这府里谁是谁的丫头，你帮我挑两个丫头给我用。林之孝家的也是荣府的大管家，凤姐让管家挑人，没有必要对林之孝家的说本来想要赖大家的挑，因为赖大家的事多，所以让你帮挑，她完全可以直接跟她说。若凤姐这样说，那她的水平也太差了，曹公笔下的凤姐是脂粉堆里的英雄，曹公断不会这样去写。因此，杨藏本二十七回这一段原抄文字也似早于庚辰本，是曹公的原笔。

四、杨藏本中第三人称"他"的特殊指代

南方语言中，在不同的语境下，"他"的指代是不同的。正常情

况下,"他"表示第三人称单数。"他"字作为第三人称单数好理解,但有时"他"又表示第三人称复数,理解难度就增加了,不知就里的人有时搞错。如蒙府本第八十五回(3322):"你年纪不小了,虽不能办事,也当跟着你大哥们他学习才是。"此例蒙府本的抄手在抄完该句时,重新将"们"和"他"做了点笔调整,也有可能是收藏者(也包括阅读者)做的点笔调整。无论是何种情况都是因为不了解作者口语的这种表达方式。点改之前更符合作者口语表达。"你大哥们他"是你大哥们他(们)的意思,"他们"是"大哥们"的同位语,程甲本此处就是把蒙府本的"大哥们他"调整为"大哥他们",虽然好理解了,但这是对曹公原笔的误改。当我们看到在蒙府本第五十七回一段话的表述就能理解"他"是"他们"的意思了。蒙府本第五十七回(P2202):"已后别叫林之孝家的进园来,你们别说'林'字,该("孩"误——笔者按)子们你听了我这句话罢。众人忙答应。"对应程甲本(P1541)是:"已后别叫林之孝家的进园来,你们别说'林'字,孩子们你们听了我这句话罢。众人忙答应。"其实这两处的"他"也好,"你"也好,都不需修改,就是表示第三和第二人称复数"他们"和"你们"。蒙府本点笔调整前的表述无疑是作者的原笔;庚辰本七十一回(P1695):"我园里和他姊妹们闹去。"这里的"他"也是"他们"的意思,与"姊妹们"也是同位语。

还有一种理解难度更大。虽然"他"是第三人称,但在特殊语境下表达的却是第一人称"我"或第二人称"你"。杨藏本第二十八回(P330):"宝玉遂又说道:'我也知道我如今不好了,但只是凭**他**怎么不好,万不敢在妹妹跟前有错处。"(见书影七,**俄藏本同**)该句中的"他"字在庚辰本(P632)中变成了"着",后又被圈改成"管"。这样改好像文从字顺了,对北方人来说,不改不容易看懂,而对南方人来说就大可不必了,南方人是完全可以看得懂的。这里的"他"在此语境下就是第一人称"我"的意思。

关于"他"在特殊语境下代表"我",杨藏本第三十七回(P442)原抄文字有一处就是对上述很好的证明。"湘云忙道:'好姐姐你这样说倒是多心待我了,我凭**他**怎么糊涂,连个好歹不知不成?'"该处的"他"明显是"我"的意思,与前一个"我"形成同词反复。后来者不知其意,在原抄本上把它圈掉了,但字迹清晰可见。(见书影八)庚辰本是"凭他",没有了"凭"字前的"我",但好歹保留了曹公的原意。

当然,理解的前提是把握特殊语境,如杨藏本六十五回(P765):"那喜儿便说道:'咱们今日可要公公道道的贴一炉子好烧饼,要有一个冲正经人,我痛把**他**妈一訇。'"(俄藏本同)这里的"他"似乎又是"你""我""他"三者之意了。庚辰本(P1557)该句原本是"你",后被点改为"他"。但在转化成通行本时依然保留了"你",未取改笔,说明通行本的整理者也没有真正领会"他"的意思。如果我们理解了口语中的"他"除本意之外,在特殊语境之下也表示"你"或"我"之意,我们就确信该处的原笔应是"他"。因为喜儿在开玩笑时不会直接骂隆儿或寿儿"訇你妈"。它的本意是:哪个充正经人,就"訇哪个妈",包括自己在内。因此用"訇他妈"就避免了针对性,降低了攻击性,突出了相互性。这也是南方口语的魅力所在。从而更加凸显杨藏本的价值。

杨藏本以上第二十八回、六十五回两处的"他"的特殊指代,让我们确信杨藏本应早于庚辰本。

除上述五处异文外,异文还有很多。现再举两例,以强化笔者的观点。如杨藏本中有"两"或"钱"两字处,大多用中医计量单位"一两"或"一钱"的简写来替代。现笔者将书影九、书影十提供出来,更为直观。庚辰本内"两"字几乎没有简写,"钱"字简写好像只

书影七
（杨藏本第二十八回 P330）

书影八
（杨藏本第三十七回 P442）

书影九

书影十

有几处。俄藏本中"钱"字简写较多。这种简写现象与曹雪芹的阅历有很大的关系。传说曹雪芹在北京西山的时候，经常用中草药为穷人看病。《红楼梦》中，中医辨证施治，理、法、方、药以及中药君、臣、佐、使效用的精彩描写，表明作者曹雪芹对传统中医是很精通的。特别是第八十三回王太医对林黛玉病情的诊疗的一段描写，充分表现了他在传统中医理论方面的造诣，简写中药计量单位应该驾轻就熟。他在《石头记》创作过程中，为了书写方便快捷，"钱""两"两字很可能就是采用中医处方上中药计量"一钱""一两"的简写符号。前文佟阔泉的处方中，中药剂量就是采用的简写（见本书 P212 书影）。但这种替代并不是所有读书人都能看懂，草稿或誊写稿是无所谓的，若要传播，就必须改过来。庚辰本就改得比较好，但还是改得不彻底，第五十三回、第六十五回、第八十回三回各一处以及第七十三回四处的"钱"字简写就是漏网之鱼。杨藏本与庚辰本哪个在前哪个在后一目了然。

又如杨藏本第二十四回（P287）有一段文字似比庚辰本更早，因为杨藏本原抄为："只见茗烟、锄药两个小厮下象棋，为夺车，正办（'拌'字之误）嘴。还有扫花、挑云、伴鹤三四个人在房檐上掏小雀儿玩。贾云进入院内，把脚一跺，说道：'小猴儿们淘气。'众小厮看见贾云进来多（"都"字之误）才散了，贾云进入房内便坐在椅子上，问：'宝二爷没下来？'茗烟道：'今日总没下来，二爷说什么，我替你探探去。说着便出去了。'"

庚辰本（P546）该处的表述为："只见焙茗、锄药两个小厮下象棋，为夺车，正办（"拌"字之误）嘴。还有引泉、扫花、挑云、伴鹤四五个人在房檐上掏小雀儿玩。贾云进入院内，把脚一跺，说道：'猴头们淘气，我来了。'众小厮看见贾云进来都才散了，贾云进入房内便坐在椅子上，问：'宝二爷没下来？'焙茗道：'今日总没下来，二爷说什么,我替你探探去。说着便出去了。'"

　　此处宝玉的小厮,杨藏本是"茗烟"而庚辰本却是"焙茗"。庚辰本明显是改易的,因为杨藏本在原抄上亦做了改动,不过他们的区别还是很大,庚辰本在第二十四回前与杨藏本一样,使用的是"茗烟",第二十四回后的第三十四回前却很突兀地直接变成了"焙茗"。但杨藏本的原抄文字至少在前八十回一直沿用的都是"茗烟"。杨藏本此处的改笔似乎是对"茗烟"改为"焙茗"的交代。杨藏本改易后为:"只见茗烟在那里掏小雀儿玩。贾云在他身后把脚一跺,道:'小猴儿又淘气了。'茗烟回头见是贾云,便笑道:'何苦二爷吓我这么一跳,因又笑说:'我不要茗烟了,我们宝二爷嫌烟字不好,改了叫焙茗了,二爷明日只叫我焙茗罢!'贾云笑着同进书房,便坐下问宝二爷下来没有?焙茗道:'今日总没下来,二爷说什么,我替你探探去。说着便出去了。'"(见书影十一)

　　通行本的校注者也发现了这一问题,于是做了校记:"'焙茗'即宝玉的小厮'茗烟',底本自本回(指第二十四回)至三十四回均改为'焙茗',第三十九回以后又用'茗烟'。对于改名的原因,书中并无交代,今保留底本原貌备考。"杨藏本前后一致,庚辰本出现宝玉小厮"茗烟——焙茗——茗烟"名字使用的反复,一定程度上说明庚辰本是杨藏本之后的改稿,至少第二十四回至第三十四回中有"焙茗"名字出现的章回是后期改稿。

　　综上所述,杨锦辉先生仅仅从《红楼梦》礼仪细节的版本异文就得出杨藏本是庚辰本为代表的早期抄本系统与程刊本系统之间的过渡稿本是失之偏颇的,也是不严谨的。当然杨先生也可能是囿于成见,毕竟很多大家都说杨藏本的价值低于庚辰本。笔者认为庚辰本充其量与杨藏本是平行抄本,认为杨藏本是过渡本是不准确的,需要重新考察。

书影十一

曹雪芹其人

在网络上我们就能了解曹雪芹的基本情况:曹雪芹(约1715年5月28日—约1763年2月12日),名霑,字梦阮,号雪芹,又号芹圃,中国古典名著《红楼梦》的作者,祖籍辽阳,生于江宁(今江苏南京),曹雪芹出身清代内务府正白旗包衣世家,他是江宁织造曹寅之孙,曹颙之子(一说曹頫之子)。

而通行本《红楼梦》在前言中就曹雪芹的生卒年及相关情况做了如下表述:

> 他的生卒年问题,已经争论了几十年。他的生年,现在主要的有两种看法:一种认为他生于公元1715年,即康熙五十四年乙未;另一种说法认为他生于1724年,即雍正二年甲辰。他的卒年,主要有三种看法:一种认为他卒于公元1763年,即乾隆二十七年壬午除夕;另一种说法认为他卒于公元1764年,即乾隆二十八年癸未除夕;还有一种说法认为他卒于公元1764年初春,即乾隆二十九年甲申岁首。(按乾隆二十八年除夕,已是公历1764年2月1日,乾隆二十九年甲申仍为1764年)现在大都倾向于第一种看法。……曹雪芹的父亲现在也有两种看法。一种认为是曹颙,曹雪芹是他的遗腹子;另一种看法,则认为是曹頫。

关于曹雪芹的生卒年,通行本《前言》中的表述与网络出入较大,但其父亲的说法与百度搜索结果一致。

为什么曹雪芹的生卒年众说纷纭,没有定论?关键是证据不足,任何一种说法都无法令人信服。下面不妨把各种说法罗列一下,让大家知道一个大概,然后再进行讨论。

胡适在1922年得了敦诚的《四松堂集》的一个抄本,他在该诗集中发现了一首敦诚挽曹雪芹的诗,系年甲申(1764),原诗如下:

> 四十年华付杳冥,哀旌一片阿谁铭。
>
> 孤儿渺漠魂应逐,(注:前数月伊子殇,因感伤成疾)新妇飘零目岂瞑?
>
> 牛鬼遗文悲李贺,鹿车荷锸葬刘伶。
>
> 故人惟有青山泪,絮酒生刍上旧垌。

诗中"四十年华"一语,较为含糊,可以解释为"四十岁",也可以解释成"四十多岁",但肯定没有超过五十岁,胡适以为"四十"不必是整数,是泛指,而不是确指,因而他认为曹雪芹卒时大概是"四十五或不足此数",同时他又根据他在1927年重金购得的脂残本《脂砚斋重评石头记》(此残抄本又名甲戌本,仅存第十六回——笔者按)中发现一条脂批,该批为:"壬午除夕,书未成,芹为泪尽而逝……"将曹雪芹的卒年定为"壬午除夕",并假定曹雪芹死时年四十五,生时大概就在康熙五十六年(1717),胡适定此生年,使曹雪芹在南京住至十二年左右,能见其父(或叔伯)辈在织造任内时曹家的盛况,有些人同意他所定的曹雪芹的卒年,但对其推定的生年则多表示怀疑,因为曹雪芹的年龄是他假定的。

周汝昌先生认为曹雪芹的享年应该就是"四十岁",同时发现敦敏在乾隆二十八年(1763)癸未春天的一首《小诗代简寄曹雪芹》,写的是在乾隆二十八年上巳前三日邀雪芹去赏花饮酒。诗曰:

> 东风吹杏雨,又早落花辰。

好枉故人驾，来看小院春。

诗才忆曹植，酒盏愧陈遵。

上巳前三日，相劳醉碧茵。

此诗表明曹雪芹"壬夕除夕"还没有死，若他在乾隆二十七年除夕死了，敦敏如何还能在乾隆二十八年上巳前三天约他去赏花饮酒呢？因而他认为脂批"壬午除夕，书未成，芹为泪尽而逝……"可能是脂砚记错了"干支"，同时到了乾隆二十九年甲申敦敏才有《河千集饮题壁兼吊雪芹》一诗，这个再与敦诚《四松堂集》中《挽曹雪芹》诗的下面注明'甲申'合看，则曹雪芹本系乾隆二十八年（1763）癸未除夕死去，次年敦敏兄弟才挽吊他，绝无可疑。这就是周汝昌先生的结论。（周汝昌《红楼梦新证》）

对于周汝昌先生说可能是脂砚在批注时记错了"干支"，香港学者梅节先生有不同的看法，他在脂本研究中有一个新发现，认为曹雪芹卒于甲申年即1764年2月2日，阴历正月初一。他在《曹雪芹卒年新考》中对甲戌本"壬午除夕，书未成，芹为泪尽而逝"这一脂批做了新的解释，解决了脂批所述与现有史料之间的矛盾。中国红学会原副会长蔡义江先生结合梅先生的观点，对这一问题做了申述：

甲戌本的底本文字是现存诸本中最早的，但甲戌本过录较迟，它把后十几年中续加的一些脂批多数经删除署名、年月后也同时过录了。开头几回的批语特别多，因地位拥挤，而又常常出现将两条应分开的批语连抄在一起的错误，如第一回，甄士隐"亲斟一斗为贺"句旁有夹批云"这个'斗'字莫作'升斗'之斗看，可笑"。其实"可笑"二字是另一个不同意批语前面这句话的说法而加的批语，应分开而没有分开。又如第二回："后一带花园子里"的夹批，"'后'字何不直用'西'字，恐先生堕泪不敢用'西'字",很显然这句也应分成两条,是后批者在回答前批者。我们要讨论的那条提到的雪芹逝世的脂批,也属此类情况,只是过录者把该分的连在一起,而反把该连在一起的给分开了。

接着蔡义江先生又将甲戌本第16—17页的脂批,做了重新校读:

> 能解者方有辛酸之泪,哭成此书——壬午除夕。
>
> 书未成,芹为泪尽而逝,余尝哭芹,泪亦待尽,每意觅青埂峰再问石兄奈不遇獭(原为"獭",应是"癞"的笔误)头和尚何?怅怅!今而后唯愿造化主再出一芹一脂,是书何幸(原为"本",应是"幸"的笔误),余二人亦大快遂心于九泉矣——甲申八月泪笔。(摘自《蔡义江论红楼梦》之《西山文字在,焉得葬通州》)。

蔡先生对梅节先生的观点有更多的论述,兹不赘引。根据此观点,曹雪芹应卒于"甲申年"。

著名学者、国家古籍整理出版规划小组顾问周绍良先生认为,甲戌本第一回里的脂批"壬午除夕,书未成,芹为泪尽而逝"是可信的。他在《红楼论集》的《关于曹雪芹的卒年》一文中这样说道:

> 前面说过《四松堂集》中《挽曹雪芹》一诗,付刻底本编年是在甲申,现在我们还知道张次溪先生藏有《鹪鹩庵杂记》一册,这是一本比《四松堂集》为早的敦诚诗的结集,分体编排,其中所收没有他在乾隆三十九年(1774)以后的作品。可知这是敦诚中年编成的。它里面所载《挽曹雪芹》七律却不是一首而是二首,这两首是:
>
> 四十萧然太瘦生,晓风昨日拂铭旌。

肠回故垄孤儿泣（原注：前数月，伊子殇，因感伤成疾），泪迸荒天寡妇声。

牛鬼遗文悲李贺，鹿车荷锸葬刘伶。

故人欲有生刍吊，何处招魂赋楚蘅？

开箧犹存冰雪文，故交零落散如云。

三年下第应怜我，一病无医竟负君。

邺下才人应有恨，山阳残笛不堪闻。

他时瘦马西州路，宿草寒烟对落曛。

这显然是敦诚的初稿，应该是曹雪芹死去殡后不久写的，它到《鹪鹩庵杂记》结集时并未并为一首，也就是说到乾隆三十九年时尚未改写，仍然保存两首。这里，并没有标明是何年所作，根据这诗的前后排列次序，定为癸未所作，是可能的。至于从两首中选出一首，而且对选出的一首作最后的文字润饰，这一定是较晚的事，即在乾隆三十九年以后，直到乾隆五十六年（1791）敦诚逝世这一段时间里。而付刻底本《四松堂集》里"甲申"的编年，很可能是乾隆六十年（1795）他的堂弟宜兴在编辑遗集时所代加，当然也可能是敦诚自己所标注，但时间却必甚晚。一个人在几十年之后，对自己早年旧作的时间加以追记，难保其毫无错误。我们还是比较相信乾隆三十九年曹雪芹的亲人明确指出的"壬午除夕"呢，还是相信曹雪芹的好友并未提到的"癸未除夕"呢？合之"上巳前三日"的解释，毋宁依照前说要来得稳当些。

可以看出周绍良先生是倾向于曹雪芹卒于"壬午除夕"，即1763年2月12日。

吴世昌先生有自己的看法。吴先生认为：根据胡适的考证，假定曹雪芹的卒年考定,他的生年就可以从他的年龄来推定,但有一点,除非我们把敦诚的"四十年华"就认定为四十岁,否则我们就无法知道他卒时究竟是多大年纪,进而也就难以推导出他的生年。周汝昌先生认定曹雪芹卒时为"年四十岁"(蔡义江先生也认为曹雪芹卒时"年四十岁",因为友人的悼诗类似祭文,年龄不可能不准确),并根据他本人考证的"雪芹癸未除夕卒"结论,逆推曹雪芹生年为雍正二年,即 1724 年。吴世昌先生对此表示怀疑,因为敦诚诗中表示的数字夸张或少说实为修辞上常有之事,又因为律诗由于平仄、字数的限制,尤难正确表达数字。在以曹雪芹比李贺那一句中,敦诚着重想表示曹雪芹死时很年轻,因而他把曹雪芹年龄说得小些也可理解,但这不是诗作者的故意,所以"四十年华"可指"四十多岁"。此观点与胡适先生雷同。吴先生最后的结论是:曹雪芹的生年绝不可能是雍正二年(1724)。因为假设曹雪芹生于雍正二年,那么曹雪芹的朋友张宜泉的《春柳堂旧稿》中《伤芹溪居士》的题下注"其人素性放达,好饮,又善诗画,年未五旬而卒"又作何解释? 毕竟曹雪芹若整四十而亡,为什么友张宜泉要说成"年未五旬而卒呢?"。这确实是一个问题。一般来讲"年未五旬而卒"是接近五十岁而不到五十岁,大致在四十八九岁的样子。但曹雪芹究竟生于哪一年? 吴世昌通过精心研究认为:曹雪芹应生于康熙五十四年(1715)或五十五年(1716)。突出的理由是来自一条脂批及友人张宜泉《伤芹溪居士》小注。现将吴先生的论述摘录如下,以资参考。

第十三回秦可卿死时警告王熙凤,说到那句"树倒猢狲散"的俗语,此段眉端朱批说:"'树倒猢狲散'之语,全(今)犹在耳,屈指卅五年矣。哀哉! 伤哉! 宁不痛杀!"秦氏此语是曹家的"典故",因为这是曹寅爱说的"口头禅",是他西堂中的座客常常听到的。施瑮的《隋村先生遗集》卷六，第16页有《病中杂赋》，其第八首末二句云："廿年树倒西堂闭，不待西州泪万行。"自注云："曹栋亭公时拈佛语对座客云：'树倒猢狲散。'今忆斯言，车轮腹转。以瑮受公知最深也。栋亭，西堂，皆署中斋名。"曹寅这句"口头禅"后来竟成谶语！雍正五年（1727）曹頫免职，"树倒"，次年被抄家，"猢狲散"了。但雪芹当然不可能从他祖父那儿听到这话（曹寅死时他还没有生），一定是后来别人相传此话，他才听到的。脂砚也曾听到别人转述得听此话，而且他知道雪芹也听到此话；因为这条批语，不是写给不知道曹家这个典故的"读者诸公"看，而是给熟悉这个典故的作者及其亲友看的。这条朱笔眉批，壬午年（1762）所写，依此上推"三十五年"为雍正五年（1727），即曹氏被抄家的上一年（皇上下旨抄家是雍正五年，雍正六年元宵节前后被抄——笔者按），实即前几个月。如依周氏说雪芹生于雍正二年（1724），则脂砚所记"三十五年矣"（即1727）时雪芹才三岁，如何会懂得其中的意义？即使假定此批写于丁亥年（1767），即脂京本中所有朱批的最后一年，雪芹也只有八九岁，仍不可能了解这句深于世故，竟成恶谶的禅语。今按曹家抄没虽在雍正六年（1728），但曹頫免织造任，则在上年（1727）冬。是年三月，曹家的至亲苏州织造李煦因胤禩事再下诏狱。而曹家与胤禩有来往。胤禩、胤禟都因与雍正（胤禛）争过皇位，为其死敌。可见曹頫被免职的诏书到时，曹家已知大祸将临，马上要像曹寅常说的"树倒猢狲散"了。脂砚、雪芹和别人悚然听到这句禅宗的谶语，当在雍正五年（1727），与壬午年（1762）脂评所谓"屈指卅五年矣"完全符合。此时雪芹当已十岁以上，才能深知此语所含的惨痛意义。

……据后一条(《伤芹溪居土》的题下注云:"其人素性放达,好饮,又善诗画,年未五旬而卒"),上述种种疑难都得到了解答。虽然我们仍未知雪芹的确切年龄,但如假定他卒时是四十八岁或四十九岁——即他生于康熙五十四或五十五年(1715 或 1716),当不甚远。当他父亲曹頫于雍正五年冬被免督理江南织造之职,次年(1728)被抄家籍产时,他是十二三岁(旧算十三四岁)。此后曹氏家族中的许多人,包括脂砚和雪芹,都移住北京。(摘自吴世昌《〈红楼梦〉探源》之《作者生卒年》)

综上所述,现做如下小结:

1.胡适先生考曹雪芹卒年为"壬午除夕",推测生年为康熙五十六年(1717)。不过他的享年是假设的。

2.周汝昌先生考曹雪芹卒年为"癸未除夕",推测生年为雍正二年(1724)。

3.蔡义江先生考曹雪芹生年为 1725 年,卒年宗梅节先生为"甲申初春",享年宗周汝昌为四十岁。

4.吴世昌先生辨曹雪芹卒年宗周汝昌为"癸未除夕,生年为康熙五十四年(1715)或五十五年(1716)",是根据脂批信息推导出来的。

5.梅节先生考辨曹雪芹卒年为甲申(生年为何? 因未见其《曹雪芹卒年新考》文,故其观点不详——笔者按)。

6.周绍良先生宗胡适先生考曹雪芹卒年为"壬午除夕"。

以上各种观点实际上就是通行本《红楼梦》前言所讲的几种不同的说法。但伟大的文学家曹雪芹应该有一个客观的生卒年以及为何人子嗣,哪怕某个结论更接近真相,也是对曹学研究莫大的贡献。下面笔者就以上结论,结合自己的一些研究心得,谈谈自己的拙见。

胡适先生在看到周汝昌先生的结论后发出如下感叹："曹雪芹若生于雍正二年,那他就赶不上曹家的繁华了。"这句话并非没有道理,虽然曹雪芹是一个了不起的文学家,但没有一定的生活体验,很难写出如此辉煌巨著。作为自传性质的小说,一般认为贾宝玉的原型就是曹雪芹。而在《红楼梦》中,几乎很少提到贾宝玉的年龄,一处是第二十三回:"不说宝玉闲吟,且说这几首诗,当时有一等势利人见是荣国府十二三岁的公子做的,抄录出来,各处称颂。"另一处是第一二○回,贾政说了一段话:"岂知宝玉只下凡历劫的,竟哄了老太太十九年!"。

但与贾府对应的江南甄家的甄宝玉的年龄在第五十六回讲得很清楚。原文如下:

> 刚说着,只见林之孝家的进来说:"江南甄府里家眷昨日到京,今日进宫朝贺。此刻先遣人来送礼请安。"说着,便将礼单送上来,探春接了,看道是:上用的妆缎蟒缎十二匹,上用杂色缎十二匹,上用各色纱十二匹,上用宫绸十二匹,官用各色缎纱绸绫二十四匹……那四个人都是四十往上的年纪,穿戴之物皆比主子不甚差别。请安问好毕,贾母命拿了四个脚踏来,他四人谢了坐,待宝钗等坐了,方都坐下。贾母便问:"多早晚进京的?"四人忙站起回说:"昨日进的京。今日太太带了姑娘进宫请安去了,故令女人们来请安,问候姑娘们。"贾母笑问道:"这些年没进京,也不想今年来。"四人也都笑回道:"正是,今年是奉旨进京的。"贾母问道:"家眷都来了么?"四人回说:"老太太和哥儿、两位小姐并别位太太都没来,就只太太带了三姑娘来了。"……贾母又问:"你们哥儿也跟着你们老太太?"四人回说:"也是跟着老太太。"贾母道:"几岁

了？"又问："上学不曾？"四人笑说："今年十三岁，因长得齐整，老太太很疼，自幼淘气异常，天天逃学，老爷也不便十分管教。"贾母笑道……

通行本的这段描写很值得推敲，有可能隐藏惊天的秘密。

一、甄家奉旨进京带给贾家的礼物都是绫罗绸缎，没有别个东西，带的都是织造的出产货，委婉点明甄家是江宁织造府曹家。

二、甄家奉旨进京，带所有的家眷干吗？这也太奇怪了。贾母是在官僚家族中待了将近六十年的女主人，贾家世袭荣国公、宁国公两个职位，奉旨进京是怎么回事，她应该知道。官员奉旨进京述职或办事，跟随人员应该不多。贾母之问"家眷都来了么？"应是作者的狡狯之笔。这里"奉旨进京"应是暗示家族被抄。曹家被抄后，大部分家奴和佣人以及金陵大部分财产由雍正皇帝奖给了负责查抄曹家并接替江宁织造的隋赫德。

三、奉旨进京同来的四个人都是四十往上的年纪。四个人都是四十往上的年纪，是否符合常理，值得推敲。其实这里作者可能运用了谐音法，"四"即"事"，暗示甄家(也即曹家)出大"事"了。该段在回答老太太的问话时，总是四个人同时回答，上段简短文字中出现五次，后文更多。作者在这里想表明这四个人其实就是一个人，一个传递甄家(曹家)被下旨抄家信息的人，实际上就是作者本人向世人传递信息——曹家被抄家的信息。甄家来京后，太太先带姑娘进宫请安去了，后来作者就再没有让甄家太太在贾府出现了。只是在第五十七回的开头，写王夫人带宝玉去拜访甄夫人，然后在家定名班大戏，请甄夫人母女，一笔带过。甄贾两家是世交，又是老亲，若真是奉旨进京，甄家太太进京请安后，一定会来贾府贾母处请安。因此写甄府来了四个人是作者玩的障眼法，是小说无量数的烟幕之一。关于此处的"四"字，还有一种说法：康熙四十八年十一月，两江总督噶礼为查两淮亏空银事上奏皇帝，皇帝事后在曹寅奏折上朱批以后做事"千万小心、小心、小心、小心"，连用四个"小心"。曹雪芹成年后可能知道这事，在创作甄家被抄（暗示曹家被抄）这一段时用了"四个人都是四十往上的年纪"。但不管哪种说法，都与曹家被抄暗合。

四、（奴才）穿戴之物皆比主子不甚差别。奴才怎么可能"穿戴之物皆与主子不甚差别"呢？主仆穿戴一样只能说明主人已被贬为庶民或被治罪，抄家治罪后他们之间的穿戴就没有什么区别了。

五、甄宝玉"今年十三岁"。甄宝玉是谁？胡适先生的《红楼梦考证》有这样一段话：

> 《红楼梦》是一部隐去真事的自叙，里面的甄贾两宝玉即是曹雪芹的化身，甄贾两府即是当日曹家的影子（故贾府在"长安"都中，而甄府始终在江南）。

另小说第一回有"因空见色，由色生情，传情入色，自色悟空"，笔者以为是藏头诗，若将每句诗的第一个字取出进行逆读，就是"自传由因"。曹雪芹用极其隐晦的手法道出了其小说的原旨就是自己家族的传记（当然不是纯粹意义上的传记）。《红楼梦》在这里虚构一个"甄宝玉十三岁"，就是想告诉读者曹家是在他十三岁时被下旨抄家的。这种推测不是空穴来风，完全符合作者将"真事隐去，假语存焉"的一贯写法。甲戌本第十六回（P341）：

> 赵妈妈道："那是谁不知道的？如今还有个口号儿呢，说'东海少了白玉床，龙王来请江南王'，这说的就是奶奶府上了，还有如今现在江南的甄家（侧批，甄家正是大关键、大节目，勿作泛泛口头语看），——嗳哟哟！好势派！独他家接驾四次，若不是我们亲眼看见，告诉谁，谁也不信的。别讲银子成

了土泥,凭是世上所有的,没有不是堆山塞海的!'罪过可惜'四个字竟顾不得了!"

脂批"甄家正是大关键大节目,勿作泛泛口头语看"是在提醒读者,这里说江南甄家接驾四次正是与史料中曹家曾接驾四次吻合,从而表明甄家就是曹家。在文字狱盛行的乾隆时期,作者能说他几岁时被抄家吗?当然不能。所以作者采用了如此隐晦的手法,表达了他在十三岁时家族被抄。曹家真正被抄是在1728年(雍正六年),雍正五年(1727)十二月二十四日"上谕着江南总督范时绎查封曹頫家产"。该段描写透露的应该是下旨查封的那一年,而不是抄家的那一年,因为此次进京"老太太和哥儿,两位小姐并别位太太都没来,就只太太带了三姑娘来了"。若是抄家那一年,甄家的家小都要来京。下旨查封当年(1727),曹雪芹(甄宝玉)十三岁(民间讲的十三岁一般是虚岁,即十二周岁),那么他的生年应是康熙五十四年,即1715年,这就是甄宝玉"今年十三岁"的深意。笔者据此段描写的推论与吴世昌先生据脂批及《伤芹溪居士》注释之推论较为接近,甚至吻合。可能有人会认为这有些牵强附会。那就让笔者来引用蔡义江先生论证曹雪芹生于1724年左右的一段话,看看蔡先生的论述与笔者的论证哪个更有说服力:"甄英莲被父亲抱着看街,见僧道时是夏天,书中说他年方三岁,过了年到元宵,虚岁是四岁。作者曹雪芹卒于甲申(1764),享年四十(古以虚岁算),往上推,当生于雍正三年(1725),到抄家的雍正六年(1728)恰巧也是四虚岁,从此改变了命运。这是偶然的吗?我以为并非偶然。"(《蔡义江论红楼梦》)。

《红楼梦》从某种意义上讲就是曹家的兴衰史、辛酸史。正如湛卢所言:"这部书虽不直以历史传记之写法出之,但其作用却同于历史传记——故其文学的价值乃益高!在专制时代,有话不敢直说,所以古人要以'主文谲谏'为法。……作者在乾、嘉之世,胆敢于文学作品上,散布无量数的烟幕,以争取其'言论自由',我们觉得很值得崇敬。所以除欣赏其纯粹的文学技巧之外,还要不惮烦琐以发掘他的真迹。"

北京曹雪芹研究会会长胡德平先生在《文史交响共生的红楼梦》中提出:"《红楼梦》一书中的文学空间是巨大的,同样书中的史学空间也是宽广的。《红楼梦》不仅是一部伟大的现实主义文学巨著,而且是一部文学对历史进行干预和改写的文学作品,同时也是一部由许多历史原型升华为众多丰富多彩艺术典型的世界名著。曹雪芹创作《红楼梦》就是一部文史可以互证,文史交响旋律谱成的文学著作。"

由此可见,笔者以上解释并非凿空立论,驰骋臆说。不过,一般情况下,大家在阅读时不太会想到作者会在第五十六回布下如此大的迷阵,因为《红楼梦》第七十五回甄家被抄的略写,第一〇五回贾府被抄的详写,转移了读者的视线,扰乱了读者的思维,让"假语"存在第七十五回和第一〇五回,而把"真事"隐在第五十六回了。"满纸荒唐言,一把辛酸泪,都云作者痴,谁解其中味"!你——解其中味吗?

如果第五十六回透露的信息确如笔者所言曹雪芹生于1715年,那么很多问题就迎刃而解了。

一,根据笔者的研究,曹雪芹所写的百廿回《红楼梦》通篇文稿中有几套密码,其中一套密码是独特的语言系统,独特的地方语言(江淮方言和吴方言)在前八十回和后四十回比比皆是,没有丝毫区别。有谁能在续书中完整地保留前后一致的语言密码? 笔者相信没有人能做到。那么作为其中一套密码的独特的方言能在三四岁(此是针对有些专家学者说曹雪芹生于1724年——笔者按)时就能掌握并在今后的行文中熟练运用吗？这似乎是不可能的。若曹雪芹真的生于1724年并在三四岁时离开南京,那么我们现在就甭指望能看到那么多贴近生活并带地方特色的朴素语言,正因为他到十三岁家族被抄家后才离开南京北上,才有可能在《红楼梦》中形成这一独特的语言表达方式。关于乡音的形成,笔者曾请教广东韶关学院的张小平教授,张教授说:"乡音一般在语言习得过程中形成,在多方言融合中变异,一个人的方言往往小时候形成。"所以只有在曹雪芹十几岁离开南京,才能对这一独特的现象做出合理的解释! 反之则不然。

二,到目前为止,曹雪芹到底是曹頫的儿子还是曹颙的儿子,也还没有定论,如果曹雪芹生于1715年,更有利于对这一问题的判断。因为曹颙于康熙五十四年正月前后病逝,该年三月初七,曹頫奏曰:"奴才之嫂马氏,因现怀妊孕已及七月,恐长途劳忙,未得北上奔丧,将来倘幸而生男,则奴才之兄(颙)嗣可有在矣。"(《红楼梦大辞典》)。由此可知,马氏应在当年分娩,增大了雪芹是曹颙遗腹子的可能性。请让我们再看《红楼梦》文本第二十八回:

> 宝玉叹道:"当初姑娘来了,那不是我陪着玩笑?凭我心爱的,姑娘要,就拿去;我爱吃的,听见姑娘也爱吃,连忙干干净净收着等姑娘吃。一桌子吃饭,一床上睡觉。丫头们想不到的,我怕姑娘生气,我替丫头们想到了。我心里想着:姊妹们从小儿长大,亲也罢,热也罢,和气到了儿,才见得比人好。如今谁承望姑娘人大心大,不把我放在眼里,倒把外四路的什么宝姐姐凤姐姐的放在心坎儿上,倒把我三日不理四日不见的。我又没个亲兄弟亲姊妹。——虽然有两个,你难道不知道是和我隔母的?**我也和你似的独出**,只怕同我的心一样。谁知我是白操了这个心,弄得我有冤无处诉!"

细心的读者一定感到很奇怪,就算迎春是贾赦养的、探春是赵姨娘养的、惜春是贾敬养的,但是元春可是他的亲姐姐(第二十回有"因他自幼在姊妹丛中长大",亲姐妹有元春、探春,叔伯的有迎春、惜春),这里还不包括死去的亲哥哥贾珠,他怎么能说"我也和你似的独出"呢? 这可能是作者想透露一个信息——我就是曹颙的遗腹子,没有兄弟姊妹,是独出。我国古代传统礼教是:一般情况下,丈夫死后,妻子要从一而终,不能改嫁,特别是大家族。那么曹雪芹独出就是必然的了。无独有偶,舒序本第二十三回:"贾政……忽又想起贾珠来,再看看贾环人物平常,只有这一个亲生的儿子,素爱如珍,自己的胡须将已苍白:因这几件上把素日嫌恶处分宝玉之心不觉减了八九。"(见书影一)贾政怎么就宝玉一个亲生儿子? 贾环是贾政和赵姨娘所生,虽是妾生子,但应该也是他的亲生儿子,然而舒序本就是这样写的。

该段话中"再看看贾环人物平常,只有这一个亲生的儿子",在其他抄本中却是"再(或又)看看王夫人只有这一个亲生的儿子",无一例外,这样表述从语义上讲似乎更准确。王夫人确实就只这一个亲生儿子,虽养了两个,但贾珠死了,只剩宝玉一个。但是舒序本为什么会出现这样的情况,可能它的底本是更早期的抄本,曹雪芹在创作时,把自己作为宝玉的原型,其"只有这一个亲生的儿子"是作者的真情流露。后誊写者认为不妥而做了修改,也未可知。

再让我们看一看《红楼梦》文本第一二〇回:

> 雨村低了半日头,忽然笑道:"是了,是了。现在他府中有一个名兰的已中乡榜,恰好应着'兰'字。适间老仙翁说'兰桂齐芳',又道宝玉'高魁子贵',莫非他有遗腹之子,可以飞黄腾达的么?"士隐微微笑道:"此系后事,未便预说。"

意以知此说 胎打世室乞只乙柚子

自在你還奚落他趁這會子喜歡快進去罷寶玉只得捱進門
去原來賈政和王夫人對面坐在炕上都在那裡閒談呢趙姨
娘打起簾子寶玉躬身挨入只見賈政和王夫人對面坐在炕
上說話地下一溜椅子迎春探春惜春賈環四個人都坐在那
裡一見他進來惟有探春惜春和賈環站了起來賈政一舉目
見寶玉站在跟前神彩飄逸秀色奪人看；賈環人物萎𥄩
止荒疎忽又想起賈珠來再看；賈環人物平常只有這一个
親生的兒子素愛如珍自已顯𩔖將已蒼白因這幾件上把素

六九一

五

书影一

（舒序本 P691）

283

这里的"遗腹子"，也似是作者故意透露的重要信息，以强化读者对他是遗腹子的进一步认同，也如前文宝玉对黛玉说"我也和你似的独出"是一个道理。按理说宝玉是出家，不是身死，怎么能说他有遗腹之子，遗腹子是特指其人在未出生之前父亲就去世了。读者可能会有许多疑问：一是《红楼梦》后四十回不是出自曹雪芹之手，是他人续写的，怎么能用后四十回的文字来做解释呢？二是贾宝玉是曹雪芹的原型，怎么可以说贾宝玉的遗腹子是暗示曹雪芹呢？关于第一问，笔者经过长期的研究，已经得出结论：《红楼梦》后四十回依然是曹雪芹所写，即曹雪芹拥有《红楼梦》完整的著作权。关于第二问也不难解释。裕瑞在《枣窗闲笔》中这样说道："闻其所谓宝玉者，尚系指其叔辈某人，非自己写照也。所谓元、迎、探、惜者，隐语'原应叹息'四字，皆诸姑辈也。"（援引吴世昌《红楼梦探源》）

　　故而作者在艺术创作中，贾宝玉并非完全按照原型或原型中的辈分来，就像贾母，我们不能完全把她当作曹寅的妻子来看，在她身上也有曹寅母亲孙氏的影子。当然我们不能据此否定贾宝玉的原型是曹雪芹，只不过是利用贾宝玉这一人物进行艺术叠加，就如画家绘画时采取的皴法一样，从而彰显了作者将"真事隐去，假语存焉"的艺术魅力。

　　然而周汝昌先生却说曹雪芹不可能是曹颙的遗腹子，若是，他的母亲就是马氏，根据封建礼教曹雪芹断不会在小说中塑造了一个反面人物——贾宝玉的干妈马道婆。这话听起来似乎有道理，但曹雪芹在行文时并不避讳。曹雪芹的曾祖父叫曹尔玉（后改为曹玺），小说中用"玉"命名的很多，况且正话反说是他的拿手好戏，他家是被皇帝下旨抄的，然而他却把"皇恩浩荡"时时行诸笔端，在文字狱盛行的时代，他这样做才不会授人以柄。宝玉干妈道婆取"马"姓,是此地无银三百两也。更有甲戌本第二十五回(P372)脂批为证:"宝玉乃贼婆之寄名儿,况阿凤乎?三姑六婆之为害如此。即贾母之神明,在所不免,其他只知吃斋念佛之夫人太君,岂能防悔(庚辰本此处为"慊")得来?此作者一片婆心,**不避嫌疑**,特为写出。看官再四着眼,吾家儿孙慎之戒之!"此处的"不避嫌疑",似是说作者不避讳其母也是"马"姓。

三、曹雪芹好友张宜泉《伤芹溪居士》的诗前有"其人索性放达、好饮,又善诗画,年未五旬而卒"。无论曹雪芹是卒于"壬午除夕(即 1763 年 2 月 12 日)",还是"癸未除夕(即 1764 年 2 月 1 日)",以及"甲申春(1764 年 2 月 2 日为甲申年农历正月初一)",曹雪芹死时都没有达到五十周岁,作为友人,写"年未五旬而卒"也就不为记忆有误了。其实曹雪芹死于"壬午除夕"不仅有甲戌本脂批,还有夕葵书屋本与甲戌本相同的批语,更有张家湾出土的"曹雪芹墓石"上"壬午"纪年。可谓一事而得三证。曹雪芹卒于 1763 年 2 月 12 日当确定无疑了。曹雪芹死于"壬午除夕"符合张宜泉的诗注。

四、己卯本第二十二回(P483)"贾母命他在身旁坐了,抓果品与他吃,大家说笑取乐,往常间只有宝玉高谈阔论,今日贾政在这里,惟有唯唯而已。"此处有夹批云:"写宝玉如此,非世家曾经严父之训者,断写不出此二句。"

蔡义江先生认为这是脂砚斋的误批。他认为,曹家败落时曹雪芹才三四岁,既上不了宴席,也不会受到谁的严训。笔者认为脂砚斋无论是作者的亲戚或友人,对作者生平应该是非常清楚的,他的批语之价值是毋庸置疑的。如果曹雪芹在抄家时已十三岁,那么在此之前受"严父之训"就太正常不过了。只不过这里的"严父"是严厉的"叔父"罢了。

不过,还有一个问题,需要说清楚。那就是曹寅的一位好友张云章在其诗集《朴村诗集》中有一首诗——《闻曹荔轩银台得孙却寄兼送入都》(以下简称"贺曹寅得孙诗"),诗的内容如下:

　　　　天上惊传降石麟,(时令子在京师以充闲信至)先生谒帝戒兹辰。

　　　　儌装继相萧为侣,取印提戈彬作伦。

　　　　书带小同开叶细,凤毛灵运出池新。

　　　　归时汤饼应招我,祖砚传看入座宾。

　　此诗是张云章作于"康熙五十年十一月二十日与十二月三日之间"(《曹雪芹江南家世丛考》)。《贺曹寅得孙诗》应该不是空穴来风,曹寅只有一个儿子曹颙,曹寅得孙,就是说曹颙养了儿子,康熙五十年,曹颙时年约十九岁,在古代十九岁的男子生儿育女也属正常。但曹寅的刊刻于康熙朝的《楝亭集》中却没有提到这一高兴的事。可能的情况是:《楝亭集》虽刊刻于康熙五十一年,曹寅的儿子曹颙在康熙五十年也确实养了一个儿子,但不久就夭折了。因而尽管当时曹寅有诗文记之,长孙子夭折后,怕再度伤感,遂将该诗(文)稿焚(毁)之不存。孙殿起在《贩书偶记》中说:"《楝亭诗钞》……康熙己丑精刊,有王朝谏序。据序称:楝亭诗集千首,自删存什之六……既而楝亭重加精采,又去三分之一……"(援引夏薇《曹寅的两个影子:宝玉和黛玉——〈楝亭集〉与〈红楼梦〉》)所以我们在曹寅诗集中看不到这一信息也就再正常不过了。

　　关于张云章《贺曹寅得孙诗》是有内证的。谭德晶先生在《曹雪芹为曹颙遗腹子的两条铁证及其相关分析》一文中说:

　　　　靖藏本在第五十三回有一条回前脂批云:"祭宗祠,开夜宴,一番铺叙,隐后回无限文字。浩荡宏恩,亘古所无。**母孀兄死无依**。变故屡遭,生不逢时,回首令人断肠心摧。积德子孙到于今,旺族都中吾首门。可怜立业英雄辈,遗脉谁知祖父恩。"

由于此回前脂批是作者的至亲脂砚斋或其本人所批,故而此处的"母孀兄死"应该指作者的父亲已死,母亲成了遗孀,并且以前的一个兄长也夭折了。张云章是外人,题诗祝贺曹寅得孙并收入诗集,另当别论。至于吴新雷先生认为此孙"可能就是《红楼梦》的作者曹雪芹",因与各项材料之间矛盾太大,笔者不敢苟同。

关于曹雪芹的生年已经基本讨论完毕,但具体的月和日还须进一步进行讨论。前文已说过,曹颙于康熙五十四年正月前后病逝,该年三月初七,曹頫奏曰:"奴才之嫂马氏,因现怀妊孕已及七月,恐长途劳忙,未得北上奔丧,将来倘幸而生男,则奴才之兄(颙)嗣可有在矣。"按照正常的十月(其实是 280 天)怀胎,马氏当在农历五月中下旬生产。当然奏章中说"已及七月"不知是刚刚七个月,还是七个多月。若是七个多月,马氏有可能在五月中上旬生产。尽管这个时间与谭德晶先生在《曹雪芹为曹颙遗腹子的两条铁证及其相关分析》一文中认为"曹雪芹生于 1715 年 4 月 26 日或左右"相差无几,但终究不是准确的时间。即使按照自传说,贾宝玉(或甄宝玉)的生日是几月几日,在现存的抄本、程甲本、程乙本都没有明确写到。但笔者现有一则资料,说宝玉生日是农历四月十五日(《犬窝谭红》),该书系江苏盱眙吴克岐先生早年在南京四象桥南旧货摊中购得一残抄本(也系八十回《红楼梦》),与其他抄本比勘以正其误而出版的一本书。他所购的残抄本的第六十二回的"次日是四月十五日,却系宝玉生日"在庚辰本或戚序本中是"当下又值宝玉生日已到"(见书影二)。笔者认为吴先生所说的这个残抄本是可信的,有可能是更早期抄本。作者开始创作时是明确了宝玉(曹雪芹的原型)生日的,也如前文所述,早期抄本——

環永救於趙姨娘亦復相合則此二處之彩雲

的係彩霞之誤可無疑也。

第六十二回「當下又值寶玉生日己到」殘鈔本

作次日是四月十五日却係寶玉生日。正興第

一回甄士隱夢遊幻境時長夏永晝相合。

又探春說生日云「過了燈節就是老太太和寶

姐姐他們娘兒兩個遇的巧」寶母是八月初三。

「寶叙是正月二十一。已有錯誤」若娘兒兩個則

书影二

288

舒序本中"再看看贾环人物平常,只有这一个亲生儿子"一样。但后来怕惹麻烦,感觉不妥,做了删改。吴克岐先生认为若是农历四月十五日"正与第一回甄士隐梦游幻境时'长夏永昼'相合"。读者可能要问:马氏三月初七已妊娠"七个月",即使是七个多月,最早也应该是五月上旬生产,怎么能在四月十五日就生产了呢?此观点不能说没有道理,但请记住,出生的婴儿也有早产的情况。马氏怀孕期间,作为家族顶梁柱的丈夫离世,妻子应该因伤心而悲痛欲绝,影响胎气是不言而喻的,没有流产算是祖上有德了,因而早产一个月是有可能的。

这里需要补充说一下。由于曹氏谱牒——《五庆堂辽东曹氏宗谱》中载明"十三世,颙,寅长子,内务府郎中……生子天佑",朱淡文先生研究认为:曹天佑就是"曹霑",曹雪芹名霑字天佑。即"曹霑"与《五庆堂辽东曹氏宗谱》第十四世的"曹天佑"是同一个人。至于"曹霑"与"曹天佑"是否为同一个人,台湾学者黄一农先生有较为详细的论证。他认为"曹霑"与"曹天佑"不是同一个人。他是从两个方面进行论证的。一是《五庆堂重修曹氏宗谱》第十四世的"天佑——颙子官州同"中的"颙"字没有缺笔避讳,而十二世"(曹)寅"条中"祠生二子长**颙**次頫"中"颙",以及十三世的"颙"字均有缺笔避嘉庆帝(爱新觉罗·**颙**琰)的讳。该谱中十四世"天佑"是后来加上去的。(《二重奏:红学与清史的对话》)二是《八旗满洲氏族通谱》尝记曹锡远以下有职衔之功三代裔孙曰:"其子:曹振彦原任浙江盐法道。孙:曹玺原任工部尚书,曹尔正原任佐领。曾孙:曹寅原任通政使司通政使,曹宜原任护军参领兼佐领,曹荃原任司库。元孙:曹颙原任郎中,曹頫原任员外郎,曹颀原任二等侍卫兼佐领,曹天佑现任州同。"一般来讲,官方的记录不会有误,既然曹天佑与曹颙都是"元孙",是同一辈分,那么曹天佑(或祐)就不是曹雪芹。然曹天祐究竟是何人？与曹雪芹是何关系？况元孙辈均是单字且都页字旁，唯独曹天佑是复字"天佑"，不知为何？所有这些，只能有俟高明了。

另外，黄一农先生认为曹雪芹是曹頫的儿子，不是曹颙的遗腹子。他的理由是：康熙五十四年七月十四日，曹家家奴返回江宁，携归皇帝对六月初三日请安折的批示，其中有云："你家中大小事为何不奏闻？"正常情况下，奏折不应言及臣子的"家中大小事"，但康熙要求曹頫奏闻，是一种特别的恩宠，否则曹頫也不能过继曹寅一房承袭江宁织造。康熙几乎要求臣子每月都有奏折，马氏生育，曹頫没有奏闻康熙，想必马氏是流产或甫生旋夭。（同上，P160）黄先生的这一理由看上去似乎有道理。但假设曹雪芹是曹頫的儿子，曹頫在曹雪芹出生时（黄先生也认为曹雪芹大约生于1715年）也应该奏闻康熙，遗憾的是我们在曹頫的奏折中没有看到相关信息，不知黄先生作何解释。

综上所述，关于曹雪芹，我们似乎可以这样说：伟大的文学家曹雪芹生于1715年农历四月十五日，卒于"壬午除夕"（即公历1763年2月12日），享年四十八周岁（或四十九虚岁），是曹颙的遗腹子，且是一个天资聪颖的早产儿！

参考书目

甲戌本《脂砚斋重评石头记》,(清)曹雪芹著,红楼梦古抄本影印本,人民文学出版社,2010 年 1 月第 1 版

庚辰本《脂砚斋重评石头记》,红楼梦古抄本丛刊,影印本,人民文学出版社,2010 年 1 月第 1 版

己卯本《脂砚斋重评石头记》,红楼梦古抄本丛刊,影印本,人民文学出版社,2010 年 1 月第 1 版

俄罗斯藏本《石头记》,红楼梦古抄本丛刊,影印本,人民文学出版社,2014 年 1 月北京第 1 版

戚廖生序本《石头记》,红楼梦古抄本丛刊,影印本,人民文学出版社,2011 年 4 月北京第 1 版

蒙古王府本《石头记》,红楼梦古抄本丛刊,影印本,人民文学出版社,2010 年 6 月北京第 1 版

甲辰本《红楼梦》,(清)曹雪芹著,红楼梦古抄本影印本,沈阳出版社,2006 年 6 月第 1 版

杨继振藏本《红楼梦》,(清)曹雪芹著,红楼梦古抄本影印本,沈阳出版社,2008 年 3 月第 1 版

舒元炜序本《红楼梦》,(清)曹雪芹著,红楼梦古抄本影印本,国家图书馆出版社,2012 年 10 月第 1 版

郑振铎藏残本《红楼梦》,书目文献出版社,1991 年 12 月北京第 1 版

卞藏《红楼梦》,曹雪芹著,北京图书馆出版社,2006 年 12 月第 1 版

程甲本《红楼梦》,(清)曹雪芹著,影印本,沈阳出版社,2006 年 7 月第 1 版

程乙本《红楼梦》,(清)曹雪芹著,影印本,中国书店出版社,2011 年第 1 版

王希廉评《双清仙馆.新评绣像红楼梦全传》，北京图书馆出版社，2004年10月第1版

《红楼梦》，清·曹雪芹著，无名氏续，程伟元、高鹗整理，人民文学出版社，2008年7月北京第3版）

《红楼梦》，清·曹雪芹著，高鹗续，长春出版社，2011年第1版

《西游记》，吴承恩著，长春出版社，2011年1月第1版

《三国演义》，罗贯中著，长春出版社，2011年1月第1版

《水浒传》，施耐庵著，长春出版社，2011年1月第1版

《金瓶梅》，兰陵笑笑生著，吉林大学出版社，1994年10月第1版

《红楼梦魇》，张爱玲著，北京出版集团北京十月文艺出版社，2012年7月第1版

《红楼梦新证》，周汝昌著，译林出版社，2013年4月第1版

《胡适红楼梦研究论述全编》，胡适著，上海古籍出版社2013年1月第1版

《红楼梦诗词曲赋全解》，蔡义江著，复旦大学出版社，2014年第1版

《石头记脂本研究》，冯其庸著，人民文学出版社，2016年3月北京第2版

《红楼梦舒本研究》，刘世德著，北京图书馆出版社，2006年12月第1版

《揭秘红楼梦》，刘心武著，作家出版社，2013年8月第1版

《红楼梦研究》，俞平伯著，上海古籍出版社，2011年8月第1版

《〈红楼梦〉后四十回真伪辨析》，谭德晶著，百花洲文艺出版社，2020年1月第1版

《红楼梦探源》，吴世昌著，北京出版集团北京出版社，2013年1月第1版

《红楼梦考论》，张锦池著，黑龙江教育出版社，2009年1月第2版

《〈红楼梦〉是怎样写成的》，蔡义江著，浙江文艺出版社，2012年6月第1版

《追踪石头·蔡义江论红楼梦》，蔡义江著，文化艺术出版社，2016年1月第1版

《犬窝谭红》，吴克岐著，广陵书社出版，2003年1月第1版

《红楼梦研究在美国》，张惠著，中国社会科学出版社，2013年6月第1版

《红楼梦案》,周策纵著,文化艺术出版社,2005年2月第1版

《红楼论集——周绍良论红楼梦》,周绍良著,三河市国英印务有限公司,2006年1月第1版

《传神文笔足千秋——〈红楼梦〉人物论》,李希凡、李萌合著,中国出版集团,东方出版中心出版,2017年6月第1版

《二重奏:红学与清史的对话》,黄一农著,中华书局,2015年7月北京第1版

《红楼哲学笔记》,刘再复著,生活·读书·新知·三联书店出版,2009年1月北京第1版

《红楼说梦》,舒芜著,人民文学出版社,2004年5月北京第1版

《红楼梦纵横谈——林冠夫论红楼梦》,林冠夫著,文化艺术出版社,2005年2月第2版

《〈红楼梦〉一百二十回抄本初探》,夏薇著,社会科学文献出版社,2015年2月第1版

《王蒙的〈红楼梦〉(评点本)》,中华书局,2011年1月北京第1版

《红楼梦成书研究》,沈治钧著,中华书店出版社,2004年3月第1版

《说不尽的红楼梦——曹雪芹在西山》(增订本),胡德平著,中华书局出版,2019年10月北京第1版

《文史交响的红楼梦》,胡德平著,中华书局出版(该书是笔者2023年8月份在北京曹学会取得的尚未正式出版的样书)

《论曹雪芹的美学思想》,苏鸿昌著,重庆出版社出版,1984年6月第1版

《红楼梦大辞典》(增订本),文化艺术出版社,2010年8月第1版

《红楼梦研究稀见资料汇编》,人民文学出版社,2006年12月北京第2版

《红楼梦学刊》部分期刊

《曹雪芹研究》部分期刊

《楝亭集》,(清)曹寅撰,上海古籍出版社,1978年12月第1版

《关于江宁织造曹家档案史料》,中华书局出版,1975年3月第1版

《曹寅与康熙》,史景迁著,温洽溢译,广西师范大学出版社,2014 年 3 月第 1 版

《曹雪芹江南家世丛考》,吴新雷、黄进德合著 黑龙江教育出版社,2009 年 1 月第 2 版

《文学作品中的江淮方言词语例释》,廖大国著,苏州大学出版社,2013 年 4 月第 1 版

《吴方言词典》,吴连生、骆伟生、王均熙、黄希坚、胡慧斌编著,汉语大词典出版社,1995 年 8 月第 1 版

《安徽江淮官话语音研究》,孙宜志著,黄山书社,2006 年 11 月第 1 版

《安徽宣城(雁翅)方言》,中国社会科学出版社 2016 年 8 月,第 1 版

《本草纲目》,(明)李时珍著,人民卫生出版社,1993 年 12 月第 1 版

《诗经研究》,李辰冬著,水牛出版社,1974 年 4 月 30 日第 1 版

《晚熟的人》,莫言著,人民文学出版社,2020 年 8 月北京第 1 版

《平凡的世界》,路遥著,北京出版集团,北京十月文艺出版社,2021 年 6 月第 1 版

《大江边》,李凤群著,江苏文艺出版社,2011 年 1 月第 1 版

《忏悔录》,(法)卢梭著,李平沤译,商务印书馆出版,2010 年 12 月第 1 版

《寻找家园》,高尔泰著,北京出版集团公司,北京十月文艺出版社,2014 年 5 月第 2 版

《此心安处是圩乡》,时国金著,百花文艺出版社,2023 年 4 月第 1 版

《废都》,贾平凹著,北京出版社,1993 年 6 月第 1 版

《老舍散文》,民主与建设出版社有限责任公司,2021 年 6 月第 1 版

《伤寒论讲义》,梅国强主编,人民卫生出版社,2003 年 12 月第 1 版

《〈脾胃论〉注释》,湖南省中医药研究所编,人民卫生出版社出版,1976 年 8 月第 1 版

《周易与中医学》,杨力著,北京科学技术出版社,1997 年 6 月第 3 版

后记

中国科学院院士王贻芳说:"科学研究……是开放的,大家都可以来参加,并不需要特别的天赋,或者是特别的技能。只要你热爱它,你愿意做这件事情,每个人都可以在我们基础科学研究当中找到自己的位置,做出自己的一份贡献。而且,有的时候,这种贡献或者说成果有一定的偶然性,可遇而不可求!所以,我们做科学研究,享受这个过程就好,不要非纠结于结果。"

他的话我心有戚戚。我机缘巧合研究《红楼梦》,纯粹是个人的兴趣爱好,很享受研究过程,至于结果,见仁见智。

四年前,拙著大部分已草成,后期只是对相关文章做了一些修改与完善。由于书中论文此前是单独成篇的,为论证需要,不同篇章可能有小篇幅的重复,若删减,有损文章结构,故予以保留。如有不妥,请读者谅之。

拙著中的书影,有的文字被大圈圈过,该情况为笔者我在研读文本时所圈。正文以外的文字(单个字圈点改或正文中插入的文字除外),大都是笔者标注,不能混同为原抄本文字,如造成不便,也请读者原谅。

我从"不务主业"到书稿付梓,一路走来,其酸甜苦辣不足为外人道也。然热心帮助、鼓励与提携者历历在目,勉励之语今犹在耳。

最感谢的是北京曹雪芹学会创会会长胡德平老先生。胡会长德高望重,学养深厚,平易近人。2021年9月,我应北京曹雪芹学会之邀参加蒙府本《石头记》的出版座谈会。与会者均是红学领域的专家。会上我谈了对蒙府本的研究心得。会后，胡会长在学会期刊《曹雪芹研究》上撰文，激励、提携晚生，着实让我受宠若惊。2023年8月，北京大学曹雪芹美学艺术研究中心与北京曹雪芹学会共同举办第五期"《红楼梦》整本书阅读"讲习班，胡会长还特别推荐我参加，使我多年愿望得以实现。知遇之恩，无以回报。

　　其次要感谢的是北京曹雪芹学会秘书长、《曹雪芹研究》副主编位灵芝女士。2019年，我将在地方报纸上发表的研红文章寄往北京曹雪芹学会，位秘书长不嫌我学术稚嫩，就感兴趣的问题与我讨论。随后她又举荐我加入学会，鼓励我进行更深入的研究。自此我与相关红学专家有了交集，受惠良多。没有秘书长的引导与举荐，我不可能有现在的成绩，更谈不上本书的出版。

　　安徽省没有红学会。在我加入北京曹雪芹学会之前，南京大学文学院教授、江苏省红楼梦学会会长苗怀明先生打破省际界限，吸收我为会员。在与同仁的交流中，我不仅收获了友谊，还大大开阔了眼界。特别感动的是，苗会长还亲自写信推荐我参加第四期"《红楼梦》整本书阅读"讲习班，对此，我一直心存感激。

　　北京语言大学汉语学院教授、中国红楼梦学会顾问、著名版本专家沈治钧先生在版本研究和论文撰写方面给了我非常有价值的指导，我受益匪浅，感佩无涯。我与沈先生仅一面之缘，每有疑问，他都有问必回，亲炙弟子亦不过如此。

　　恩师、忘年交凌敏先生，其帮助和支持也让我难以忘怀。我的每一篇研究心得都会在第一时间发给他，他都及时地毫无保留地提出批评意见。书中精彩之处，皆有他的功劳，正所谓"新竹高于旧竹枝，全凭老干为扶持"。

　　恩师、高中班主任孙启玉先生，对我鼓励有加。几近逢人说项，多有揄扬。他曾打趣说："你就是安徒生童话《皇帝的新装》中那个敢于说出真相的小孩。"真相与否应由读者诸君来评判,不过,在研红领域,我确实是个"不谙世事的小孩"。

一并致谢的还有:宣城市作协副主席吴生荣先生;宣州区原文联主席、诗人田斌;宣城历史文化研究会会长童达清先生;本土谱牒专家章达鼎先生;宣州区委党校副校长窦丽萍以及同事杨文娴、韩爱香女士。他们在我研究《红楼梦》过程中,都给予了极大的帮助。

最后要感谢的是我的家人。女儿倪略勤奋好学,读书时几乎没有牵涉我过多的精力,毕业后她努力工作,也没有影响我的研究。内子徐安红是自由职业,对我的研究很支持,几乎承担了家庭的全部重担,从无怨言。母亲在世时,大哥大嫂、二哥二嫂、妹妹妹夫照顾母亲,我只是早晚去陪护。这些都是他们对我无形的帮助。拙著的出版希望能给父母的在天之灵送去一丝慰藉。还有一位特殊的家人——我的姨表兄,也是我的老师,在我高中学习陷入彷徨时,他将我转学,从此改变了我的人生,说他是我的贵人一点都不过分。

拙著蒙樊志斌、时国金二君拨冗赐序,井玉贵、王国文二君倾情推荐,其殷殷之情,我感激莫名。

拙著的出版一波三折,能得到百花文艺出版社的青睐,实乃荣幸。在此,谨向出版社的领导表达我的由衷敬意。同时还要感谢编辑赵世鑫女士,感谢她在拙著的编辑和校订方面所做的大量工作。

一位著名的导演说过这样一句话:电影是一门遗憾的艺术。我想这也适合这本小书,尽管我已尽力,但遗憾如影随形,不足之处,敬请读者诸君批评指正。